ELIZABETH COLDWELL

DIE ERBSCHAFT

Aus dem Englischen von
Gabriela Traube

WILHELM HEYNE VERLAG
MÜNCHEN

HEYNE ALLGEMEINE REIHE
Nr. 01/12061

Titel der Originalausgabe
CALENDAR GIRL

Umwelthinweis:
Das Buch wurde auf
chlor- und säurefreiem Papier gedruckt.

Printed in Germany 1999
Umschlagillustration: © LORIS
Umschlaggestaltung: Nele Schütz Design
Satz: Pinkuin Satz und Datentechnik, Berlin
Druck und Bindung: Ebner Ulm

ISBN 3-453-15707-9

http://www.heyne.de

Erstes Kapitel

Wenn sie die Wahl gehabt hätte, dann hätte Grace Callender ihren Geburtstag mit weniger Aufwand gefeiert. Keine Party, keinen Kuchen und keine Kerzen, sondern nur ein langes, heißes, nach Vanille duftendes Schaumbad. Dazu auf dem Tisch eine Flasche Sekt aus dem Supermarkt von gegenüber und auf der Mattscheibe einen ihrer Lieblingsfilme aus dem örtlichen Videoshop. Es gab nicht viel zu feiern. Was hatte sie nach 29 Jahren auf der Erde schon groß vorzuweisen? Sie arbeitete als Redaktionsassistentin beim *Career Girl Magazine*, wo sie sich für eine Chefin der übelsten Sorte abstrampelte; ihr Liebesleben war Knall auf Fall beendet worden, weil ihr Freund David sie für seine vollbusige Empfangsdame fallengelassen hatte; und auf ihrer kleinen Zweizimmerwohnung in einem Vorort östlich von London lastete eine Mordshypothek. Gegenwärtig war das pastellfarbene Wohnzimmer ihres Apartments von ihren drei engsten Freunden in Beschlag genommen, Rachel, Suki und Mark.

Die drei hatten Grace beschwatzt, den Tag doch ein wenig zu feiern. Suki, die jede Gelegenheit wahrnahm, ihrer Vorliebe fürs Kochen nachzugehen, wirbelte in der engen Küche herum und brachte ihre kulinarischen Künste zur Anwendung. Ihre Freunde saßen unterdessen herum, tranken Wein, hörten Musik und unterhielten sich. Ihnen lief bereits das Wasser im Mund zusammen.

»Gefällt dir dein Geburtstag, Kleines?« fragte Suki. Sie strich Grace übers Haar, als sie mit einer vollen Schüssel selbstzubereiteter kleiner Käsehappen ins Zimmer kam.

Grace nickte. »Ja, ist ganz okay. Hm, das sieht aber lecker aus ...«

»Möchtest du noch etwas Wein, Grace?« Mark trat hinzu und füllte ihr Glas auf.

Grace nahm einen tiefen Schluck. Sie nahm die traurige Stimme von Annie Lennox wahr, die aus den Boxen drang. »Das ist die CD, die mir David zu meinem letzten Geburtstag geschenkt hat. Ich kann mir nicht helfen, aber ich muß ständig daran denken, wie es wäre, wenn er noch hier wäre.« Sie hatte sich geschworen, das Thema heute nicht anzuschneiden, aber der Satz war ihr einfach herausgerutscht.

»Denk nicht mehr über den Kerl nach«, sagte Rachel. Sie streckte ihre langen Beine auf dem Sofa aus. »Den bist du definitiv los.«

»O ja, ich weiß«, antwortete Grace und seufzte. Schon so oft hatte sie seit der Trennung mit ihren Freunden darüber geredet, um über das Gefühl des Verlustes, mehr noch: die Demütigung hinwegzukommen. Sie fühlte sich tief verletzt, wenn sie daran dachte, daß David sie für eine wesentlich jüngere Frau verlassen hatte, die offenbar auch noch über viel mehr Sex-Appeal verfügte als sie. Anscheinend hatten all seine Beteuerungen, er verehre ihre Intelligenz, ihren schlanken, zierlichen Körper und ihr warmherziges Wesen, lediglich übertüncht, daß ihn in Wahrheit ein abscheuliches, kurvenreiches Flittchen interessierte, das ihm ständig erzählte, was für ein toller Mann er sei. »Leider vermisse ich ihn manchmal. Nein, anders ausgedrückt, mir fehlt der Sex manchmal.«

»Ich wußte gar nicht, daß David eine solche Kanone im Bett war«, sagte Suki. »Das hast du uns offenbar verheimlicht.«

»Eine Kanone war er eigentlich nicht. Aber wir hatten Spaß zusammen – manchmal.«

»Na schön, dann erzähl mal«, forderte Rachel sie auf. »Was war der beste Sex mit ihm, an den du dich erinnern kannst?«

Grace errötete bis über beide Ohren. »Das kann ich euch beim besten Willen nicht erzählen.«

»Doch«, entgegnete Suki. »Erzähl du uns was, dann erzählen wir dir auch was. Und wenn wir genug trinken, um einen kleinen Schwips zu bekommen, kann sich morgen früh keiner von uns daran erinnern, daß wir auch nur ein Sterbenswörtchen über das Thema verloren haben. Willst du in Marks Gegenwart nicht erzählen? Dann verbannen wir ihn in die Küche.«

Grace sah ihre Freunde mit großen Augen an. Es waren die drei Menschen, die ihr auf der Welt am nächsten standen, und doch bildeten sie einen völlig ungleichen Kreis. Immer wieder war sie überrascht, wie harmonisch die Treffen verliefen. Rachel Dade, eine Brünette von hoher, schlanker Gestalt, kannte sie seit ihrer gemeinsamen Universitätszeit. Sie besaß langes, glattes Haar, das ihr beinahe bis zur Taille reichte, und arbeitete zur Zeit als Dozentin für mittelalterliche Literatur hinter der gotischen Fassade der Bloomsbury-Universität. Sie erweckte den Anschein, als hätte sie sich unter vollständigem Ausschluß eines Sexuallebens nur auf ihre Karriere konzentriert – zumindest in Sukis Augen.

Suki Almond wirkte wie das krasse Gegenteil zu Rachel. Sie war blond und temperamentvoll, mit dem geschmeidigen, anmutigen Körper einer Berufstänzerin. Als Grace sie im Rahmen eines Interviews für ein Feature im *Career Girl* kennengelernt hatte, tanzte sie in *Starlight Express*. Zwischen den beiden hatte es sofort gefunkt. Sukis Leben begleitete ein nicht abreißender Strom von Liebhabern, die nie lange blieben. Grace verlor oft den Überblick, wer in einer Woche das Bett mit ihrer Freundin teilte.

Mark Ritchie war der einzige ihrer Freunde, der eine feste Beziehung hatte. Er trug bis zum Kragen herunterhängendes blondes Haar und eine kleine runde Brille, die ihm ein sexy intellektuelles Aussehen verlieh. Als

Bildredakteur bei *Career Girl* war er ihr Partner im Widerstand, wenn ihre Herausgeberin, Maureen Donnelley, es wieder einmal verstand, das Magazin in eine neue Krise zu stürzen. Mark ging mit einem Mädchen namens Lydia. Sie gab Aerobic-Kurse im West-End-Health-Club. Die beiden waren unzertrennlich, seit Grace Mark kannte.

Alle drei hatten ihr Bestes getan, um Grace über David hinwegzutrösten. Sie wußte, daß sie ihnen alles anvertrauen konnte.

»Okay«, sagte sie deshalb. »Aber es ist gar nicht so aufregend. David und ich waren eines Abends ausgegangen. Als wir zurückkehrten, gingen wir in die Küche, um uns vor dem Schlafengehen noch einen Kaffee zu kochen ...«

Sie rief sich das Bild in Erinnerung. Beide lachten und spaßten, waren ziemlich beschwipst. Sie fühlten die sexuelle Spannung, die viel zu selten zwischen ihnen vibrierte. Grace hatte den Wasserkessel aufgesetzt und langte nach oben, um die Kaffeedose vom Schrank herunterzunehmen. Plötzlich fühlte sie Davids Hände auf ihren Brüsten und seinen Mund auf ihrem Nacken. Sie stöhnte vor Verlangen, als er ihre Haut leckte und ihre Brustwarzen mit seinen Daumen durch das dünne seidene T-Shirt rieb. Dann erinnerte sie sich, wie seine Hände ihren Rock über die Schenkel bis zur Taille hochgeschoben hatten. Er zog an ihrem Slip. Mit einer schnellen Bewegung riß er das dünne Kleidungsstück in zwei Teile. Ihr nacktes Hinterteil kam zum Vorschein. Diese wilde Begierde hatte der ruhige, gesetzte David sonst nicht an den Tag gelegt. Er stimulierte sie meist geduldig durch ein geübtes Vorspiel. Aber in diesem Augenblick fühlte sie sich durch ihn mehr erregt, als sie es je gekannt hatte. Sie griff unwillkürlich hinter sich, zerrte ungeschickt an seinem Gürtel und Reißverschluß. Seine Hose fiel auf seine Knöchel, und er schob sie nach vorn, um sich schnell der Schuhe und Socken zu entledigen.

Grace zerriß ihm beinahe den Slip. Sie konnte es kaum erwarten, sein Glied in sich zu fühlen. Er rieb ihren Kitzler derber als normal, doch die grobe Behandlung war genau das, was sie im Moment brauchte. David schob versuchsweise einen Finger zwischen ihre leicht geöffneten Schamlippen, bemerkte aber, daß ihre Scheide nicht feucht genug war, um sofort in sie einzudringen. Deshalb nahm er die Tube mit Handcreme, die sie bei der Spüle aufbewahrte, und rieb seinen erigierten Penis mit der duftenden Lotion ein. Dann legte er sie mit gespreizten Beinen vornüber auf den Küchentisch. Sie hielt sich an den glatten Rändern der Kiefernholzplatte fest, als David mit ungezähmter Leidenschaft von hinten in sie stieß. Ihr Kitzler wurde stimuliert, während ihr Schambein an der Tischkante rieb, und nach wenigen Sekunden erreichte sie den Höhepunkt. Der Orgasmus löste eine Reihe heftiger Zuckungen aus, die sie nach Luft ringen ließen. Sie hörte David stöhnen und fühlte, wie er sich an ihren Hüften festhielt. Es kam ihm, und er zog sich augenblicklich zurück. Erst nach dem Akt küßte er sie auf den Mund, bevor sie das Schlafzimmer aufsuchten, wo jeder in den Armen des anderen einschlief.

Grace war verwirrt gewesen. Während der Momente, in denen David wie toll in sie gehämmert hatte, hätte sie irgend jemand sein können, auch eine Hure, die er für sein Vergnügen bezahlte und deren eigene Gefühle und Befriedigung unwichtig waren. Aber aus einem nicht ersichtlichen Grund hatte sie gerade diese Unpersönlichkeit des Erlebnisses erregt wie nie zuvor. Sie wünschte sich nicht, daß ihr Sex stets auf diese Weise ablief, aber heute abend war es genau das gewesen, was sie gebraucht hatte.

Kurz darauf gestand David ihr, daß er während der letzten vier Monate mit seiner Empfangsdame Shelley geschlafen hatte. Ihre Beziehung zerbrach unter Tränen und in Verbitterung.

»Seht ihr«, sagte Grace. »Ich sagte ja, daß es nicht besonders aufregend ist.«

»Ich weiß nicht«, meinte Mark, wobei er leicht auf seinem Sitz hin und her rutschte. Grace glaubte, eine verdächtige Ausbeulung in seiner Jeans bemerkt zu haben, sah aber rasch wieder fort.

»Wenn du es so spannend fandest, kannst du uns ja auch eines deiner Erlebnisse erzählen«, sagte Suki zu Mark.

»Warum nicht?« Mark lehnte sich zurück, verschränkte die Finger hinter dem Kopf und lächelte versonnen. »Mein schönstes Mal war das erste Mal. Ich war damals siebzehn und hatte einen französischen Brieffreund namens Michel. Wir schrieben uns schon eine Reihe von Jahren, und in jenem Sommer lud er mich zu sich und seiner Familie ein. Sie lebten in einem kleinen Dorf in der Bretagne, südlich der Küste von Saint-Malo. Ich war ganz aufgeregt, sie zu besuchen, denn ich war noch nie zuvor allein im Ausland gewesen und wußte nicht genau, was mich erwartete. Jedenfalls gab mir die Familie das Gefühl, willkommen zu sein. Michel hatte eine Zwillingsschwester, die Marie-Françoise hieß. Abends fuhren wir meistens auf einem dieser fahrbaren Untersätze fort – eine Art Moped, die alle französischen Teenager zu besitzen schienen – und gingen in die örtliche Bar oder in die Crêperie. Ich wurde süchtig nach billigem französischem Cognac und Crêpes mit Marmelade und Sahne. Meine Mutter hätte einen Anfall bekommen, wenn sie mich so gesehen hätte. Sie dachte, ich gehe in Museen oder ins Theater und verleibe mir die örtliche Kultur ein ...«

»Statt dessen hatten es dir die örtlichen Mädchen angetan«, beendete Suki den Satz.

Mark schüttelte den Kopf. »Mädchen hatten bei mir

überhaupt keine Chance. Ich interessierte mich mehr für Zeichnen, Fußball und dafür, meine Prüfungen gut zu bestehen. Marie-Françoise und ich knutschten gelegentlich auf dem Weg nach Hause, aber sie interessierte sich mehr für einen Kellner, der in der Crêperie arbeitete. Nein, ich erhielt meinen Einführungsunterricht von jemandem, von dem ich es überhaupt nicht erwartet hatte – Michels Mutter.« Er nahm einen Schluck Wein und fuhr fort. »Madame Lebrun war prachtvoll. Sie glich nicht den Müttern meiner Freunde drüben in England, die im Vergleich zu ihr altmodisch und langweilig waren. Die Zwillinge hatte sie mit Anfang Zwanzig geboren, so daß sie zu der Zeit Ende Dreißig war. Sie hatte ihre Figur perfekt bewahrt und trug zumeist ganz enganliegende Tops, die ihre runden, festen Brüste hervorhoben. Ich war mir sicher, daß sie Strümpfe und keine Strumpfhosen trug. Eines Nachmittags ging ich in die Küche, und sie stand vornübergebeugt, um etwas aus einer Schublade zu holen. Da sah ich plötzlich einen Blitz, der von dem blassen Oberschenkel am Ende ihres Strumpfes ausging. Ihr Rock war hochgerutscht, und der Anblick rief die schnellste Erektion hervor, die ich je verspürt hatte. Ich dachte daran, nach oben in mein Zimmer zu gehen, um etwas dagegen zu unternehmen, als Madame Lebrun sich umdrehte und mich sah.

›Oh, Mark, ich glaube, ich habe dir ein Problem bereitet, nicht wahr?‹ fragte sie in fehlerfreiem Englisch. Ja, in der Tat, ich stand da und errötete, wußte nicht, was ich sagen sollte. Sie kam zu mir und nahm mich an der Hand. Ich konnte ihr Parfüm riechen – Maiglöckchen. ›Ich glaube, wir sollten etwas vertraulicher werden und eine Lösung für dich finden.‹

Ich erinnere mich noch an jede Einzelheit, als wäre es gestern gewesen. Sie führte mich die Treppe zu ihrem Schlafzimmer hinauf und setzte mich auf das große Doppelbett. Es war ein brennend heißer Nachmittag, das

Fenster stand offen. Ich hörte Schafe auf dem Feld hinter dem Haus blöken und vernahm Stimmen spielender Kinder. Madame Lebrun stand vor mir, die Hände auf die Hüften gestützt, und spitzte die Lippen. ›Gefällt dir, was du siehst, Mark?‹ fragte sie. Ich schluckte nur und nickte. Ich wußte, daß geschehen würde, was ich ahnte, aber ich wußte nicht, ob ich Manns genug war.

Sie knüpfte ihre Bluse auf. Darunter trug sie einen hellen, durchsichtigen Büstenhalter. Sie hatte kleine rote Brustwarzen, die meinen Blick magisch anzogen. Dann schlüpfte sie rasch aus ihrem Rock und zeigte mir ihren französischen Schlüpfer über den Strümpfen und dem Hüfthalter. Mein Glied war mittlerweile so hart, daß ich dachte, es müsse gleich platzen. Als sie ihren Slip zur Seite legte, kam es mir in die Unterhose. Es ist wahr, was man über französische Frauen sagt: Sie rasieren sich nicht. Madame Lebrun hatte die haarigste Muschi, die ich je sah. Sie streichelte zärtlich darüber und sagte: ›Du hast niemals eine Frau so gesehen wie mich jetzt, nicht wahr, Mark? Möchtest du noch mehr aus der Nähe kennenlernen?‹

Es verschlug mir die Sprache. Sie setzte sich ganz dicht neben mich, die Schenkel leicht gespreizt. Ich roch ihr natürliches Parfüm über dem Maiglöckchenduft, moschusartig, scharf. ›Zuerst mußt du dich ausziehen‹, sagte sie. Also zog ich meine Turnschuhe und Socken aus, entledigte mich meines T-Shirts und legte Jeans und Unterhose ab. Da saß ich, splitternackt, mit einem gewaltigen steifen, aufgereckten Kegel. Ich zitterte gleichzeitig vor Furcht und Erwartung.

Was sie als nächstes tat, hatte ich in meinen kühnsten Fantasien nicht erwartet. Sie nahm ihren französischen Schlüpfer und legte ihn um meine heiße Stange. Das seidige Material fühlte sich erstaunlich kühl auf der Haut an. Dann strich sie mit dem Höschen die volle Länge meines erigierten Glieds hinauf und hinunter. Ich war so aufgeregt, daß es nur vier oder fünf Schüben bedurfte, bis ich meine nächste Ladung in ihren Schlüpfer schoß. Innerlich ärgerte ich mich, aber sie sagte nur: ›Beim nächstenmal wird es etwas länger dauern, *chéri*.‹

Sie nahm mir die Brille ab und legte sie auf den Nachttisch. Madame Lebrun küßte mich, erst zärtlich, doch dann kam ihre Zunge in Aktion und öffnete meine Lippen. Ich fürchtete, sie wollte mich verschlingen, ihre Zunge fand überallhin. Das war nicht mit dem Knutschen mit Marie-Françoise zu vergleichen, sondern einfach großartig. Ich begann, ihre Küsse zu erwidern. Dann streckte ich die Hand aus und ergriff eine ihrer Brüste durch den Büstenhalter.

›Nicht so schnell‹, sagte sie. ›Du mußt ihn doch zuerst aufmachen.‹ Das Gefummel, bis ich herausfand, wie der Verschluß aufging, nahm einige Zeit in Anspruch, aber schließlich schaffte ich es. Ich nahm diese wundervollen, strammen Brüste in beide Hände, massierte und knetete sie. Ihre Hand lag inzwischen auf meinem Glied, das bereits wieder steif wurde. Sie spielte mit meinen Eiern, kraulte sie leicht. Ich war wie verrückt nach ihr.

Dann dirigierte sie mich zu ihrer Pussi hinunter. Sie lag rücklings auf dem Bett, die Beine jetzt weit gespreizt. Ich sah ihren aufreizenden kleinen Schlitz ganz genau. Sie ermunterte mich, sie zu streicheln, und ließ mich auch wissen, wenn ich zu grob war. Schließlich griff sie nach meiner Hand und legte sie auf ihren Kitzler. ›Berühre ihn sehr zärtlich‹, weihte sie mich ein. ›Das ist der Schlüssel zu den Freuden einer Frau. Du kannst sie in Ekstase versetzen, indem du sie hier berührst … Oh, ja, so ist es richtig …‹

Sie sagte mir genau, was ich zu tun hatte, und bald kam es ihr. Ihr Körper schnellte heftig vom Bett empor, während ich mit ihrem Kitzler spielte. Ihr Orgasmus war kaum vorüber, da zog sie mich zu sich und richtete meinen Steifen auf ihre Öffnung. Sie ermutigte mich nachzuschieben, und im Nu war er drin. Es ist schwer zu beschreiben, was ich fühlte. Ich kann nur sagen: Es war wie das Eintauchen in warmen Honig. Madame Lebrun griff mit beiden Händen nach meinen Pobacken, und ich begann zu stoßen. Ich gab mich ganz dem Gefühl hin, mit ihrem schönen Körper zu verschmelzen. Sie behielt recht, daß es diesmal länger dauerte, aber der Samenerguß kam mir trotzdem viel zu schnell. Zum Schluß molk sie mit ihren Muskeln den letzten Tropfen aus mir heraus.

Das war nicht der einzige Nachmittag, den ich in ihrem Schlafzimmer verbrachte, doch gewiß der schönste. Als ich nach England zurückfuhr, beherrschte ich einige Tricks, die meine Mutter entsetzt hätten. Aber ich bin Madame Lebrun bis heute dankbar.«

Das ist genau das, was ich brauche, dachte Grace. Ein Mann, dem gezeigt wurde, was er zu tun hat, der weiß, wie man eine Frau erfreut, ehe er sich selbst erfreut. Ein Mann wie Mark. Sie sagte nichts. Jetzt war Rachel an der Reihe, ihre Geschichte zu erzählen.

»Ich wette, es wird dich schockieren, Grace«, sagte Rachel. »Meine schönste Zeit erlebte ich mit Ben Vincent.«

»Du hast mir nie erzählt, daß du mit ihm gegangen bist!« Ben war der bestaussehendste Student im Tutorenkurs für Englisch gewesen, den Grace und Rachel gemeinsam belegt hatten. Er war groß und schlank, mit hohen Wangenknochen und dunklem Haar, das in widerspenstigen Locken über seine Stirn fiel. Jedes Mädchen ihrer Clique war in ihn verknallt, aber Grace fiel nie auf, daß Rachel sich tatsächlich nahm, was für alle anderen eine unerwiderte Leidenschaft blieb.

»Nun ja, ich glaube, ich hatte dir gegenüber einen gewissen Vorteil«, bekannte Rachel. »Ben stand ausgesprochen auf Busen, und als ich das herausgefunden hatte, wußte ich, daß ich ihn vernaschen konnte. Ich ging eines Abends, kurz vor unseren Abschlußprüfungen, in die

Studentenbar – in einem raffiniert ausgeschnittenen Top. Wir verbrachten mehr als eine Stunde in der Kneipe, ohne über etwas Besonderes zu reden. Er saß nur da und machte Stielaugen, konnte seinen Blick kaum von meinem Dekolleté abwenden. Gegen Ende des Abends bot er an, mich beim Studentenwohnheim abzusetzen. Das war der andere Grund, warum jede Ben mochte: Er sah nicht nur gut aus, er besaß auch ein Auto.

Das Wohnheim lag fünf Kilometer vom Campus entfernt, und die Mitfahrgelegenheit hätte ich nicht ausgeschlagen, auch wenn er häßlich gewesen wäre. Du erinnerst dich, wie unzuverlässig die Busverbindungen waren, Grace? Auf der Rückfahrt zum Studentenheim ließ Ben keine Gelegenheit aus, meine Brüste zu berühren, wenn wir an einer Ampel hielten, also revanchierte ich mich dafür, indem ich seine Oberschenkel und seinen Penis durch die Jeans hindurch streichelte. Das machte uns beide mächtig scharf. Schließlich hielt er in einer stillen Gasse, die hinter dem Studentenwohnheim entlanglief, und stellte den Motor ab. Dann küßte er mich. Seine Hände gruben sogleich tief in mein Top, und er fischte meine Brüste heraus, um damit zu spielen. Durch seine Daumen stimuliert, richteten sich meine Nippel stramm auf, als wollten sie ihn einladen, sie zu lecken, was er dann auch tat. Ich schob meine Hand in seinen Hosenschlitz, befreite sein Ding aus den Boxershorts und massierte sanft den Schaft. Er wurde sehr dick und groß, gut und gern 18 Zentimeter lang, so daß ich es kaum erwarten konnte, ihn in mir zu fühlen.«

Rachel schauderte wohlig bei der Erinnerung. »Wir keuchten beide schwer unter den gegenseitigen Berührungen. Er ließ meinen Sitz nach hinten und rutschte neben mich. Während er mir das Top auszog, öffnete ich meine Jeans und strampelte sie weg. Es war schon seltsam, dort nackt bis auf den knappen Damenslip zu liegen. Als er mir den auch noch abstreifte und meine Beine weit auseinanderdrückte, fühlte ich mich irgendwie verwundbar. Aber es erregte mich kolossal.

Wir hatten in dem Wagen nicht viel Bewegungsfreiheit, doch er zog sich ebenfalls aus. Dann waren seine Hände überall. Ich fühlte, wie feucht und bereit ich für ihn war. Er benetzte seine Finger mit meinem Saft und verrieb ihn an seinem Torpedo. Plötzlich lag er über mir, sein Glied zwischen meinen Brüsten, und vögelte die Furche, die sich zwischen meinem zusammengedrückten Busen bildete. Ich glaubte schon, er würde dabei kommen, aber dann ließ er sich hinuntergleiten und drang in mich ein. Während er mich bearbeitete, spielte ich mit meiner Klitoris. Als ich kurz vor dem Höhepunkt stand, sah ich sie – zwei Gesichter, die angestrengt durch das beschlagene Autofenster spähten und beobachteten, wie mich Ben auf dem Vordersitz bumste. Ich hatte keine Ahnung, wer sie waren – vermutlich Studenten, die eine Abkürzung nach Hause nahmen, oder zwei Einheimische –, aber mir wurde sofort klar, daß sie meine weit offene Muschi sahen und wie Bens dicker Knüppel sie dehnte. Allein der Gedanke genügte, um mir einen bebenden Orgasmus zu bereiten. Nichts ist je an diese Nacht herangekommen, das versichere ich euch.«

»Wie lange wart ihr zusammen?« fragte Grace, während sie sich vergeblich vorzustellen versuchte, wie ihre Freundin allein durch den Gedanken, beobachtet zu werden, erregt worden war.

»Ach, wir kamen nie wirklich zusammen wegen der Examen«, erwiderte Rachel bedauernd. »Es war ein Jammer, weil er einen so unvergleichlichen Schwanz hatte. Entschuldige, Mark, aber das ist nun mal wichtig für ein Mädchen.«

»Da stimme ich dir nicht ganz zu, Rachel«, warf Suki ein. »Glaubst ihr mir, wenn ich sage, daß es beim schönsten Mal, das ich je erlebte, nicht zu einer Penetration kam?«

»Wie das?« wollte Mark wissen. »Es war doch nicht etwa mit einer anderen Frau?«

»Davon träumst du, Ritchie«, entgegnete Suki. »Nein, es war im letzten Sommer. Ich gehe manchmal in Fetisch-Clubs, wißt ihr? Ja, und da gab es einmal eine große Party in einem Lokal namens *Forbidden*, drüben in dem umgebauten ehemaligen Kaufhaus bei den Docks. Nachdem wir unsere Nachtvorstellung getanzt hatten, ging ich hin. Ich sah hinreißend aus, sage ich euch. Ich trug meinen schwarzen Lieblingseinteiler aus Gummi mit einem Reißverschluß bis hinunter zwischen die Beine, dazu hochhackige Stiefel. Und von meinem Gürtel baumelte ein Paar Handschellen. Manchmal gehe ich ins *Forbidden*, nur um etwas zu trinken und etwas von dem Klatsch dort aufzuschnappen, aber in dieser Nacht war ich wirklich in Hochstimmung, wollte etwas unternehmen. Der Gedanke, einen knackigen Hintern an Land zu ziehen und zu bearbeiten, machte mich ganz feucht.

Ich trieb mich eine Zeitlang in dem Laden herum und hielt nach einem Opfer Ausschau ...« Sukis Augen funkelten.

»Opfer?« Grace war schockiert.

»Nur so eine Redensart, Kindchen, wenn sie nicht willig sind, interessieren sie mich nicht«, entgegnete Suki. »Sehr bald erspähte ich einen, dem ich sofort ansah, daß er nicht abgeneigt war. Er war genau mein Typ: gefärbtes schwarzes Borstenhaar, eine Menge Schwarz um die Augen, superenganliegende Lederhosen ...«

»... mit einem Mordsappetit auf eine warme Mahlzeit«, fügte Rachel hinzu.

»Zugegeben, ich steh' auf zierliche Männer. Also ging ich zu ihm hinüber und sah ihm direkt in die Augen. Ich sagte nur ›Komm mit!‹ und wußte sofort, daß mir kein Fehler unterlaufen war. Er lief mir nach. Der Kerl war genauso gehorsam, wie ich es mir insgeheim erhofft hatte. Wir bahnten uns einen Weg durch die Menge, die die

Bar belagerte, und steuerten auf den Notausgang zu. Das Lokal befindet sich im ersten Stock, und es gibt dort eine wacklige alte Feuerleiter, die entlang der rückwärtigen Fassade verläuft. Draußen war es kühl und still. Ich wußte, daß wir dort wahrscheinlich ungestörter wären, als wenn wir auf die Toilette gegangen wären. Dann löste ich die Handschellen von meinem Gürtel und hielt sie hoch. Er kannte den nächsten Schritt schon, streckte mir seine Arme entgegen. ›Nein, nicht so‹, sagte ich. ›Runter auf die Knie!‹ Er gehorchte dem Befehl, und ich kettete seine Hände mit den Handschellen an das Geländer. Es gibt nichts Schöneres als das Gefühl von Macht, das dich durchströmt, wenn du auf einen Mann hinabblickst, der dir zu Füßen kniet, um alles mit sich anstellen zu lassen, was du von ihm verlangst. Im übrigen hätte ich mich einfach auf dem Absatz umdrehen und in den Laden zurückgehen können. Damit hätte ich ihn dazu verdammt, dort zu hängen, bis es mir wieder eingefallen wäre, ihn zu befreien.

Er starrte mich an. Unsere Blicke klebten aneinander, während ich langsam den Reißverschluß meines Einteilers herunterzog. Als sich der Anzug teilte, wußte ich, daß er von unten einen Teil meines bloßen Busens sehen konnte, doch er sagte kein Wort. Er beobachtete nur, wie der Reißverschluß seinen Weg bis zum Ende der Spalte zwischen meinen Pobacken nahm. Dann trat ich vor, bis ich breitbeinig über seinem Kopf stand, und befahl ihm, mich zu lecken. Er zögerte keinen Augenblick, preßte seinen Mund fest auf meine Schamlippen und begann, sie abzuschlecken. Er war gut – das sind die Unterwürfigen meistens –, und ich fühlte, wie sich ein Orgasmus in mir aufbaute.

›Schneller‹, befahl ich, und er gehorchte erneut. Er umspielte mit seiner Zunge meine Klitoris und drückte sie ein wenig in die Scheide hinein. Meine Knie zitterten, als mein Höhepunkt nahte. Ich riß seinen Kopf an mich und stieß ihn mit aller Kraft gegen meine Scham. Als ich ihn schließlich losließ, war er dem Ersticken nahe. Vor meinen Augen tanzten Sterne. Ich zog den Hosenanzug zu, schloß die Handschellen auf und ging in die Bar zurück, ohne auch nur nach seinem Namen zu fragen. Das war mein schönstes Erlebnis – der Zeitpunkt war richtig, der Kerl war richtig, und ich hatte die absolute Kontrolle.«

»Ich kann nicht glauben, daß du das getan hast«, sagte Grace. »Wäre ich jemals mit Handschellen nach Hause gekommen, hätte David sie nur dazu benutzt, sein Fahrrad abzuschließen. Außerdem könnte ich der Sache auch nichts abgewinnen.«

»Wie kannst du das wissen, wenn du es noch nie ausprobiert hast?« fragte Suki.

»Du bist eben zu konventionell, Grace, das ist dein Problem«, fügte Rachel liebevoll hinzu.

»Ja, hättest du den richtigen Mann gefunden ...«, meinte Mark.

»Ja, wenn«, entgegnete Grace. *Wenn du frei wärst, Mark,* meldete sich eine tückische Stimme in ihrem Kopf. Sie seufzte und fragte sich, was die Erzählungen sexueller Freuden erreicht hatten, abgesehen von Schmerzen in ihrem Herzen und einem Verlangen in ihrer Vagina, das sie nicht stillen konnte. Sie blickte zur Uhr. »Seht euch das an, es ist beinahe elf!«

Sie erinnerte sich nicht mehr, wann sie damit begonnen hatte, aber es war ihr zur Angewohnheit geworden, ihre Geburtstagskarten und -geschenke erst exakt mit Eintreten der Stunde ihrer Geburt zu öffnen.

Die anderen kannten das Ritual und unterstützten sie darin. An diesem Morgen hatte sie der Tradition des Büros entsprochen und war auf einen Sprung in die nahe gelegene Konditorei gegangen, um Cremetorte für alle Kolleginnen und Kollegen beim *Career Girl* zu holen. Anschließend bedankte sie sich bei denen, die ihr Geburtstagskarten geschenkt hatten. Aber sie stapelte sie zu einem ordentlichen Stoß neben ihrem Computer und nahm sie nach Hause mit, um sie erst zur richtigen Zeit zu öffnen.

Jetzt zelebrierte sie das Aufschneiden der Umschläge und das Zerreißen von Geschenkpapier. Es gab den üblichen Scheck von ihren Eltern, einen Korb voller Annehmlichkeiten fürs Bad von Rachel, Buchgutscheine von Suki, die gestand, daß sie zu sehr mit ihren Proben beschäftigt gewesen sei, um selbst einzukaufen, silberne Ohrringe in keltischem Stil von Mark und Geburtstagskarten einer Handvoll von Schul- und Universitätsfreunden, mit denen sie noch in Kontakt stand. Viele der Karten enthielten kurze, handgeschriebene Mitteilungen, die eine kleine Auswahl der Ereignisse seit derselben Zeit im letzten Jahr wiedergaben, und Einladungen für Besuche. In einem Fall war auch ein Foto eines Babys mit einem blonden Haarflaum dabei. Es blickte mit dem seligen und unkonzentrierten Ausdruck drein, den Fotoapparate bei Babys immer ablichten. Die meisten Briefe legte Grace beiseite, um sie zu lesen, wenn die Freunde gegangen wären.

Der letzte Umschlag in dem Stapel war größer als der Rest und braun. Grace vermutete, daß es sich um eine Mitteilung der Verwaltungsgesellschaft ihres Wohnhauses handelte. Abergläubisch, wie sie war, hatte sie sich jedoch auch geweigert, diesen Brief zu öffnen. Als sie an der Lasche zog, fielen ein kleinerer Umschlag und ein Schreiben heraus, das den Briefkopf des Anwalts ihrer Familie trug.

»›Sehr geehrte Miss Callender‹«, las sie laut, »›der beiliegende Brief stammt von Ihrem Onkel Alexander, der ihn mit der ausdrücklichen Anweisung hinterließ, er solle Ihnen nicht vor Ihrem neunundzwanzigsten Geburtstag zugestellt werden.‹« Ihre Augen überflogen schnell den Rest des Schreibens. »Ich habe keinen blassen Schimmer, worum es sich handelt«, gestand sie. »Onkel Alexander war der größte Exzentriker der Familie. Ich habe so viele Geschichten über ihn gehört, daß ich nicht weiß, was man davon glauben darf. Unterschiedlichen Gerüchten zufolge starb er entweder bei einem Bordellbesuch im marokkanischen Tanger, in den Armen der Frau eines Mafiabosses, oder er rutschte ganz einfach auf einem vereisten Bürgersteig in Notting Hill aus und brach sich das Genick. Niemand weiß, was wirklich geschah. Einige vermuten, daß er gar nicht tot ist. Er könnte selbst die Gerüchte gestreut haben, weil er irgend etwas Schreckliches tat und untertauchen mußte.«

Ihre Finger rissen den Umschlag auf, der in einer gestochen scharfen Handschrift an sie adressiert war. Einen Moment lang schwieg sie, während sie den Inhalt des Briefes auf sich wirken ließ. Dann las sie wieder laut. »›Meine liebe Grace. Ich erwarte nicht, daß Du Dich an mich erinnerst. Du warst ein sehr kleines Kind, als ich Deine charmante Mutter zuletzt besuchte. Wie auch immer, ich sah damals ein Potential in Dir, daß Du hoffentlich mit einigem Bemühen genutzt hast. Über die Jahre konnte ich mehr Reichtum anhäufen, als ich imstande bin auszugeben, darum habe ich etwas davon zu Deinen Gunsten in einen Anlagefonds eingezahlt. Das Geld wird an Deinem dreißigsten Geburtstag fällig, dann erhältst Du die Summe von einer viertel Million Pfund ...‹« Ihre Stimme brach. Rachel starrte sie mit vor Erstaunen offenem Mund an. Mark schüttelte ungläubig den Kopf. Suki goß sich in aller Ruhe noch etwas Champagner ein.

Grace seufzte. »Es gibt ein Wenn.« *Dachtest du etwa, es gäbe keins?* »›... erhältst Du die Summe von einer viertel Million Pfund, wenn Du zwölf Aufgaben erfüllst, die schon für Dich vorbereitet sind. Die Aufgaben werden Dir jeweils am Ersten eines Monats mitgeteilt, und jede muß am Ende desselben Monats erfüllt worden sein. Ein Beweis, am besten fotografisch, ist meinen Anwälten zu-

zuschicken. Versäumst Du die Erfüllung einer dieser Aufgaben, ist Dein Anspruch auf das Geld im Anlagefonds verwirkt.‹«

»Was genau will der verrückte alte Trottel von dir?« fragte Suki.

»Ich komme gerade dazu«, erwiderte Grace. »Er schreibt: ›Wie Du vielleicht weißt, beruht mein Ruf in Familienkreisen auf den Erzählungen über meine sexuelle Tüchtigkeit und Unkonventionalität. Ob diese Erzählungen irgendwie auf Wahrheit beruhen, muß Dich nicht kümmern. Jedenfalls wünsche ich mir, daß Du meinen gesunden sexuellen Appetit und die Liebe zum Experimentieren schätzen und teilen lernst, wenn das nicht bereits der Fall ist. Zu diesem Zweck habe ich jeder Deiner Aufgaben einen sexuellen Hintergrund verliehen. Mach Dir keine Sorgen, denn ich fordere nichts Illegales von Dir und auch nichts, das gegen die Moral eines gewöhnlichen Bürgers verstößt. Aber ich möchte, daß Du Dich aufgeschlossen verhältst und bereit bist, Barrieren einzureißen, die Du in Deinem alltäglichen Leben aufgebaut haben könntest. Deine erste Aufgabe ist einfach ...‹«

Sie legte eine Pause ein und nahm einen tiefen Schluck aus ihrem Glas, das Suki aufmerksam neu gefüllt hatte. Einer leichten Verlegenheit, weil sie diese Informationen mit den anderen teilte, konnte sie sich nicht erwehren. Dennoch fuhr sie fort: »›Ehe Du lernen kannst, wie man andere erfreut, meine liebe Grace, mußt Du lernen, wie Du Dich selbst erfreust. Zu diesem Zweck sollst Du Dir in einem angesehenen Sexshop einen Vibrator kaufen und Dich mit Deinem eigenen Körper neu vertraut machen.‹ Ich will euch nicht mit dem Rest belästigen, er erinnert mich an die Terminvorgabe und wünscht mir viel Glück.«

»Eine viertel Million Pfund.« Mark stieß einen Pfiff aus. »Laß uns nur mal kurz darüber nachdenken, was du damit anstellen könntest. Du könntest zum Beispiel das *Career Girl Magazine* kaufen und Maureen rausschmeißen!«

Grace grinste. »Nicht ganz, aber es ist ein schöner Gedanke.«

»Ich würde eine Weltreise machen«, sagte Suki. »Erinnerst du dich an Mick, den netten Kerl aus New York, mit dem ich ging, als er hier war? Ich wollte immer schon mal rüberfliegen und ihn besuchen, um wieder dort anzuknüpfen, wo wir aufhören mußten, als er zurückging ...«

»Wie steht's mit dir, Rachel?« fragte Mark. »Was würdest du dir dafür kaufen?«

»Ich glaube, ich würde mir einen Sexsklaven zulegen. Jemanden, den ich gut dafür bezahlen würde, daß er zu mir kommt und mich erfreut, wann immer ich Lust habe. Ihr wißt schon, so eine Art großer blonder Sexgott, der regelmäßig ins Fitneßstudio geht und nie Unterwäsche trägt. Hättest du an so einem auch Gefallen, Grace?«

»Vergeßt nicht, daß ich das Geld zuerst verdienen muß, bevor ich es ausgeben kann«, erwiderte Grace. »Falls ich mich dafür entscheide, es zu wollen.«

»Mach dich nicht lächerlich«, meinte Suki. »Natürlich willst du. Wer würde so einen Geldsegen nicht wollen?«

»Wie ich an das Geld herankommen soll, das beunruhigt mich«, gab Grace zurück. »Ich bin mir auch nicht sicher, ob die Idee so gut ist, meine sexuellen Barrieren niederzureißen.«

»Ist das dieselbe Frau, die eben noch erzählte, wie sie es auf dem Küchentisch besorgt bekommen hat?« fragte Rachel. »Ich denke, du kannst die erste Aufgabe problemlos erfüllen. Schließlich hat jeder einen Vibrator – abgesehen vielleicht von Mark.«

»Ich habe keinen«, gab Grace kleinlaut zu. »Ich fand nie Gefallen an dem Gedanken, einen zu benutzen. Es erscheint mir albern, auf ein Stück Plastik angewiesen zu sein, um einen Orgasmus zu bekommen.«

»Das sagt die Frau, die sich einen David Blake zulegte.« Suki schnaubte verächtlich. »Ehrlich, Mädchen, du weißt nicht, was du vermißt. Ich könnte ohne meinen nicht mehr auskommen.«

»Ja, mag sein. Ich weiß nicht. Das ist alles ein bißchen schockierend für mich. Ich brauche ein paar Tage, um es zu verarbeiten.«

»Bestimmt. Aber wenn du vernünftig darüber nachdenkst, gehst du anschließend los und legst dir so einen elastischen Freund zu«, sagte Suki. »Und dann kann der Spaß beginnen. Komm schon, Grace, wir sind auf deiner Seite.«

»Danke, Suki, ich weiß es zu schätzen. Aber ich muß zugeben, daß mich auch die Forderung beunruhigt, einen Beweis zu übersenden. Wenn sie Fotos haben wollen …«

»Das ist doch einfach«, warf Mark ein. »Steht ein Name auf dem Begleitbrief?«

Grace überflog die Seite. »Ja. Unterschrieben hat ein Dominic Butterworth.«

»Na also. Finde heraus, wer er ist, und wenn er jung und gutaussehend ist, lad ihn ein, die Fotos selbst zu machen.«

Grace erwiderte nichts, leerte statt dessen ihr Glas. Kurz darauf löste sich die Party auf. Suki und Rachel bemerkten, daß sie sich beeilen mußten, um nicht die letzte U-Bahn nach Hause zu verpassen. Mark ging als letzter. Sein Motorrad stand auf dem Parkplatz vor dem Haus. Er schlüpfte im Wohnzimmer in seine Lederkleidung, während Grace die Reste des Abends aufräumte. An der Tür hielt er inne, um sie zu umarmen. Er zog sie fest an seine Brust, ihre Lippen berührten sich zu einem flüchtigen, freundschaftlichen Kuß. In diesem Moment kam in ihr der Wunsch auf, daß sich der Kuß verstärken und leidenschaftlicher werden möge.

»Danke für den großartigen Abend«, sagte Mark.

»Ich wünschte, du gingst nicht«, flüsterte Grace, wobei sie sich daran erinnerte, wie lange es her war, daß sie die Nacht in den Armen eines Mannes verbracht hatte. »Ich könnte noch etwas Gesellschaft vertragen – natürlich ohne daß dabei etwas geschähe«, fügte sie schnell hinzu, da sein Gesicht Verständnislosigkeit ausdrückte. Sie löste sich aus seiner Umarmung und fürchtete, ihn mit ihrem ungeschickten, vom Champagner unterstützten Annäherungsversuch verletzt zu haben.

Mark zögerte einen langen Moment. Dann schüttelte er den Kopf. »Ich kann nicht, Grace. Es ist verlockend, aber wir haben morgen einen arbeitsreichen Tag vor uns, und außerdem muß ich an Lydia denken.« Er umarmte sie noch einmal, dann ging er still die Treppe hinunter.

Nachdem Mark gegangen war, saß Grace noch lange im Wohnzimmer und starrte auf die Mitteilung des Onkels, den sie nie richtig gekannt hatte. Seine Aufgaben seien leicht zu erfüllen, hatte Suki gesagt. Aber Grace war sich nicht sicher. Sie war nie von ihrer Sexualität überzeugt gewesen, und Davids Zurückweisung hatte sie noch mehr vor den Kopf gestoßen. Trotzdem, vielleicht wäre sie fähig zu tun, was Alexander Callender von ihr verlangte. Es galt einfach, Mut zu beweisen und zu sehen, was der Rest des Jahres mit sich brachte …

Zweites Kapitel

Grace ging durch die Fahrkartensperre an der Untergrundbahnstation von West Hampstead. Sie fragte sich, ob sie richtig handelte. Lange hatte sie über ihre Abneigung nachgedacht, einen Sexshop aufzusuchen, und schließlich entschieden, daß sie das Image störte. Die Geschäfte waren entweder wenig vertrauenerweckend, in schmuddeligen Lagen und mit dunkel getönten Fenstern, so daß sie weibliche Kunden grundsätzlich abschreckten. Oder die Aufmachung war so schreiend, daß sie hauptsächlich Interessierte anzog, die aufdringliche Zurschaustellungen von überdimensionalen erigierten Penissen und aufblasbaren Puppen beglotzen und bekichern wollten, statt einen Kauf zu tätigen. Vermutlich konnte sie ihren Vibrator auch per Postversand kaufen. Es gab eine Menge Anzeigen für Sexspielzeug auf den letzten Seiten der Sonntagszeitungen, aber man hatte keine Gewähr, daß die gewünschte Bestellung auch bis Ende des Monats geliefert wurde. Durch reinen Zufall war sie in einer der Stadtviertelzeitungen Londons auf eine winzige Annonce von ›Venus‹ gestoßen, einem Sexgeschäft für Frauen unter der Leitung einer Amerikanerin namens Roxy Schaeffer. Im selben Moment war ihr klargeworden, daß dies genau die richtige Adresse war, um wenigstens zu versuchen, die erste ihr gestellte Aufgabe zu erfüllen. Laut Artikel legte sich der Shop zwei Hausregeln auf: Kundinnen kamen nur nach Voranmeldung, und Männer wurden nur in Begleitung einer Frau eingelassen.

Das hörte sich ideal an. Venus lag diskret in einem ruhigen, wenig bekannten Vorort im Nordwesten von London, wo man die Gewißheit hatte, nicht auf Bekannte zu treffen.

Grace hatte gelogen und Maureen erzählt, daß sie an diesem Nachmittag einen Zahnarzttermin wahrnehme. Niemand, nicht einmal Mark, der ja für ihre verrückte Absicht Verständnis zeigte, sollte wissen, wohin sie wirklich ging. Auch für ihre Chefin war es nicht ungewöhnlich, für einige Stunden zu verschwinden, um ein paar Einkäufe zu tätigen, aber gewiß hielt sie nicht nach einem siebzehn Zentimer langen Plastikteil und zwei Batterien Ausschau. Grace konnte sich nicht vorstellen, daß Maureen Sexspielzeug benutzte. Vielleicht hätte es sie zu einer angenehmeren Zeitgenossin gemacht, wenn sie eines besessen hätte. Zum Beispiel wäre ihnen dann die Szene an diesem Morgen erspart geblieben. Maureen hatte Grace das Büro nach einer Akte umkrempeln lassen, die sie, wie sie behauptete, tagelang nicht gesehen hatte. Dabei stellte sich später heraus, daß der Ordner in einem Stapel auf ihrem eigenen Schreibtisch lag. Wie gewöhnlich war Maureen unfähig gewesen zuzugeben, daß sie im Unrecht war. Sie hatte einfach behauptet, daß Grace zu wissen habe, wo sich jede Akte, die sie aufbewahrten, zu einer gegebenen Zeit befand. Grace, die sich über viel Wichtigeres Gedanken machen mußte, hatte sich geweigert, über etwas derart Belangloses zu diskutieren, und war froh gewesen, der vergifteten Atmosphäre schließlich entfliehen zu können.

Sie folgte den Anweisungen, die sie per Telefon erhalten hatte, und fand das ›Venus‹ in einer von Laubbäumen gesäumten Nebenstraße, diskret versteckt zwischen einem Maklerbüro, das Wohnungen im oberen Preissegment anbot, und einem ausgeflippten Friseursalon, an dessen Wänden Drucke von Salvador Dali hingen statt der üblichen Frisurenfotos, die seit Mitte der siebziger Jahre passé waren. Als Grace vorbeiging, hätte sie schwören können, daß der Friseur mit der Punkfrisur mit den Füßen auf dem Tisch in seinem leeren Salon saß und ein Exemplar von *Penthouse* durchblätterte. Sie seufzte und schüttelte den Kopf, um von dem Bild loszukommen. Gedanken voller Sex, das war ihr Problem. Seit dem Geburtstagsabend schien sie ständig an das Thema zu denken. Und jetzt bildete sie sich ein, daß es aller Welt genauso erging.

Die Fassade des ›Venus‹ war luxuriös in Purpurtönen und Goldfarben dekoriert. Die Schaufenster jedoch waren verhängt, und es gab keine Auslagen, die auf den wirklichen Zweck des Geschäfts schließen ließen. Ein kleines, handgeschriebenes Schild lud ein zu klingeln, falls man Einlaß begehrte. Sie nahm einen tiefen Atemzug zur Beruhigung ihrer Nerven und kam der Aufforderung nach.

Nach ein paar Sekunden schwang die Tür auf. Grace wurde von einer hochgewachsenen Frau begrüßt, die wallendes, dunkles Lockenhaar, eine blasse, makellose Haut und einen üppigen, tiefrot schimmernden Mund besaß. Sie trug ein schwarzes, enganliegendes Top aus Samt, das ihren Busen betonte, und gutgeschnittene PVC-Jeans. Das mußte eine Frau sein, die ihre Sinnlichkeit bejahte, schlußfolgerte Grace.

»Hallo. Grace, nicht wahr? Kommen Sie herein. Ich bin Roxy.« Die Frau sprach mit einem weichen kalifornischen Akzent. Ihr Lächeln entblößte eine Reihe perfekter weißer Zähne.

Drinnen herrschte gedämpftes Licht, in der Luft lag ein schwaches Aroma von Duftkerzen. Die Wände waren mit pflaumenblauem Samt drapiert, und in der Mitte des Raumes stand ein bequem aussehendes graues Ledersofa. Anstelle der Ständer für Pornomagazine und -videos sowie riesiger emporgereckter, künstlicher Penisse, die Grace erwartet hatte, gab es Auslagen für Unterwäsche aus sinnlichem Gewebe, dazu Utensilien in Latex und Leder. Sie reichten von Hosen in der Art, wie Roxy sie trug und die in keinem Kaufhaus fehl am Platze gewirkt hätten, bis hin zu Bikinis, die aus wenig mehr bestanden als Plastikstückchen, zusammengehalten von ein paar Schnallen und Silberkettchen. Die wenigen ausgestellten Bücher und Zeitschriften steckten in Schutzhüllen und zeigten schwarzweiße Schnappschüsse von wunderschönen halbnackten Paaren, die sich in kunstvollen erotischen Posen wanden. Flaschen mit Massageölen, Cremes und Lotionen, in kunstvoller Weise angeordnet, lagen in purpurfarben angestrichenen Regalen. Der Gesamteindruck ließ Assoziationen aufkommen, als wäre man in das gut ausgestattete Boudoir einer Kurtisane der High-Society getreten.

»Darf ich Ihnen einen Kaffee anbieten?« fragte Roxy.

»Danke, das wäre sehr liebenswürdig.« Grace musterte immer noch das Geschäft. »Ich muß sagen, es ist keineswegs so, wie ich es mir vorgestellt hatte.«

»Jeder sagt das.« Roxy lächelte. »Nicht so gruselig, wie Sie dachten, nicht wahr? Drüben in den Staaten haben wir einige Läden wie diesen. Sie sind in der Art und Weise ausgestattet, die Frauen lieben. Wer seinen Körper verwöhnt, sollte Freude daran haben, die Accessoires in einem erstklassigen Geschäft zu kaufen, meine ich jedenfalls. Sehen Sie sich nur um. Zucker?«

»Nein, danke. Bereitet es keine Probleme, ein Geschäft wie dieses zu führen?«

»Nicht in dieser Gegend, meine Liebe. Jeder behält den anderen im Auge, wie bei einer großen, glücklichen Familie. Pete im Friseursalon, Ray und Jason in dem Maklerbüro – sie stört nicht, was ich tue. Trotzdem würde ich auch sie nicht ohne Begleitung einer Frau hereinlassen. So sind nun mal die Regeln.«

Während Grace in dem Geschäft herumschlenderte, war Roxy in einem hinteren Raum beschäftigt. Sie kam mit zwei großen Tassen zurück und reichte eine an Grace weiter, die auf dem Sofa Platz genommen hatte. Roxy nahm einen Schluck aus ihrer Tasse. »Also, was suchen Sie Spezielles, Darling?«

»Nun … ähm … ich möchte einen … Vibrator.« Grace stotterte verlegen.

»Natürlich, überhaupt kein Problem. Möchten Sie einen mit stufenweise einstellbarer Geschwindigkeit? Mit nachgebildetem Adergeflecht oder zusätzlicher Analreizung …?«

Grace' Mund stand offen. »Nein, ich möchte den einfachsten, den Sie haben. Ich … ich habe nicht …«

»Einen für den ersten Versuch, nicht wahr? Richtig so …« Roxy setzte ihre Tasse ab und holte eine kleine Schachtel aus einem Regal unter dem Ladentisch hervor. »Ich meine, das ist das Richtige für Sie. Ideal für den Anfänger.« Sie öffnete die Schachtel und nahm einen weißen Plastikvibrator heraus, der gut siebzehn Zentimeter maß. Sie schraubte das Ende ab und schob zwei Batterien hinein. Als sie die Kappe wieder zuschraubte und dem Gerät eine zusätzliche Drehung verpaßte, begann es ruhig zu summen. »Hier, fühlen Sie mal.«

Sie reichte den Vibrator an Grace weiter, die mit der Spitze ihren Handteller berührte, um das zarte Kribbeln, das er erzeugte, auf sich wirken zu lassen.

»Wie fühlt es sich an?« fragte Roxy. »Ich versichere Ihnen, es ist großartig, wenn Sie damit Ihre verspannten Schultermuskeln am Ende eines langen Tages massieren.«

»Nicht schlecht«, erwiderte Grace. Versuchsweise fuhr sie an der weichen Innenseite ihres Unterarmes entlang und fragte sich, wie es sich anfühlen mochte, wenn er über ihre Brustwarzen glitt, die Kurve ihren Bauch hinunter nahm und tiefer hinab zwischen ihre Schamlippen fuhr … »Ich nehme ihn.«

»Gut. Lassen Sie ihn mich in die Schachtel zurücklegen. Übrigens, die Batterien gebe ich Ihnen kostenlos dazu. Aber Sie müssen sie herausnehmen, wenn Sie den Vibrator irgendwohin mitnehmen. Meiner schaltete sich einmal zufällig in der U-Bahn ein, und ich mußte lügen und meinem Begleiter erzählen, daß es mein Lady-Shaver war!« Sie blickte Grace über den Ladentisch hinweg an, eine Augenbraue hochgezogen, und senkte verschwörerisch die Stimme. »Glauben Sie mir, die meisten Männer lieben die Vorstellung, daß eine Frau so etwas an sich selbst benutzt. Noch mehr lieben sie es, dabei zuzusehen, wenn sie es tut. Sagen Sie, planen Sie, ihn mit Ihrem Freund zu teilen?«

»Nun, eigentlich habe ich zur Zeit keinen ...«, gab Grace zu.

»Das überrascht mich, so ein wunderschönes Mädchen wie Sie.« Ein seltsamer Ton lag in Roxys Stimme, eher erleichtert als besorgt.

»Sie sagten, Sie hätten andere.« Grace beobachtete Roxy, die den schlanken weißen Vibrator einpackte. Sie wollte das Thema wechseln. »Könnte ich einen sehen? Nur aus Interesse.«

»Sicher. Was interessiert Sie denn? Wie wäre es zum Beispiel mit Goliath hier?« Roxy reichte Grace einen dikken, erigierten Latexpenis von stolzen fünfundzwanzig Zentimetern Länge. Auf dem weichen, biegsamen Plastik befanden sich eingearbeitete Adern, und die Eichel lachte sie so realistisch an, daß Grace beinahe erwartete, er werde gleich wollüstige Tränen einer sämigen Flüssigkeit weinen, wenn sie ihn streichelte.

Das ist kein Spielzeug, um es selbst an dir auszuprobieren, sagte sie sich, aber eines, das jemand bei dir anwenden, es dir hineinrammen könnte, um dich damit auszufüllen, wie es kein Mann je fertigbrächte. Dann käme es unweigerlich zu einer orgasmischen Antwort deines straff gespannten Lochs ...

Sie reichte ihn Roxy zurück, schaudernd vor dem geistigen Bild, das sie selbst geschaffen hatte.

»Nicht Ihr Geschmack, wie?« Roxy lächelte. »Wie wäre es mit diesem? Er ist gedacht, um sich vorne und hinten zu bearbeiten.« Dieser war kürzer, aber dicker als der vorige, mit einem schlanken Fortsatz versehen, der nur für eine bestimmte Position gedacht sein konnte. Grace versuchte sich vorzustellen, wie sich der Vibrator einen Weg in ihr enges, verbotenes Loch suchte, während der dickere Schaft in ihrer Vagina arbeitete. Wie würde sie auf diese ungewöhnliche Penetration reagieren? Würde sie dagegen ankämpfen, oder würden die beiden Stimulationen sie zu einem Höhepunkt führen – womöglich doppelt so schnell?

»Oder Sie könnten die hier ausprobieren.« Roxy hielt ein Paar Pingpongbälle, wie es auf den ersten Blick schien, in der Hand, die von einer kurzen Schnur zusammengehalten wurden. Bei genauerer Untersuchung fühlte Grace, daß sie schwer waren. In ihre Oberflächen waren komplizierte asiatische Zeichen eingeritzt. »Japanische Liebeskugeln«, erklärte Roxy. »Hat man diese Babys erst einmal ausprobiert, weiß man, was Freude ist.« Grace starrte sie in blankem Unverständnis an, ehe der Groschen fiel. Wenn du sie in dir trägst, fühlst du ständig ihre raffinierte, lastende Schwere, jeder Schritt ließe dich dem Höhepunkt näher kommen. Vielleicht bescherten sie dir einen Orgasmus in dem Moment, in dem du es am wenigsten erwartet hättest, und alle um dich herum wüßten, daß du dich mitten in der Ekstase befindest. Sie fühlte beinahe, wie die Kugeln beharrlich gegen ihre Schamlippen preßten, wenn sie sich bewegte. Aber die Fantasie ging mit ihr durch …

»Ich glaube, ich bleibe doch bei dem Grundmodel, vielen Dank«, sagte sie und gab Roxy die Liebeskugeln zurück. Sie zog einen Zehnpfundschein aus ihrem Portemonnaie und reichte ihn ihr. Dann nahm sie die diskret eingewickelte Schachtel entgegen und verstaute sie in ihrer Mappe, während die Amerikanerin ihr das Wechselgeld zurückgab.

»Sie werden mich sicher wissen lassen, wie Sie damit zurechtkommen«, meinte Roxy, indem sie Grace zur Tür begleitete. »Sie können jederzeit zurückkommen und etwas Exotischeres auswählen. Rufen Sie mich einfach an.«

»Danke, das werde ich.«

Grace war nicht wenig überrascht, als Roxy sie auf der Türschwelle des Geschäfts umarmte und ihr einen leichten Kuß auf den Mund drückte. »Passen Sie auf sich auf, meine Liebe. Ich bin sicher, daß ich Sie wiedersehe.«

Damit verschwand sie in dem geschmückten Inneren des ›Venus‹. Grace blieb einen Moment vor der Tür stehen und schüttelte den Kopf, um sich von ihrer Verwirrung zu befreien. Dann ging sie in Richtung U-Bahn-Station. Sie fühlte sich, als hätte sie viel mehr getan, als nur ein Sexspielzeug gekauft. Roxy Schaeffer schien den Schlüssel zu einer ganz neuartigen Welt von Intimität und Freude in der Hand zu halten. Vielleicht konnte sie mit ihrer Hilfe beginnen, auf dieselbe Weise Spaß am Sex zu finden, wie es Rachel und besonders Suki taten. Falls ihre Aufgaben fortschreitend exotischer wurden, wie im Brief von Onkel Alexander angedeutet, dann konnte sie möglicherweise einiges lernen, das ihre experimentierfreudigeren Freundinnen bisher noch nicht ausprobiert hatten. Vielleicht hatte sie auch nur zuviel aus einem freundschaftlichen Kuß herausgelesen …

In dem Friseursalon beobachtete Pete, der Punk-Friseur, das dunkelhaarige Mädchen, das an seinem Schaufenster vorüberging. Sie summte vor sich hin, sah strahlender und weniger nervös aus als vor ungefähr zwanzig Minuten, als sie zum erstenmal vorbeigegangen war. Er hatte schon längst bemerkt, daß Roxys Geschäft Wirkung auf Frauen ausübte, was vielleicht auch an der schönen Frau Schaeffer selbst lag. Eines Tages würde er eine Freundin finden, die bereit war, ihn durch die Tür des ›Venus‹ zu führen, und die spezielle Art von mitfühlendem Zauber von Roxy auf sich selbst wirken zu lassen. Er lächelte und wandte sich wieder den festen, braunen Brüsten und einladend gespreizten Schenkeln des monatlichen Faltposters zu, während er auf seinen nächsten Kunden wartete.

Grace wartete bis zum Abend des folgenden Samstags, ehe sie den ersten Versuch mit ihrem neuen Spielkameraden unternahm. Sie lehnte eine Einladung von Mark und Lydia ab, zusammen zu einer Party im Bowling-Center in Clapham zu gehen, da sie allein sein wollte, um sich besser mit ihrem Körper vertraut zu machen. Obwohl das Ehepaar in der Nachbarwohnung sehr zurückgezogen lebte, hatte Grace die beiden an diesem Morgen auf dem Weg zum Supermarkt im Treppenhaus getroffen. Bei dieser Gelegenheit hatten sie erzählt, daß sie an diesem Abend zu einem vorweihnachtlichen Liederkonzert in einer Kirche auf der anderen Seite Ilfords gehen würden. Aus dieser Abwesenheit zog sie nun einen Vorteil. Sie hatte die Stereoanlage aufgedreht und lauschte einer Auswahl von klassischen Stücken, die sie in eine sinnliche Stimmung versetzen sollten.

Das Abendessen bereitete ihr mehr Freude als gewöhnlich. Normalerweise holte sie sich Samstag abends irgendwo etwas zum Mitnehmen, das sie dann von einem auf den Knien balancierten Teller verzehrte, während sie ein ausgeliehenes Video ansah. Heute abend war alles ein wenig sorgfältiger geplant. Sie deckte den Tisch mit ihrem besten Besteck und Porzellan und speiste frische Tagliatelle mit Quattro-formaggi-Sauce, Salat sowie zum Nachtisch sahnige, alkoholreiche Tiramisu. Alles von einem italienischen Delikatessenrestaurant in Soho, das sie manchmal besuchte, wenn sie sich etwas Extravagantes leistete. Es war lange her, daß sie sich so verwöhnt hatte, aber heute war jede Einzelheit dazu bestimmt, daß sie sich besonders wohl fühlte.

Sie nahm ihr zweites, randvolles Glas Chenin Blanc mit ins Badezimmer und nippte wiederholt daran, während sie sich entkleidete und das Wasser einließ. Ein paar Kerzen beleuchteten den kleinen Raum mit weichem, schmeichelndem Licht, und sie goß aromatisches Badeöl in das einlaufende Badewasser. Das Öl hatte sie zwischen den Geburtstagsgeschenken gefunden. Es war von Rachel und duftete nach einer Mischung aus Zitrusfrüchten und Ingwer. Grace atmete das anregende Aroma tief ein, ließ sich in den Schaum sinken und lehnte sich zurück. Dann seifte sie ihren Körper mit zarten, gemächlichen Bewegungen ein. Inzwischen hatte sie den Wein ausgetrunken, und die dezente, barocke Kammermusik der CD war verstummt. Sie fühlte sich gründlich entspannt und im Einklang mit sich selbst.

Nachdem Grace aus der Badewanne gestiegen war, wickelte sie ein großes, flauschiges Handtuch um ihren nassen Körper. Sie trocknete sich langsam und gründlich ab, nahm eine Flasche Körperlotion mit Kakaobutterzusatz vom Regal über dem Waschbecken und schlenderte ins Schlafzimmer. Dort warf sie das feuchte Handtuch in den Wäschekorb und trat vor den Ganzkörperspiegel der Schranktür. Ihr Spiegelbild sah sie erstaunt an, während sie sich kritisch betrachtete. Innerlich beurteilte sie sich von Kopf bis Fuß: das glatte, dunkle Haar, das jetzt ihr ovales Gesicht in feuchten Ranken umrahmte, die kleinen, hohen Brüste mit ihren ein wenig dunkleren, blaßrosa Brustwarzen, die leichte Wölbung ihres Bauches und die dreieckige Stelle mit dem weichen Haar, das ihr Geschlechtsteil schützte. Ihre Augen verweilten für einen Moment auf dem kleinen Leberfleck am Ende ihres rechten Oberschenkels, eine bräunliche Stelle in beinahe exakter Herzform. Es war kein schlechter Körper, wenn man all seine Reize in Betracht zog. Dem gegenwärtigen Schönheitsideal hätten größere Brüste als Gipfel aller Wünsche entsprochen, doch wußte sie, daß Männer den frechen Schwung ihres knackigen Pos bewunderten und ihre schlanken, wohlgeformten

Beine. Es war ein Körper, der geliebt worden war und der wieder lieben würde, sagte sie sich, auch wenn er davon in diesem Moment nichts verspürte.

Aber ehe jemand ihn wirklich lieben konnte, mußte sie sich selbst lieben lernen. So lautete die Botschaft in Onkel Alexanders Brief. Darum hatte sie Roxy Schaeffer im ›Venus‹ besucht, und jetzt lag das Ergebnis dieses Besuchs in der Schublade des Nachttisches neben ihrem Bett. Es wartete darauf, ausgepackt und in Gebrauch genommen zu werden.

Grace setzte sich auf das Bett und goß eine kleine Menge Körperlotion in ihre hohle Hand. Sie erwärmte sie kurz zwischen ihren Händen und rieb dann die Haut ihrer Arme damit ein. Mit einer weiteren Dosis strich sie ihre Beine, Rücken und Schultern ein. Ihre Halsmuskulatur war leicht verspannt, und einen Moment lang wünschte sie sich jemanden mit geschickten Fingern, der die Verspannungen einer Arbeitswoche wegmassierte. Sie erinnerte sich, was Roxy im Geschäft über den Gebrauch des Vibrators als Massagegerät gesagt hatte. Falls sie feststellte, daß er ihr zur sexuellen Stimulation nicht taugte, wäre der Kauf wenigstens nicht vergebens gewesen ...

Draußen war es ruhig. Von ihrem Schlafzimmer aus überschaute sie den gepflegten Landschaftsgarten hinter den Wohnungen, der zu dieser abendlichen Zeit geschlossen und verlassen war. Sie verrieb noch etwas Lotion in ihren Handflächen und strich sanft ihre Schlüsselbeine entlang. Ihre Hände kreisten über die Schultern, und schließlich berührte sie ihre Brustwarzen. Die Berührung war angenehm. Ihre Warzenhöfe kräuselten sich unter dem Reiz. Ruhig spielte sie mit der steif werdenden Haut, wobei sie auch eine entsprechende Straffung weiter unten, in ihrem Bauch verspürte. Es war lange her, daß sie ihrem Körper solche Aufmerksamkeit entgegengebracht hatte, aber sie wußte noch genau, worauf sie reagierte.

Versuchshalber legte sie einen Finger zwischen ihre Schamlippen, doch sie spürte, daß sie noch kaum erregt war. Sie zog die Schublade des Schränkchens auf und entnahm die Schachtel mit dem Vibrator. Rasch entfernte sie die Verpackung, setzte die Batterien ein und schaltete ihn ein. Sie ließ die summende Spitze auf ihren Brustwarzen kreisen und kicherte, als es kitzelte. Dann lehnte sie sich in die Kissen zurück und drückte ihn fester auf ihre Haut. Sie ließ das Gerät langsam über ihren zurückgelehnten Körper gleiten.

Es fehlte ihr eine Fantasievorstellung, an der sie sich weiter aufreizen konnte. Im Geiste suchte sie nach einem passenden Bild. Sie dachte an eine Zeit, lange vor der Beziehung mit David, noch ehe sie ihren ersten festen Freund gehabt hatte. Vor ihrem geistigen Auge tauchten Bilder aus ihrer späten Teenagerzeit auf, als sie die ersten scheuen Versuche der Selbsterkundung unternommen hatte. Sie war nie in Schauspieler oder Rockstars verliebt gewesen. In jenen Tagen hatte sie sich immer anonyme, gesichtslose Männer vorgestellt, es war ihr einfach nicht gelungen, jemanden in ihre erblühenden sexuellen Gefühlsträumereien einzubinden.

Sie war immer die Passive, damals, und ihre Fantasieliebhaber hatten sie mit viel Geduld und unendlicher Zärtlichkeit verführen müssen. Doch heute drängte es sie, diejenige zu sein, die Herrschaft ausübte. Sie dachte daran, wie sie Mark und den Mädchen an ihrem Geburtstag davon erzählte, wie sie mit David am Küchentisch Sex erlebt hatte. Da kam ihr plötzlich ein Bild in den Sinn: Ein Mann stand mit dem Rücken zu ihr und wusch an der winzigen Spüle neben ihrem Kühlschrank das Geschirr. Er war blond, sein Körper gut proportioniert und muskulös, die Pobacken waren schmal und fest. Grace betrachtete ihn lüstern. Sie streichelte liebevoll seinen Hintern, um ihn von seiner sachlich-nüchternen Aufgabe abzulenken. Als er sich umdrehte, sah sie, daß er mit der Plastikschürze bekleidet war, die sie für ihre Küchenarbeiten benutzte. Seine Erektion warf das Material zu einem Zelt auf ...

Und plötzlich war es Mark, den sie vor sich sah, durch ihre Berührung erregt. Splitternackt bis auf die Schürze. Sie zog seinen Kopf zu sich heran. Ihre Münder suchten einander, heiß und feucht. Es war die perfekte Rollenumkehrung. Grace, noch von Kopf bis Fuß bekleidet, zog an den Bändern der Schürze, um seinen Körper ganz ihren forschenden Blicken preiszugeben. Er fiel vor ihr auf die Knie, vergrub seinen Kopf unter ihrem Rock und küßte zunächst ihren Bauchnabel. Dann bewegte er sich nach unten und hauchte durch den Slip hindurch zarte Schmetterlingsküsse auf ihren Schritt. Endlich schob er den Stoff etwas zur Seite, um mit der Zunge ihre bereits erwartungsvoll bebende Muschi zu beglücken. Er widmete sich ihr mit mehr Leidenschaft, als David es je vermochte, und kostete genüßlich ihre Säfte. Dabei verlangte er glühender nach ihr, als irgendein männliches Wesen sie je begehrt hatte. Er würde alles tun, um sie glücklich zu machen ...

Seufzend ließ sie den Vibrator über den harten Kamm ihres Schambeines gleiten, wodurch ein Gefühl ausgelöst wurde, das sie so noch nie erlebt hatte. Sie spreizte ihre Beine und schob mit dem Sexspielzeug ihre Schamlippen auseinander, die jetzt vor Feuchtigkeit glänzten. Als der Vibrator mit ihrem Kitzler in Berührung kam, atmete sie schwer. Schneller, als es die Berührung durch ihre eigenen Finger – oder die eines anderen – hätte verursachen können, überkam sie die erste Empfindungswelle, die einen nahenden Höhepunkt versprach. Himmel, ist das gut, dachte sie, während sie die vibrierende Stange quer über ihr glitschiges Geschlechtsteil rieb. Was hatte sie davon abgehalten, das schon früher auszuprobieren? Versuchsweise tauchte sie die Spitze in die aufgeworfene Öffnung ihrer Scheide und fühlte, wie ihre

Muskeln sich fest darum schlossen. Sie schob sie noch ein wenig tiefer, gab ihrem eigenen Drängen nach. Dann begann sie, schneller zu stoßen, vor und zurück, imitierte die Bewegung eines Penis – von Mark vielleicht, lang, hart und dick. Sie stellte sich wieder Mark vor, der mit flotter Zunge und heftigem Verlangen ihre Muschi leckte. Mit ihrer freien Hand bewegte sie unterdessen ruckartig ihren Kitzler und erkannte, daß sie endlich eine Kombination entdeckt hatte, die zur Überwindung der letzten Hürde beitrug.

Härter, tiefer. Sie verstärkte den Druck auf ihre kleine Knospe, bis sie fühlte, wie sie sich vor dem anflutenden Orgasmus unter die Hautfalte zurückzog. Grace war jetzt über alle Fantasievorstellungen hinaus und jenseits rationellen Denkens. Sie stand kurz vor einem selbststimulierten Höhepunkt, der stärker war als alles, was sie seit Monaten erlebt hatte. Ihre Muskeln spannten und entspannten sich. Ihre Scheide zog sich in ihrer gesamten Länge um den glatten, harten Plastikphallus zusammen, als es ihr kam. Mit einem Aufschrei sank Grace in die Kissen zurück, ließ den Vibrator ihrer Hand entgleiten und, noch immer summend, auf das Federbett fallen.

Als ihr Kopf wieder klar wurde, hob sie das Spielzeug auf, schaltete es aus und schwang die Beine aus dem Bett. Als sie vor dem Schrank stand und sich erneut im Spiegel betrachtete, lächelte sie. Das Spiegelbild wirkte grundverschieden von dem, das sie noch vor einer halben Stunde erblickt hatte. Jetzt schimmerte ihre Haut rosig, wirkte gut durchblutet, und ihre Augen waren ein einziges Leuchten. Sie sah überglücklich, vor Leben sprühend, einfach blendend aus. Mit einem Blick auf den Vibrator dachte sie, daß er seinen Zweck absolut erfüllt hatte. Wenn der erste Test darin bestanden hatte, sich selbst Freude zu bereiten, dann hatte sie ihn voll bestanden.

Bevor sie in einen zufriedenen Schlaf sank, blieb ihr nur eine letzte Aufgabe. Sie suchte zwischen einigem Trödel oben auf dem Schlafzimmerschrank nach der selten benutzten Polaroidkamera, die ihre Eltern ihr einmal zu Weihnachten geschenkt hatten. Dann legte sie den noch feuchten Vibrator vorsichtig auf ihren Schenkel und schoß ein Foto, das deutlich genug zeigte, daß der Plastikphallus benutzt worden war. Morgen würde sie das Papier, das nach dem Auspacken neben dem Bett liegengeblieben war, zum erneuten Einwickeln benutzen und das Päckchen zusammen mit dem Kaufbeleg auf ihren Namen und dem Foto an die Rechtsanwälte schikken. Eines klareren Beweises bedurfte es nicht, um sie zufriedenzustellen. Grace hatte ihre erste Aufgabe bewältigt. Jetzt waren die Rechtsanwälte an der Reihe, ihr die zweite Prüfung aufzuerlegen. Was auch immer auf sie zukam, sie fühlte sich dazu bereit.

Drittes Kapitel

Als zu Beginn des neuen Jahres der nächste Brief von den Anwälten kam, konnte Grace es kaum erwarten, ihn zu lesen. Sie war davon überzeugt, daß sie die erste Aufgabe irgendwie verpatzt hatte, obwohl sie sich noch immer an das prickelnde Vergnügen erinnerte, das sie dabei empfunden hatte. Das letztemal war sie beim Öffnen eines Briefes so nervös gewesen, als sie sich gefragt hatte, ob sie den Job beim *Career Girl* bekäme. Endlich nahm sie einen tiefen Atemzug und überflog den Brief. Sie hatte die Prüfung mit Auszeichnung bestanden. Also, dachte sie selbstgefällig, dann kann die nächste Aufgabe ruhig kommen.

Diesmal gab es keine persönliche Nachricht von ihrem Onkel, nur einige Zeilen von Dominic Butterworth, der anscheinend allein für die Verwaltung des Nachlasses von Alexander Callender verantwortlich war. Offenbar hatte sie ihn mit dem Kauf und der Anwendung des Sexspielzeuges zufriedengestellt. Jetzt ließ er den nächsten Wunsch ihres Onkels folgen. »Nachdem Sie nun gelernt haben, wie man sich selbst erfreut, müssen Sie unter Beweis stellen, daß Sie es auch mit jemand anderem können. Am Ende des Monats müssen Sie mit einem Mann geschlafen haben, den Sie vorher nicht kannten. Wo Sie ihn finden, bleibt ganz allein Ihnen überlassen, aber Sie müssen sich als Fremde begegnen und als Freunde auseinandergehen.«

Grace seufzte. David und sie hatten sich nicht eben als Freunde getrennt, dabei waren sie beträchtlich länger als eine Nacht zusammengewesen. Aber dies hier hatte nichts mit David zu tun. Die fehlgeschlagene Beziehung sollte nicht länger einen Schatten auf ihr zukünftiges Leben werfen. Wenn sie ein einmaliges nächtliches Abenteuer erfolgreich hinter sich zu bringen hatte, warum nicht?

»Du siehst ja ganz vergnügt aus«, sagte Mark, als er die Redaktion am späten Vormittag betrat, um einen Stapel Korrekturfahnen abzuholen, die Grace überprüft hatte.

»Ich bekam heute morgen einen Brief von meinem Rechtsanwalt, der mir mitteilte, daß ich meine erste Aufgabe erfüllt habe.«

»Ein leises Summen in der Nacht, nicht wahr?« Mark grinste. »Gut gemacht.«

»Es ist schon merkwürdig. Ich bin fast so stolz auf mich wie damals, als ich das Verdienstabzeichen der Pfadfinderinnen erhielt.«

Marks Augen leuchteten lüstern. »Du hast mir nie erzählt, daß du bei den Pfadfinderinnen warst. Du besitzt nicht zufällig noch die Uniform?«

»Selbst wenn ich sie hätte, sie würde dir nicht passen.«

Ihr Kollege setzte sich auf die Schreibtischkante. Die Druckfahnen waren plötzlich uninteressant. »Hat er dir eine neue Aufgabe gestellt?«

»Ja, ich muß mir einen Mann angeln und Sex mit ihm haben.«

»Ausgezeichnet. Geh hinauf in die Anzeigenabteilung, ich bin sicher, daß du dort Interessenten findest.«

Lieber wäre mir jemand aus der künstlerischen Abteilung, dachte Grace. Ihr Blick fiel unbeabsichtigt auf Marks ausgewaschene Jeans. Unter dem straffen Stoff zeichnete sich deutlich sein Glied ab, seit er sich niedergesetzt hatte. Sie blinzelte kurz und starrte dann auf den Bildschirm ihres Computers. »So einfach ist es nicht. Aus dem Wortlaut des Briefes geht hervor, daß ich losziehen und einen absolut *fremden* Mann finden muß. Einen klassischen One-night stand, verstehst du?«

»Zu meiner wilden Zeit hatte ich eine Menge solcher

Nächte«, bekannte Mark. »Ich würde sie nicht unbedingt als klassisch bezeichnen, doch laß dich durch mich nicht davon abbringen«, fügte er hinzu, als er sah, wie eine alarmierte Miene Grace' Gesicht verdunkelte. »Ich meine nur, daß ich zu jener Zeit nicht davon ausging, es würden One-night stands werden. Jedenfalls sehe ich für dich überhaupt kein Problem darin, einen Kerl zu finden, der Interesse hat, eine Nacht mit dir zu verbringen. Ich weiß, daß David ein Rückschlag für dich war, aber glaub mir, Grace, du bist ein schönes Mädchen. Wenn er eine bevorzugt, die nicht annähernd dein Format hat, dann ist das sein Problem.«

»Danke, Mark.« Grace streckte die Hand aus und drückte die von Mark. Es war schon eigenartig, wie oft er ihre Unsicherheit fühlte und ihr Beruhigung einflößte, wenn sie es brauchte.

»Mark, bilde ich mir das nur ein, oder sollten Sie tatsächlich oben an der Titelseite arbeiten?«

Mark und Grace fuhren beim Ton der tiefen, befehlsgewohnten Stimme zusammen, die hinter ihnen erklang. Maureen Donnelley besaß das entnervende Gespür, ganz genau zu wissen, wann ihre Mitarbeiter Arbeit Arbeit sein ließen. Nie verkniff sie sich eine scharfe Rüge, auch wenn jemand eine Pause dringend benötigte.

Mark ließ sich schuldbewußt vom Schreibtisch gleiten. »Das Ausdrucken dauert eine Ewigkeit«, sagte er. »Ich werde mal nachsehen, was da los ist.«

»Ja, tun Sie das«, entgegnete Maureen gelassen. »Übrigens, Grace, diese Fahnen müssen korrigiert werden, bevor Sie zu Tisch gehen.«

Grace sah auf die Uhr. Das Mittagessen würde also wieder nur in einer Kleinigkeit vom Sandwich-Stand auf der anderen Straßenseite bestehen, während Maureen zweifellos auf die Sekunde genau eine Stunde für einen gemütlichen Bummel durch den Winterschlußverkauf einplante.

Grace konnte kaum noch glauben, daß sie bei dem ersten Gespräch von ihrer Chefin begeistert gewesen war und sich sogar darauf gefreut hatte, mit dieser Frau zusammenzuarbeiten. Maureen Donnelley war Ende Dreißig. Sie besaß alle Abschlüsse im Fach Journalismus der angesehensten Londoner Colleges und verfügte über eine fünfzehnjährige Erfahrung als Herausgeberin von Frauenzeitschriften. Ihre strengen, scharf geschnittenen Gesichtszüge hinterließen einen eher ausdrucksstarken denn schönen Eindruck. Ihr glänzendes schwarzes, schulterlanges Haar sah immer tadellos aus. Sie hatte sich eine Garderobe aus teuren Kostümen zugelegt, die ihrer sinnlichen Figur schmeichelten. Während der Plauderei beim Einstellungsgespräch hatten sie viel gelacht. Sie schienen auch eine Menge gemeinsamer Interessen zu haben, woraus Grace schloß, daß sie ein gutes Team abgeben würden. Sie hatte gehofft, daß Maureen ihr die Freiheit ließe, etwas mehr Humor und eine modernere Aufmachung in das *Career Girl* einzubringen, um so die anderen, hauptsächlich auf Werbung ausgerichteten Zeitschriften auszustechen, die von den Pendlern von und nach London gelesen wurden. Doch die Chefin war erstaunlich hartnäckig in ihrer ablehnenden Haltung gegenüber Neuerungen.

»Das wird die Inserenten vor den Kopf stoßen«, lautete ihr ständig gleicher Kommentar. Mit der Zeit war Grace immer niedergeschlagener geworden, weil sich Maureens Einstellung durch nichts erschüttern ließ. Die Entdeckung, daß ihre Chefin tyrannisch veranlagt war und geradezu aufblühte, wenn sie jemanden, der eng mit ihr zusammenarbeitete, herumkommandieren konnte, verbesserte die Situation nicht gerade. Darüber hinaus stellte Maureen Grace' Fähigkeiten und ihr Engagement für ihren Job in Frage, wodurch sie mit der Zeit ihr Selbstvertrauen beinahe ebenso untergrub, wie es der Verrat von David getan hatte.

Grace war die einzige Mitarbeiterin im Team, die täglich ins Büro kam. Elaine, die Redakteurin für Modefragen, ließ sich zur Bearbeitung der Gesundheits- und Modeseiten nur zweimal in der Woche sehen. Darüber hinaus ergänzte das Redaktionsteam eine ständig wechselnde Folge von Sekretärinnen auf Zeit und Praktikantinnen. Das bedeutete, daß sie die Hauptlast von Maureens schlechter Stimmung zu tragen hatte. Teilzeitkräfte litten viel weniger, so lief es regelmäßig. Aber bis Grace einen neuen Job gefunden hatte, klebte sie hier fest.

Verblüffenderweise konnte Maureen jedoch auch unglaublich charmant und freigebig sein, wenn sie wollte. Bei den monatlichen Interviewbesprechungen mit Elaine und Grace kümmerte sie sich stets um den Kaffee und die Croissants. Sie vergaß auch nie, an Geburtstagen eine Karte oder ein kleines Geschenk zu überreichen, und zu Weihnachten lud sie die Mitarbeiter der Redaktion und der künstlerischen Abteilung zum Essen ein. Da sie keinen festen Partner besaß, hatte sie einen hohen Verschleiß an Liebhabern, und Grace wußte, daß sie sie je nach ihren speziellen Vorlieben – ob Oper, die Premiere einer neuen West-End-Show oder ein Konzert von Bryan Adams in der London Area – mit Karten für die erste Reihe ausstattete, gefolgt von einem gemütlichen Abendessen. Doch hinter ihrer freundlichen Maske verbarg sich ein Biest.

Grace diskutierte ihre Probleme häufig mit Suki und Rachel, wenn sich die Gelegenheit ergab. Ihre Freundinnen waren davon überzeugt, daß Maureen auf einer ihr unbewußten Ebene von Eifersucht auf ihre Assistentin verzehrt wurde.

»Vor allem«, hatte Suki hervorgehoben, »bist du zehn Jahre jünger als sie und hast noch die Chance, auf Dauer eine wirklich gute Zeitschrift herauszugeben. Außerdem siehst du in einem kurzen Rock zehnmal besser aus als sie.«

Grace beobachtete Maureen, die in ihrem knielangen, roten Jaeger-Kostüm in ihr Büro zurückging, und gab Suki recht. Das einzige Gebiet, auf dem ihre Chefin sie überflügelte, war die Leichtigkeit, mit der sie Männer aufgabelte. Aber auch das bedurfte einer baldigen Korrektur.

Am Freitag abend stand Grace vor ihrem Schlafzimmerspiegel und verpaßte ihrem Erscheinungsbild den letzten Schliff. Sie konnte sich kaum erinnern, wann sie das letztemal allein ausgegangen war. In der Regel ging sie mit Rachel und Suki zusammen, wenn es deren Zeit erlaubte, um sich beispielsweise den neuesten amerikanischen Kitschfilm im Kino anzusehen und ihn danach in einem italienischen Restaurant zu zerpflücken. Oder sie gingen irgendwohin auf ein paar ruhige Drinks – »gefolgt von ein paar lauten«, wie Rachel es auszudrücken pflegte. Ansonsten trank sie nach der Arbeit manchmal mit Mark ein Bier im Pub und wechselte danach, wenn Lydia nicht vorging, mit ihm in ihr chinesisches Lieblingsrestaurant. Dort plauderten sie über Gott und die Welt und beobachteten dabei die Zierkarpfen, die in dem eingemauerten großen Aquarium, umgeben von unechter Samttapete, herumschwammen.

Heute abend mußte sich Grace wieder ins Gedächtnis rufen, wie man eine oberflächliche Konversation mit einem Fremden führte, statt entspannt und gemütlich mit einem Mann zu reden, den sie gut kannte. Es war eine Ewigkeit her, daß sie sich mit einem neuen potentiellen Partner getroffen hatte, so daß ihr fast entfallen war, wie man flirtete. Laß ihn das Gespräch übernehmen, egal, wer auftaucht, dachte sie. Zuhören, lächeln und einfach nur zustimmen, sogar wenn er sich über Fußball auslassen sollte.

Sie nahm ein Paar silberne Ohrringe – ein Geburtstagsgeschenk von Mark – aus der überquellenden

Schmuckschatulle auf dem Tisch des Ankleidezimmers und legte sie an. Ihr Kleid bestand aus schlichtem schwarzem Jersey, hatte einen V-Ausschnitt und war auffallend kurz und gewagt. Sie trug Strümpfe und Strapse, keine Strumpfhose, darüber flache Pumps. Ihr Make-up war mit aller Sorgfalt aufgetragen, und sie hatte ihr dunkles Haar gebürstet, bis es glänzte. Wie zum Kuß spitze sie für ihr Spiegelbild die Lippen, dann ging sie ins Wohnzimmer, wo ihre Handtasche lag.

Sie vergewisserte sich, daß sie ein letztes, wichtiges Utensil nicht vergessen hatte. Mark hatte sie abgefangen, als sie an diesem Abend das Bürogebäude verlassen hatte. »Schließ die Augen, öffne die Hände und staune über Gottes Wunder«, befahl er. Sie gehorchte. Als sie die Augen wieder öffnete, entdeckte sie, daß er ihr ein Päckchen Kondome auf die Handfläche gelegt hatte. »Die kluge Frau baut vor«, empfahl er mit einem Grinsen. Dann drückte er ihr einen Kuß auf die Wange und wünschte ihr viel Glück.

Grace verstaute die Kondome in der Handtasche, nahm ihren Mantel und den Hausschlüssel, dann ging sie zur Bushaltestelle. Mit etwas Glück würde sie nicht allein in ihre Wohnung zurückkehren.

Es gab ein Pub im Zentrum von Ilford, das früher eine schöne, alte viktorianische Schankwirtschaft mit Holztäfelung und reichverzierten Stuckdecken gewesen war. Irgendwann hatte die Brauerei die Idee gehabt, eine Themenbar mit dem Namen ›Doherty's‹ daraus zu machen. Über Nacht waren dort Erinnerungsstücke aus Filmen und Fotos von Schauspielern an den Wänden aufgehängt worden, und die Barkeeper schüttelten ihre Mixbecher à la Tom Cruise. Das Durchschnittsalter der Besucher war auf gut fünfundzwanzig Jahre zurückgegangen, so daß sich David geweigert hatte, länger dorthin zu gehen. Er behauptete, die Bude sei nichts anderes mehr als ein Abschleppschuppen, doch Grace fand den

Ort passend, um den heutigen Abend dort zu verbringen.

Es war kurz vor acht, als sie erschien, und das Lokal war schon mehr als halb voll. Sie öffnete die Tür und wurde von einer Kakophonie aus Klängen begrüßt. Tanzmusik hämmerte mit einer Lautstärke aus den Boxen, die jedes ruhige Gespräch unmöglich machte. Im Hof des Gebäudes, der noch zum Restaurantbereich gehörte, gab eine Gruppe feiernder Gäste musikalisch schrecklich falsch ihre Version von ›Happy Birthday‹ zum besten. Grace fand einen freien Barhocker und machte es sich darauf bequem. Sie bestellte eine Weinschorle bei einer blonden Kellnerin, die einen weißen Frack und Handschuhe trug, womit offensichtlich das Personal einer teuren New Yorker Cocktailbar imitiert werden sollte. Grace fing einen Blick von sich selbst in dem Spiegel auf, der über die gesamte Länge hinter der Bar verlief. Sie bauschte ihr Haar auf und probierte ein Lächeln. Das Getränk wurde in einem hohen Glas mit viel Eis und einem Rührstäbchen serviert. Sie begann schlückchenweise daran zu nippen. Der kräftige Geschmack des Weines war unverkennbar, und die Sodaperlen kribbelten an ihrem Gaumen.

Sie schlug die Beine übereinander. Ihr war bewußt, daß dadurch ihr Rock nach oben rutschte und einen großen Teil ihres schwarzbestrumpften Oberschenkels freilegte. Das Raubtier im durchschnittlichen Mann reagiert auf die derart aufdringliche Zurschaustellung weiblicher Reize sofort, das wußte sie. Aber wollte sie wirklich einen Nullachtfünfzehn-Typen? One-night stand oder nicht, sie erhoffte sich jemanden, der sich aus der Masse abhob. Sie blickte umher, ob sich bereits jemand näherte. Die meisten Männer standen in lärmenden Gruppen zusammen und verrenkten ihre Hälse, um das Fußballspiel zu sehen, das ohne Ton auf zwei TV-Geräten oben an der Wand flimmerte. Andere saßen in weiblicher Begleitung an den Tischen. Ein junger Mann mit rötlichbraunem Haar saß nicht weit von Grace allein an der Bar und sprach einer Flasche mit belgischem Bier zu. Er hat ein freundliches, interessantes Gesicht, dachte sie. In Gedanken suchte sie nach einem Ausspruch, der nicht zu abgedroschen klang, um die Initiative zu ergreifen und sich zu ihm zu setzen. In diesem Moment trat eine kleine, hübsche Blondine in einem langen, pelzbesetzten Mantel hinzu. Der Mantel war nicht zugeknöpft und enthüllte einen sehr kurzen Rock. Offensichtlich brachte sie eine Entschuldigung für ihr Zuspätkommen vor, was mit Achselzucken beantwortet wurde. Grace kletterte wieder auf ihren Barhokker, merkwürdig enttäuscht.

Ihr Glas war beinahe leer. Sie wollte eben mit dem Barmädchen in Blickkontakt treten, um sich nachschenken zu lassen, als sie neben sich eine Stimme hörte. »Verzeihen Sie, können Sie eine Pfundnote wechseln?«

Grace drehte sich auf ihrem Hocker halb um und sah einen jungenhaft wirkenden Mann mit dunklem Haar, das zu einem Pferdeschwänzchen zusammengebunden war. Er trug eine horngeränderte Brille und einen sauber geschnittenen Spitzbart. Bekleidet war er mit einem karamelfarbenen Wildlederjackett, einem schwarzen, ausgeschnittenen Polohemd und einer schwarzen Jeans. Grace dachte, daß er aussah wie ein in die neunziger Jahre zeitversetzter Beatnik aus Greenwich Village. Sie zählte eine Handvoll Münzen vor sich auf der Bar. »Nein, tut mir leid.«

»Macht nichts. Ich glaube, das soll bedeuten, daß ich gar nicht erst zu telefonieren brauche.« Er seufzte. »Ich habe das dumme Gefühl, versetzt worden zu sein. Vor vierzig Minuten wollte ich mich hier mit ein paar Leuten treffen, aber es kommt niemand. Ich war im Begriff anzurufen, um zu fragen, wo sie bleiben, aber mir kommt eine bessere Idee. Da Ihr Glas leer ist, kann ich

Sie genausogut zu einem neuen Drink einladen und meinen Bekannten noch eine halbe Stunde Galgenfrist geben.«

»Danke, dagegen habe ich nichts einzuwenden«, antwortete Grace. Der junge Mann winkte das Barmädchen heran. »Wodka-Orange, bitte, und ...?«

»... eine Weißweinschorle.«

Als die Getränke gebracht worden waren, prosteten sie sich zu und nahmen jeder einen Schluck. »Erzählen Sie mir etwas über sich«, forderte ihr neuer Begleiter sie auf. »Warum sitzen Sie in diesem stickigen kleinen Lokal und trinken mutterseelenallein?«

»Sie wissen doch, wie es manchmal so ist«, antwortete Grace. »Man hält nicht noch einen Freitag abend allein mit einem Abendessen aus dem Gefrierfach und einem miesen Spielfilm im Fernsehen aus, also kommt man hierher und erkennt plötzlich, warum man den Freitag abend sonst lieber zu Hause verbringt.«

»Ja, ich bin gerade dabei, fünfundzwanzig Hausarbeiten zum *Kaufmann von Venedig* durchzusehen. Ich heiße übrigens Simon. Simon Lord.«

Er streckte seine Hand aus, und Grace schüttelte sie mit belustigter Förmlichkeit. »Ich heiße Grace Callender. Sie sind also Lehrer?«

»Sehr scharfsinnig bemerkt. Ja, ich unterrichte Englisch – vielleicht, weil ich zuviel gesündigt habe – oben in Gant's Hill. Und Sie?«

»Ich bin Journalistin. Ich arbeite für das *Career Girl Magazine*.«

»Das kenne ich. Manchmal bekomme ich es in der U-Bahn-Station in die Hand gedrückt. Meistens dann, wenn ich sowieso schon zu spät dran bin. Wenn Sie nicht gerade an einer Dokumentation über das Paarungsverhalten des typischen Englischlehrers arbeiten, habe ich wohl nichts zu befürchten.«

Grace lächelte. »Nein, heute abend habe ich dienstfrei. Übrigens, woran erkennt man das Paarungsverhalten des typischen Englischlehrers?«

»Ehrlich gesagt, im Moment ist es so gut wie nicht existent.« Simon nahm einen Schluck aus seinem Glas. »Ich wollte mich heute abend unter anderem mit der Freundin eines Freundes aus dem Fachbereich Geografie treffen. Er machte das Treffen für uns aus, aber ich glaube, sie hat mich versetzt.«

»Sie wissen ja nicht, ob sie gerade jetzt im Stadtverkehr steckt oder das Lokal sucht oder …«

Er schüttelte den Kopf. »Nein, ich denke, sie kommt nicht.«

»Vielleicht bin ich ein annehmbarer Ersatz?«

Sein Gesicht strahlte. »Oh, ganz bestimmt. Mehr als annehmbar.«

Nachdem sie ihre Getränke ausgetrunken hatten, wollte Grace ihn zu einer neuen Runde einladen. »Sofern Sie nicht eine bessere Idee haben …« Doch das vermutete sie bereits. Ihr Gespräch hatte sich zuerst auf ihrer beider Arbeit bezogen, war aber allmählich in einen Flirt eingemündet. Ihr Augenkontakt dauerte jetzt schon länger, als es der gute Ton vorschrieb. Simon hatte den Mut zur Eroberung gefaßt und legte seine Hand auf ihre. Sie zog sie nicht sofort zurück. Wenn er jetzt nicht auf die Botschaft einging, würde er sie nie begreifen.

»Doch«, antwortete er, »lassen Sie mich einen Vorschlag machen. Im Kühlschrank habe ich eine passable Flasche Chardonnay, und auf dem Weg zu mir gibt es eine ausgezeichnete Pizzeria, von wo aus man etwas mitnehmen kann. Außerdem ist mein Mitbewohner über das Wochenende nach Leeds gefahren. Toll, oder?«

Es wird sicher noch toller kommen, dachte Grace, während sie vom Barhocker glitt und ihren Mantel nahm. Simons Wohnung war in zehn Minuten zu Fuß vom Stadtzentrum aus zu erreichen, und sie legten den Weg plaudernd zurück, Grace' Hand in Simons Armbeuge. Sie hielten bei der Pizzeria und warteten zusammen, während die Teigfladen vor ihren Augen herumgewirbelt und gebacken wurden. Ohne große Diskussion waren sie mit der gleichen Garnitur einverstanden. Sie teilten die Abneigung gegen Anchovis und die Vorliebe für eine dünne, feste Käsekruste über dem Gemüse. David wäre für den Rest des Abends ungenießbar gewesen, wenn Grace einen anderen Wunsch als Pizza Vier Jahreszeiten mit Pilzen geäußert hätte. Die Vorzeichen für ihren Abend mit Simon standen äußerst günstig.

Seine Wohnung befand sich im dritten Stock in einem großen umgebauten Stadthaus aus viktorianischer Zeit. Grace folgte Simon die enge Treppe hinauf und wartete auf dem letzten Absatz, während er die Tür aufschloß.

Drinnen verschwand er mit der Pizzaschachtel in der Küche. »Fühl dich wie zu Hause«, rief er Grace zu. Unterwegs waren sie zum Du übergegangen. »Stell die Musik an, wenn du willst.«

Grace sah sich in der kleinen Wohnung um. Die meisten Möbel hatten bessere Tage gesehen, aber im Wohnzimmer war es gemütlich. Zwei große Bücherregale dominierten, die mit einer bunten Sammlung vollgestopft waren. Es gab die Klassiker der englischen Literatur wie Dickens, die Brontë-Schwestern und Shakespeares Gesammelte Werke. Darunter mischten sich Taschenbücher aus dem Horror- und Science-fiction-Bereich, deren Buchrücken Beschädigungen aufwiesen, sowie eine Auswahl medizinischer Lehrbücher. Grace nahm an, daß sie Simons abwesendem Mitbewohner gehörten. Falls er Arzt war, erklärte das auch den Totenschädel auf dem Fernseher, dem jemand einen wollenen Hut in den Farben von Westham United schräg aufgesetzt hatte. Sie legte keinen Wert darauf, zu untersuchen, ob der Schädel echt oder nur eine Nachbildung aus Plastik war.

Sie wandte ihre Aufmerksamkeit Simons CD-Sammlung zu. Einige Namen wie Nirvana und die Red Hot Chili Peppers kannte sie, aber die meisten blieben ihr ein Geheimnis. Anscheinend war keine der Platten auf die Stimmung ausgerichtet, die sie hervorrufen wollte. Schließlich begnügte sie sich also mit einer Auswahl schwermütiger Balladen. Als Simon das Wohnzimmer mit einem Tablett mit Tellern und Gläsern betrat, setzten die ersten Takte von Joan Armatradings ›Love and Affection‹ ein.

»Du hast Ians Verführungs-CD gefunden«, sagte er, während er das Tablett auf dem niedrigen Tisch vor dem Sofa absetzte.

»Wer von euch ist denn der Westham-Anhänger?« fragte Grace und sah mißbilligend auf den Schädel.

»Aha, du hast Charlie entdeckt.« Simon grinste. »Ian ist Fußballfan, ich nicht. Mir auf einer Tribüne kalte Füße zu holen, während ein Haufen Dummköpfe einem Ball nachstolpert, ist nicht unbedingt das, was ich mir unter angenehmer Unterhaltung vorstelle.«

»Was dann?« Grace sah ihn mit kokettem Augenaufschlag an, während er das zweite Weinglas vollgoß.

»Sagen wir, daß ich Dinge bevorzuge, die eins aus dem anderen entstehen.« Ihre Lippen berührten sich in einem flüchtigen Kuß. Grace fühlte, wie sie ein leichtes Zittern durchrieselte. Sie wußte aus Erfahrung, daß der erste Kuß immer erkennen ließ, ob ein zweiter folgen würde. Ihre Hormone wallten jedoch schon, verlangten nach Wiederholung.

Simon nahm ein Pizzastück, bot es Grace an und ermutigte sie abzubeißen. Es lag eine besondere Intimität darin, von einer anderen Person gefüttert zu werden, stellte sie fest. Besonders, wenn es erforderlich war, Tomatensauce und Fäden ziehenden Mozzarella von den Fingern des anderen abzulecken. Nach drei Vierteln des Stücks war ihr Hunger bereits gestillt – nicht jedoch ihr Appetit auf Sex.

Simon schien auch von einer gewissen Stimmung erfaßt zu werden, weil er das Tablett mit der halben Pizza zur Seite schob und Grace für einen zweiten Kuß an sich zog. Sie sank in seine Umarmung und schlang ihre Arme um seinen Hals, während er zart die Konturen ihres Gesichts streichelte. Sie küßten sich innig. Ihre Lippen bebten vor Verlangen, als sich ihre Münder schließlich wieder trennten. Grace hatte vergessen, wie gut man sich in der Nähe eines anderen fühlte.

Sie hatte gar nicht bemerkt, wie Simons Entdeckungen kühner geworden waren, bis sie seine Hand auf ihrem Busen spürte. Sogar durch den Stoff erregten die drängenden Bewegungen seines Handtellers ihre Brustwarzen. Aus einer unwillkürlichen Passivität heraus ließ sie ihn gewähren, als er den Reißverschluß ihres Kleides öffnete und es herunterzog. Aber als er den Verschluß ihres Büstenhalters suchte, stoppte sie seine Hand. Sie wünschte sich, daß alles ein wenig langsamer geschähe.

»Sag nichts«, flüsterte Simon. »Du magst es nicht, wenn jemand zuguckt. Warte eine Sekunde.«

Grace hätte gern gewußt, was er meinte, begann jedoch zu lachen, als er zum Fernseher ging und den Wollhut fest über die leeren Augenhöhlen des Schädels zog.

»Dieser Charlie ist ein Voyeur!« Simon grinste, als er an ihre Seite zurückkehrte. »Aber im Ernst, Grace, wenn du nicht willst ...«

»Doch, ich will«, antwortete Grace. »Ganz bestimmt. Es ist nur so lange her, daß ich mit jemandem zusammen war. Ich glaube, ich habe vergessen, was zu tun ist ...« Ihre Stimme verebbte.

»Ach komm, Grace.« Simon ergriff ihre Hand und legte sie sanft zwischen seine Schenkel. Unter seinen Jeans bildete sein Glied eine feste Ausbeulung. »Du machst es genau richtig, glaub mir.«

Er drückte ihr einen Kuß auf die Lippen, glühend vor

Verlangen. Wenn er gern die Führung übernahm, sollte es Grace mehr als recht sein. Als er noch einmal ihren Büstenhalter öffnen wollte, erlaubte sie es ihm.

»Was für süße kleine Brüste du hast«, sagte er und verlieh seiner Anerkennung mit dem Mund Nachdruck. Grace seufzte, als seine Lippen fest eine Brustwarze umschlossen und er sie mit der Zunge vorsichtig liebkoste. Mit den Fingern streichelte er die andere. Sie gab sich dem angenehmen Gefühl hin und vergaß vollkommen, daß sie diesen Mann erst vor einigen Stunden getroffen hatte – und jetzt lag sie halbnackt in seinem Wohnzimmer, während er ihren Körper entdeckte.

Simon hielt für einen Moment inne. Er zog sich den Pullover über den Kopf, schnallte den Gürtel seiner Jeans auf und ließ die Hose zu Boden fallen. Einen Augenblick lang sah Grace die Konturen seines steifen Penis, der gegen das Gewebe seines Slips drückte. Sie wollte ihn ergreifen, ihn berühren, aber Simon beugte sich wieder über sie. Seine Hände strichen langsam ihren ganzen Körper entlang. Er zog ihr das Kleid über die Hüften, dann streichelte er ihren Bauch. Erst danach widmete er seine Aufmerksamkeit ihrer Muschi. Sie nahm an, daß er ihr den Slip ausziehen würde, statt dessen begann er, sie durch den Stoff hindurch zu liebkosen, bis ihre Flüssigkeit die Spitze durchweichte und dunkel färbte. Wieder erwartete sie, daß er sie nun von dem Slip befreite, aber er schob einfach einen Finger unter den Saum und berührte mit zarter Eleganz ihre Klitoris.

Mit aufreizender Langsamkeit streichelte er sie einem Orgasmus entgegen. In ihrem unbändigen Verlangen überließ sich Grace ganz dem neckischen Finger, wobei sie ihre Hüften leicht vom Sofa abhob. Die CD hatte aufgehört zu spielen, aber sie merkten es beide nicht. Nur noch ihr zusammenhangsloses Keuchen war im Zimmer zu hören, da Simon sie mit zielstrebiger Entschlossenheit an einen Höhepunkt heranführte. Ihr Gesicht erglühte, als es ihr endlich kam, und sie zog ihn für einen Kuß an sich heran.

Ihre Körper drängten aneinander, und Simon drückte sein Glied gegen ihren Bauch. Sie fühlte sich durch den Orgasmus nur halb befriedigt, verlangte, ihn in sich zu spüren, doch hatte sie Mark etwas versprochen. Sie stand auf und ging zu ihrer Handtasche. Als sie zurückkehrte, gab sie Simon eines der Folienpäckchen. »Bitte.« Ihre Stimme war nur ein Hauch.

Simon nahm es, streifte seinen Slip ab und wickelte das Präservativ sorgfältig aus. Zum erstenmal sah sie seinen Penis, ein pralles Glied mit einer schönen Eichel. Ein Tropfen klarer Samenflüssigkeit hing schon daran. Wenig später war das Prachtstück mit einer weichen zweiten Haut aus Latex umhüllt, und Grace nahm Simon erneut in die Arme.

»Wo waren wir stehengeblieben?« fragte er.

Sie legte ihre Hand auf sein Glied. »Hier, denke ich.«

»Ach ja. Aber jetzt muß das hier weichen.« Er rollte ihr den Damenslip von den Beinen und warf ihn auf den Fußboden. Sie glaubte, er würde sie wieder mit dem Rücken auf das Sofa legen, aber statt dessen nahm er sie auf die Arme und trug sie in sein Zimmer. Kurz registrierte sie die blaugestrichenen Wände, an denen weitere Bücherschränke standen. Die zugezogenen blauen Vorhänge verbannten die Januarnacht. Er legte sie aufs Bett und kroch neben sie. Seine Finger streichelten ihre Schamlippen. Als er sie öffnete, waren sie schön feucht, und er wußte, daß sie bereit war.

Sie half ihm mit einem eifrigen Griff, und er glitt langsam in sie hinein. Ihre Blicke begegneten sich. Sie lächelten einander zu, während Simon zuzustoßen begann.

Grace war so lange abstinent gewesen, daß sie sich zuerst kaum an seine Bewegungen anpassen konnte, aber sie hatte den urtümlichen Rhythmus der Liebe noch nicht ganz vergessen. Während er allmählich auf Touren kam und sein Aufprall sie zurückwarf, begannen ihre Hüften zu kreisen. Sie suchte eine Stellung, die ihr den größtmöglichen Genuß verschaffte. Mit einem Schrei und einem ruckartigen letzten Stoß erreichte Simon den Orgasmus. Er hielt sie einige Sekunden lang fest, dann zog er sich zurück. Sie sah, daß sein Körper vor Schweiß glänzte, preßte leicht zwei Finger auf ihre Vulva und kam.

Grace öffnete die Augen und blickte an eine ihr unbekannte Schlafzimmerdecke. Eine Uhr, die sie nicht kannte, auf einem ihr ebenfalls unbekannten Schlafzimmerschrank sagte ihr, daß es halb acht war. Als sie sich umdrehte, sah sie einen fremden Kopf auf dem Kissen neben sich, dessen dunkles Haar zu einem Pferdeschwanz gedreht war. Da kam ihr die Erinnerung zurück. Es war Simon Lord, ihr One-night stand.

Wie geht es jetzt weiter, dachte sie. Was wird er sagen, wenn er aufwacht und ich noch hier bin? Gesetzt den Fall, es ärgert ihn? Aber das war unwahrscheinlich, mußte sie zugeben. Simon hatte ganz offensichtlich auch Gefallen an dem Liebesspiel gefunden.

Ihre Kleider lagen noch im Wohnzimmer, wo sich auch ihre Handtasche mit der Polaroidkamera befand. So vorsichtig sie konnte, schlug sie das schwere, schottisch gemusterte Oberbett von ihrem Körper und schwang die Beine aus dem Bett. Sie war im Begriff, aus dem Schlafzimmer zu schleichen, als Simon aufwachte.

Er nahm seine Brille und setzte sie auf. »Grace, du gehst doch nicht etwa schon?«

Sie schüttelte den Kopf. »Es mag sich komisch anhören, aber ich brauche ein Foto von dir.«

»Kein Problem, irgendwo muß ich eins haben. Komm ins Bett zurück, ich suche später danach.« Er griff nach ihrem Arm und zog sie ins Bett. Sein Körper war warm, und sie fühlte, wie sich sein Penis erneut versteifte.

Grace holte tief Atem. »Es muß ein intimes Foto sein«, sagte sie. »Ich wollte das Deckbett zurückschlagen, um eins von dir zu machen.«

»Ich verstehe. Du könntest einen hübschen Schnappschuß meiner Erektion machen, aber ich würde mich vermutlich dabei unterkühlen.« Er küßte leidenschaftlich ihren Hals. »Und warum kein Foto von dir?«

»Nun ja ...«

»Gibt es einen Selbstauslöser an deinem Fotoapparat?«

»Ich glaube schon«, erwiderte Grace unsicher.

»Dann hol ihn, und wir schießen ein sehr intimes Foto von uns beiden.«

Grace verließ das Schlafzimmer in dem Bewußtsein, daß Simon ihr mit Blicken folgte und genüßlich ihren nackten Rücken und ihr Gesäß betrachtete. Die Kamera befand sich in ihrer Handtasche, die noch neben dem Sofa lag, wo sie sie liegengelassen hatte. Als sie zurückkam, saß Simon aufrecht im Bett, das Deckbett lose um sich geschlungen. Bevor sie bei ihm war, sprang er heraus und präsentierte ihr seinen kräftigen Körper und sein erigiertes Glied. Dieses Bild allein ist ein Foto wert, dachte Grace und drückte auf den Auslöser. Die Kamera surrte und spie das Fotopapier aus. Sie legte es zur Seite, damit es sich entwickeln konnte.

»Das war nicht gerade das, was ich mir vorgestellt hatte.« Simon kam näher und umarmte sie fest.

»Woran dachtest du denn?« fragte sie.

»Zum Beispiel hieran.« Er führte sie sanft zum Kleiderschrank und hieß sie, die Kamera auf einen Sessel zu legen und den Selbstauslöser einzustellen. In der Eichentür des Schranks befand sich ein Spiegel, und Grace blickte auf ihrer beider Spiegelbilder. Ihr Körper schmiegte sich rücklings eng an Simon. Sie beobachtete, wie seine hohlen Hände ihre Brüste bedeckten. »Ist das der passende Schnappschuß für dich?« Seine Stimme war nur ein liebkosendes Flüstern an ihrem Ohr. »Oder steht dir der Sinn vielleicht mehr hiernach?«

Seine rechte Hand glitt zu ihrem Venushügel hinab, und er begann mit dem Mittelfinger in masturbierender Bewegung zwischen ihren Schamlippen zu reiben. Grace dachte, was für ein prächtiges Foto sie abgäben, und registrierte gerade noch den Kamerablitz, während Simon ihre empfindliche Klitoris stimulierte. Sie griff hinter sich, umfaßte seinen prallen Penis und bewegte ihre Finger kraftvoll auf und ab. Ihr Daumen spielte dabei über die weiche Haut seiner Eichel, deren Schlüpfrigkeit ihr Kreisen erleichterte. Das wäre ein noch besseres Foto, dachte sie und beobachtete im Spiegel, wie sich ihre beiden Körper gegenseitig befriedigten. Simons Augen waren fest geschlossen, er biß sich auf die Unterlippe. Ihre Haut war leicht gerötet, die Brustwarzen standen erregt und stolz empor. Die Polaroidkamera befand sich beinahe in Reichweite, lud zu einem Bild ein, aber keiner von ihnen wollte hingehen und den Selbstauslöser betätigen. Simons Finger bearbeiteten ihren Scheideneingang und drückten dort auf die Nervenenden. Als der gleiche Druck noch einmal ihre Klitoris erreichte, zitterte Grace in seinen Armen und kam. Ihr Griff schloß sich noch fester um sein hartes Glied, und ihre Finger massierten angestrengt, bis sie ihm ebenfalls einen Höhepunkt bereiteten.

Einen Moment lang lehnte sich Grace an Simon, den Kopf an seiner Schulter. Als sie wieder klar denken konnte, wandte sie ihm das Gesicht zu. »Ich muß jetzt wirklich gehen.«

»Bist du sicher?« Sein Gesicht verriet Enttäuschung. »Magst du nicht wenigstens noch auf einen Kaffee bleiben?«

Wir müssen als Freunde scheiden, sagte sie sich. Freunde trinken hinterher einen Kaffee und plaudern. »Also gut.« Sie sah ihm zu, wie er einen kurzen, grünen

Frotteebademantel vom Haken der Schlafzimmertür nahm und ihn anzog. Dann band er sich seinen Pferdeschwanz und ging in die Küche. Ich habe die richtige Wahl getroffen, sagte sie sich selbst.

Nachdem sie sich gewaschen und angekleidet hatte, stand eine große dampfende Tasse Kaffee für sie in der Küche bereit. Simon legte Brotscheiben auf den Toaster. »Möchtest du eine Scheibe?«

»Danke, gern.« Sie fühlte sich plötzlich sehr hungrig. Am Abend zuvor hatte sie ja auch kaum etwas von der Pizza gegessen.

»Werde ich dich wiedersehen?« fragte Simon.

Das war der Augenblick, den Grace gefürchtet hatte. Vieles in ihr sprach dafür, daß sie ihn gern wiedersähe. Er sah gut aus, war ein angenehmer Zeitgenosse, und der Sex mit ihm war viel eindrucksvoller, als sie es mit David in Erinnerung hatte. Aber der Wortlaut der Aufgabe machte zur Bedingung, daß es sich um ein einmaliges Erlebnis handelte.

»Da bin ich ganz sicher«, erwiderte sie schließlich. Es war eine eher neutrale Antwort, und sie versuchte, mehr Begeisterung in ihre Stimme zu legen. »Ich gebe dir meine Telefonnummer.« Der Anrufbeantworter würde seine Anrufe entgegennehmen, dachte sie, während sie ihre Nummer auf ein Stück Papier schrieb. Simon riß den unteren Rand ab, schrieb seine Nummer darauf und reichte sie ihr.

Nachdem er sie zur Tür geleitet hatte, küßte er sie fest auf den Mund. Das war ganz bestimmt ein Kuß in Freundschaft, dachte sie. »Es war großartig, wirklich«, sagte sie. Jedes Wort war ehrlich gemeint.

»Du bist einsame Klasse.« Ein Lächeln huschte über sein Gesicht. »Wenn mir in nächster Zeit jemand in der U-Bahn-Station deine Zeitschrift in die Hand drückt, werde ich jedes Wort lesen, das verspreche ich.«

»Im Gegenzug kann ich leider nicht versprechen,

daß ich Shakespeares Gesammelte Werke lesen werde, aber ...« Grace flog ihm um den Hals und umarmte ihn fest. Dann eilte sie die Treppen hinunter. Als sie sich noch einmal kurz umdrehte, sah sie Simon auf dem Treppenabsatz stehen. Er winkte, ehe er in die Wohnung ging. Irgendwie sah er in seinem Bademantel anrührend und verletzlich aus. Grace fühlte einen plötzlichen Stich, als hätte sie sich schuldig gemacht. Sie trat auf die Straße hinaus, stieß die Hände tief in die Taschen ihres Mantels und ging, ohne sich noch einmal umzusehen, zur nächsten Bushaltestelle.

Viertes Kapitel

Die Büros von Butterworth, Lambert und Butterworth sahen mit der schweren Eichentäfelung an den Wänden düster und altmodisch aus. Eine kühle Empfangsdame unbestimmten Alters am Tresen verstärkte den Eindruck noch. Grace saß im Wartebereich und blätterte in einem alten Exemplar von *Country Life*. Sie war gespannt, warum der Rechtsanwalt von Alexander Callender sie herbestellt hatte. Vermutlich hätte sie, wäre die letzte Aufgabe ungültig gewesen, lediglich einen sehr höflichen Brief erhalten, der ihr den Mißerfolg mitteilte. Statt dessen hatte ihr Anrufbeantworter eine sanft aufgesprochene Nachricht von Dominic Butterworth enthalten, der sie zu einem Termin zu sich bat.

»Miß Callender?« Grace sah von ihrer Zeitschrift auf. Dominic Butterworth stand in der Türöffnung seines Büros, ein attraktiver Mann Ende Zwanzig in einem gutgeschnittenen dunkelgrauen Anzug. Das Alter und der allgemein heruntergekommene Zustand der Büros hatten in ihr die Erwartung geweckt, einem mürrischen, ergrauten alten Herrn zu begegnen, der ihre Geschäfte verwaltete. Aber es war nicht nur seine Jugendlichkeit, die sie überraschte. Ihr wurde mit einemmal etwas klar, als sie ihn näher betrachtete. Vor kurzem hatte sie ihn weniger förmlich gekleidet gesehen, nämlich in einem ausgebeulten burgunderfarbenen Pullover über schwarzen Jeans und einem weißen Hemd. Es bestand kein Zweifel, denn seine auffälligen roten Haare und die hellblauen Augen waren unverwechselbar. Sie errötete, als sie sich daran erinnerte, daß er an einem Tisch im Doherty's gesessen und sie ihn dort beinahe angesprochen hatte.

»Bitte kommen Sie herein«, sagte er.

Grace folgte ihm in sein Büro. Es besaß die gleiche alte Holztäfelung und ähnlich antiquiertes Mobiliar wie der Rest der Kanzlei, aber die funkelnagelneuen Aktenschränke und ein Wandplaner, in dem eine Auswahl von farbigen Markierungen steckte, vermittelten den Eindruck von Modernität und Effizienz.

»Setzen Sie sich, Grace. Ich darf doch Grace sagen?« Sie nickte und ließ sich auf einen Stuhl mit hoher Lehne vor Dominic Butterworths Schreibtisch nieder. »Ich hasse nämlich übertriebene Förmlichkeit, müssen Sie wissen. Vornamen hören sich viel freundlicher an. Bitte nennen Sie mich Dominic. Ich sage Geraldine, daß sie Ihnen einen Kaffee bringen soll. Wie trinken Sie ihn?«

»Bitte mit Milch und ohne Zucker.« Grace warf einen verstohlenen Blick auf die Papiere auf seinem Schreibtisch, um zu sehen, ob etwas ihr Erbe betraf.

Der junge Rechtsanwalt sprach in die Gegensprechanlage, um Geraldine – der Empfangsdame, wie Grace vermutete – Instruktionen zu erteilen. »Also dann«, sagte er anschließend und nahm einen Aktenordner in die Hand, »wollen wir mal sehen, was wir hier haben ...«

Als er den Inhalt des Ordners entnahm, sah Grace die Briefe, Fotos und anderes, das sie ihm im Zusammenhang mit ihren ersten beiden Aufgaben zugesendet hatte. Die zerknitterte Vibratorverpackung wirkte in der nüchternen Umgebung von Dominics Büro besonders unpassend. Sie fühlte, wie sie errötete.

»Vielen Dank für all diese Sendungen«, sagte Dominic. »Ich muß zugeben, daß das keine normale Nachlaßverwaltung ist, die man uns sonst zu übernehmen bittet. Aber soweit ich mich überzeugen konnte, haben Sie den Wünschen Ihres Onkels Folge geleistet. Leider meldeten meine Seniorpartner ein paar Zweifel an und baten mich, die Rechtskräftigkeit der Beweise zu überprüfen. Ich habe schon einige Erkundigungen eingezogen, und die

Beteiligten waren sehr hilfreich. Es scheint, daß Sie einen ziemlichen Eindruck auf Mr. Lord hinterlassen haben, Grace.« Sie wartete, daß er nähere Angaben machte, und fragte sich, was Simon veranlaßt haben konnte, ihm von ihrer gemeinsamen Nacht zu erzählen.

Aber da fuhr er fort: »Vielen Dank auch für die computererstellte Rechnung, so konnte ich mit Miss Schaeffer vom ›Venus‹ Kontakt aufnehmen. Sie bestätigte, daß eine junge, dunkelhaarige Dame, auf die Ihre Beschreibung zutrifft, das Vibratormodell ›Flüsterer‹ Mitte Dezember bei ihr gekauft hat. Leider konnte sie mir bei dem Foto nicht weiterhelfen, so bin ich gezwungen, Sie zu bitten, die Prüfung des Fotos selbst zu übernehmen.«

Er sah kurz in seine Akte. »Ich glaube, es gibt ein kleines Muttermal ...«

»Auf meinem rechten Oberschenkel, ja.«

»Ich fürchte, daß ich es mir ansehen muß«, sagte Dominic ruhig.

»Und wenn ich mich weigere?«

»Dann bleibt mir nichts anderes übrig, als Sie meinen Seniorpartnern vorzustellen. Wenn Sie nicht bereit sind, Ihr Recht auf das Erbe überprüfen zu lassen, könnten Sie Ihren Anspruch verwirken.«

Grace zögerte einen Moment. Die Stille des Büros wurde nur vom gedämpften Rumpeln eines Busses unterbrochen, der draußen auf der Straße vorbeifuhr. Sie schaute auf Dominic Butterworth, aber der blickte nur teilnahmslos zurück, die Ellbogen auf den Tisch gestützt und die Finger unter dem Kinn verschränkt.

Sie war davon überzeugt, daß er die Wahrheit sagte und seine Partner im Falle einer Weigerung ihren Anspruch für rechtsungültig erklären konnten. Dann bekäme sie von der viertel Million nichts zu sehen. Wenn nur das Mal nicht so hoch oben an ihrem Oberschenkel säße! Sie wußte, daß sie ihren Rock praktisch bis zur Taille hochziehen mußte, um ihm den Fleck zu zeigen.

Sie hätte es auch auf dem Stuhl sitzend tun können, aber sie wollte den Stoff ihres Bürokostüms nicht zerknautschen, indem sie ihn in dieser Position bis zum Gesäß hochschob. Deshalb stand sie auf und hob sehr langsam den Saum hoch. Dominic schwieg, als die Säulen ihrer Oberschenkel mehr und mehr enthüllt wurden. Grace hätte schwören können, daß seine Atmung schwerer klang als zuvor. Der Rock näherte sich den Strumpfkanten, und sie fragte sich, ob sich seine Hose unter der soliden Eichentischplatte zu einem Zelt aufbäumte.

Sie zog den Rock höher. Jetzt waren die dunklen Zierborten ihrer Strümpfe und die darüberliegende blasse Haut ihrer Schenkel deutlich zu sehen. Dominic würde bald auch ihr dünnes seidenes Höschen sehen, das nur knapp den dunklen Schatten ihrer Schamhaare verschleierte. Bei dem Gedanken daran trieb es ihr die Schamröte ins Gesicht.

»Es tut mir leid, Grace, aber von hier aus kann ich kaum etwas erkennen.« Dominics Stimme klang etwas heiser, als wäre der Speichel in seinem Mund ausgetrocknet. Grace ging zögernd um seinen Schreibtisch herum und stellte sich direkt vor ihm auf. Jetzt wäre mit Sicherheit gleich jeglicher Irrtum betreffs des charakteristischen braunen, herzförmigen Muttermals auf ihrem Oberschenkel ausgeräumt. Trotz ihrer Verlegenheit fühlte sie, wie sich ein unerwartetes, verlangendes Pulsieren zwischen ihren Beinen regte, als sie seine prüfenden Blikke spürte.

»Sind Sie jetzt davon überzeugt, daß ich das Mädchen auf dem Foto bin?«

Der junge Rechtsanwalt nickte, da es ihm die Sprache verschlagen hatte. Er starrte auf das blasse Fleisch ihres Oberschenkels und die dunklen Haarbüschel, die seitlich aus ihrem Höschen hervorlugten. Wenigstens hatte er sie vor der Demütigung bewahrt, halbnackt vor den Seniorpartnern zu defilieren – obwohl auch der Gedanke, daß zwei oder gar drei Augenpaare ihren Körper begutachteten, eine seltsame Erregung mit sich brachte.

»Müssen Sie noch mehr sehen?« fragte sie. »Oder kann ich meinen Rock wieder herunterlassen?«

»Wie? Ach ja ... Entschuldigung, natürlich. Vielen Dank, Grace, das war sehr ... aufschlußreich. Bleiben Sie bitte nur noch ein paar Minuten, bis ich mit Mr. Lambert gesprochen habe. Danach können Sie Ihre nächste Aufgabe gleich mitnehmen.«

Dominic verschwand aus dem Zimmer und ließ Grace allein zurück, die ihre Kleidung in Ordnung brachte. Während seiner Abwesenheit stellte sie sich vor, daß er überhaupt nicht zu dem alten Mr. Lambert gegangen war, sondern sich vielmehr in der Bürotoilette eingeschlossen hatte, um seinen geschwollenen, großen Penis aus seiner Hose zu befreien und sich Erleichterung zu verschaffen. Obwohl sie nicht mit der Wimper gezuckt hatte, war ihr doch die Wölbung in seinem Schritt aufgefallen, als sie sich vor ihm zur Schau stellte. Jetzt malte sie sich aus, wie es in seinem erregten Zustand nur weniger Bewegungen seiner Hand bedurfte, um in einem schnellen Orgasmus dickflüssiges Sperma aus seinem Glied zu spritzen.

Als er zurückkehrte, bemerkte Grace, daß seine Erektion verschwunden war. Doch es gab kein äußeres Anzeichen dafür, daß er gerade onaniert hatte, keinen Anflug von Hitze in seinem Gesicht. Er wirkte beherrscht, und sein Äußeres unterschied sich in nichts von vorhin, als sie sein Büro betreten hatte. Er nahm einen braunen Umschlag zur Hand und überreichte ihn ihr.

»Soll ich ihn jetzt gleich öffnen oder ...?«

»Heben Sie sich das auf, bis Sie zu Hause sind.« Ein rätselhaftes Lächeln erschien auf dem Gesicht des Rechtsanwalts, und Grace war klar, daß er genau wußte, was der Umschlag enthielt. »Ich bin neugierig zu erfahren, wie Sie diese Aufgabe lösen.«

Er lächelte unentwegt, während er sie zur Tür brachte.

Schweiß floß in breiten Bächen von Grace' Körper. Ihr feuchtes Haar klebte an ihrer Stirn, und ihr Herz hämmerte wie wild in ihrer Brust. Sie blickte starr geradeaus und konzentrierte sich darauf, ihre Bewegungen mit der Musik in Einklang zu bringen. Dabei folgte sie den Instruktionen und Anfeuerungsrufen, die Lydia Mulligan mit lauter Stimme rief. Der lange, niedrige Raum vibrierte unter dem donnernden Beat der Musik und dem schweren, dumpfen Stampfen von vierundzwanzig Füßen, die in fast perfekter Synchronisation den Holzfußboden bearbeiteten.

Grace kam zweimal wöchentlich in die Tanz-Aerobic-Stunde, aber es schien niemals leichter zu werden. Als Gott das Gefühl für Koordination ausgeteilt hatte, dachte Grace, während ihre Turnschuhe ein Stakkato auf der purpurnen Plastikstufe vollführten, hatte sie offensichtlich in einer anderen Reihe angestanden. In den ersten Wochen war sie ständig zwei Beats hinter dem Rest der Klasse zurückgeblieben, und die Aufforderung, mitten im Schritt eine Drehung zu vollführen und dabei über dem Kopf in die Hände zu klatschen, hatte sie völlig überfordert. Trotzdem bekamen ihr die Übungen gut. Sehr lange hatte sie sich vorgenommen, an einem solchen Kurs teilzunehmen, aber seit David gegangen war, hatte sie eine Routine einreißen lassen, nach der sie abends lange arbeitete, unregelmäßige Mahlzeiten einnahm und die Abende in der Wohnung verbrachte, wo sie sich in einen Sessel vor den Fernseher fläzte. Wenigstens befand sie sich hier zwischen freundlichen Gesichtern, auch wenn die Mehrzahl davon den Mitgliedern des Theaterensembles der nahen West-End-Shows gehörten, die Lydias marternde Übungen lächerlich einfach fanden.

»Gut, wir kommen zum Ende, strecken uns und kühlen ab«, verkündigte Lydia. In Grace kam Neid auf, als sie beobachtete, wie die Vortänzerin mühelos auf ihrem linken Bein balancierte, den rechten Fuß hinter sich packte und damit ihr Gesäß berührte. Die Frau war schön, das war nicht zu leugnen. Ihr Gesicht besaß hohe Wangenknochen, die Haut war tadellos, die Augen groß und mandelförmig. Ihr rotblondes Haar war zu einem ordentlichen französischen Zopf geflochten, aus dem sich während der anstrengenden Übungen nicht eine einzige Haarsträhne selbständig gemacht hatte. Ihre Figur hatte durch endlose Trainingsstunden den perfekten Schliff erhalten. Daran schmiegte sich ein enganliegendes, scharlachrot-schwarz gemustertes Trikot und betonte ihre großen, der Schwerkraft trotzenden Brüste. Das hintere Riemchen verschwand in der Gesäßspalte. Kein Wunder, daß Mark ihrem Charme verfallen war. Welcher Mann konnte da schon widerstehen?

Grace warf einen heimlichen Blick in den Spiegel, der sich über die ganze Länge des Tanzstudios erstreckte, während sie wie ein betrunkener Storch die geforderte Tanzfigur vollführte. Vielleicht wäre es klüger gewesen, einen Kurs zu belegen, der näher an der Wohnung als am Büro stattfand. Leider begannen die Stunden in ihrem Viertel jedoch zu früh, waren von ihrer Arbeit aus nicht rechtzeitig zu erreichen. Und Lydias Kurse wurden sehr empfohlen – nicht nur von Mark, der im nächsten Atemzug fröhlich gestand, selbst niemals einen besucht zu haben. Hinzu kam, daß die Einrichtungen im Carnaby Street Health Club etwas ganz Besonderes waren. Die Duschen befanden sich in exzellent sauberem Zustand, und jede Kabine wies mehrere flauschige Handtücher, teuere Shampoos und Duschgels auf. Es gab eine Bar für Mitglieder, wo Gesundheitssäfte, tein- und koffeinfreier Tee und Kaffee oder, wenn man dekadent sein wollte, Bio-Weine angeboten wurden. Verspürte Grace Lust, konnte sie sogar in die Sauna gehen oder ein faules, zwangloses Bad im Jacuzzi nehmen.

»Hebt eure rechte Hand, jetzt die Linke, und nun klatscht euch ab«, rief Lydia. Die Kursteilnehmerinnen brachen in lautes Gelächter aus, und auch Grace mußte lächeln. Ja, sie würde auf den Jacuzzi zusteuern. Zehn Minuten in den wirbelnden Luftblasen, und alles wäre vergessen, auch die Furcht vor der neuen Aufgabe, die ihr Onkel Alexander gestellt hatte. Kein Wunder, daß Dominic Butterworth grinste, als er ihr den Umschlag überreicht hatte. Diesmal ging es um einen flotten Dreier. Einen attraktiven und dazu noch freien Mann zu finden war schon schwierig, verflixt und zugenäht. Aber wie sollte sie zwei gleichzeitig auftreiben?

Sie war eben dabei, ihre Plastikstufe in den Schrank am Ende des Studios zurückzulegen, als Lydia sie ansprach. »Grace, können wir bitte kurz miteinander sprechen, ehe du gehst?«

Grace wandte sich dem langbeinigen dunkelhäutigen Mädchen zu, das einen Stapel von drei Stufen wegräumte, mit dem sie gearbeitet hatte. »Wahrscheinlich will sie mir einen Strickkurs empfehlen oder irgend etwas anderes, weniger Sportliches.«

Das Mädchen grinste. »Stell dein Licht nicht unter den Scheffel, du machst es gar nicht so schlecht.«

»Danke«, antwortete Grace. »Meine zwei linken Füße hören das gerne.«

Lydia wartete an der schweren Doppeltür des Studios. Sie trug jetzt ein schwarzes Sporttop, auf dem das Logo des Health Club prangte. Ihre Kopfbedeckung und die Kassetten waren in ihrer Sporttasche verstaut. Das sorgfältig aufgetragene Make-up hatte trotz der anstrengenden Übungen keine Streifen gezogen oder war verwischt.

»Keine Panik, es ist nichts Ernstes«, sagte Lydia, als sie Grace' Gesichtsausdruck bemerkte. »Mark und ich geben eine Party, und es wäre schön, wenn du kämst. Sie findet Samstag in einer Woche bei mir zu Hause statt, wenn du nichts anderes vorhast ...?«

Grace war überrascht, denn seit sie Mark kannte, war sie noch nie in Lydias Wohnung eingeladen worden. Soweit Grace wußte, schmiß sie keine Partys. Vielleicht veranstaltete sie gemütliche Abendessen für Pärchen, aber sie rollte keine Teppiche auf, brachte keine zerbrechlichen Gegenstände in Sicherheit und warnte nicht die Nachbarn, daß es laut werden könnte. »Ich komme gern«, erwiderte Grace. »Allerdings hätte ich eher erwartet, daß mich Mark einlädt.«

»Nun ja ...« Lydia senkte verschwörerisch die Stimme. »Er weiß gar nicht, daß eine Party steigt. Es wird eine Überraschung für ihn.« Sie spielte mit dem Ende ihres Zopfes, als wüßte sie nicht, wie sie das Gespräch fortsetzen sollte. »Grace, ich kann dir doch vertrauen, daß du ein Geheimnis für dich behältst?«

Grace nickte und war gespannt, was nun folgen würde.

»Also«, fuhr Lydia fort, »nächsten Sonntag ist der neunundzwanzigste Februar. Du weißt ja, daß wir Frauen an diesem Tag ein Privileg haben, nicht wahr?«

»Hmm – eine Frau kann einen Mann fragen, ob er sie heiraten will?«

»Genau.« Lydias haselnußbraune Augen schimmerten. »Ich werde Mark einen Heiratsantrag machen. Und ich glaube nicht, daß er ihn ausschlägt.«

»Wenn er das tut, muß er dir ein Kleid kaufen.« Grace bemühte sich, einen unbeschwerten Ton anzuschlagen. »Das einzige Problem sind unsere Gehälter. Ich rate dir, dir nichts von Chanel zu wünschen.«

»Es gibt nur ein Kleid, das er mir kaufen wird, und das ist lang, weiß und hat einen Schleier.« Sie sah auf ihre Uhr. »Entschuldige, Grace, ich muß los. Mein Fortgeschrittenenkurs wird sicher schon unruhig. Wir sehen uns nächste Woche, okay?«

Sie entschwebte durch die Tür, während Grace sinnierend zurückblieb und die Auswirkungen dieser Ankündigung überdachte. Ihr ging die kühle, schadenfrohe Gewißheit nicht aus dem Kopf, mit der Lydia erwartete, daß Mark den Antrag akzeptierte. Trotz ihrer Selbstsicherheit und Schönheit – oder möglicherweise wegen dieser Eigenschaften – erinnerte Lydia Mulligan an jene Insektenart, die ihren Partner auf dem Höhepunkt des Paarungsrituals auffrißt.

Mach dich nicht lächerlich, dachte sie. Du bist verbittert, weil David und du nie so weit kamen, über eine Heirat zu sprechen. Natürlich hat es überhaupt nichts damit zu tun, daß du eifersüchtig auf sie bist, weil sie Mark hat.

Das Grübeln war zwecklos. Statt dessen sollte sie es sich lieber in dem so dringend benötigten Jacuzzi bequem machen. Sie löste das Band ihres Pferdeschwanzes und schüttelte ihre Haare über die Schultern. Als sie den Korridor zum Frauenumkleideraum entlangging, wäre sie beinahe mit einem kräftigen, rothaarigen jungen Mann zusammengestoßen, der ihr entgegenkam. Er lächelte sie an, während sie vorbeiging, aber sie registrierte es kaum. Ihre Gedanken kreisten immer noch um Lydia.

Grace warf ihre Tasche auf die hölzerne Lattenbank, die an der Wand des Umkleideraumes entlanglief, und öffnete die Schnürbänder ihrer Turnschuhe. Eine schnelle Dusche, ehe sie den Jacuzzi benutzte, würde die Schweißrückstände und den Schmutz der hinter sich gebrachten Schwerstarbeit fortspülen. Sie zog ihr T-Shirt, die Leggings und die Unterwäsche in doppelt so kurzer Zeit wie sonst aus und betrat eine der schmalen Duschkabinen. Das Duschgel, das heute bereitlag, duftete nach Pampelmusen. Sie nahm eine Handvoll Seifenschaum und massierte ihre Verspannung weg. Eine Weile stand sie unter den heißen, nadelfeinen Strahlen und fühlte den leichten Druck, mit dem das Wasser auf ihre Haut niederprasselte.

Zum Schluß schaltete sie die Dusche aus und nahm ein Handtuch, um sich abzutrocknen. Dann schlüpfte sie in ihren einfachen schwarzen Badeanzug und betrachtete sich im Spiegel des Umkleideraumes. Der enge Badeanzug betonte ihre Figur, und tatsächlich war erkennbar, daß das Aerobic Wirkung zeigte. Noch ein paar Monate Arbeit unter Lydia Mulligan, und sie wäre eine Attraktion wie ihre Lehrerin.

Sie warf das feuchte Handtuch in den Weidenkorb, griff sich ein neues und verließ den Umkleideraum in Richtung des Schwimmbades des Health Centre. Für Grace war das Schwimmbad der Lieblingsort des Clubs. Es war in ruhigen Farbtönen von marineblau und hellgelb gehalten. In Kübeln standen Palmen herum, und schattige Kletterpflanzen, die aus Pflanzkörben herunterhingen, erweckten eine tropische Illusion, die fast vergessen ließ, daß man sich in einer der von Touristen am häufigsten frequentierten Einkaufsmeilen Londons befand.

Ein Mann in den Fünfzigern durchmaß die Länge des Schwimmbassins, und ein paar Mädchen lagen auf den Liegen längs des Beckens und schwatzen. Sie hatte erwartet, daß im Bad mehr Betrieb wäre. Vielleicht saßen die anderen Gäste in der Bar, oder vielleicht waren die meisten schon nach Hause gegangen.

Grace trottete barfuß am Dampfbad und der Sauna vorbei. Gelegentlich verbrachte sie nach dem Training etwas Zeit in der feuchtwarmen, nach Eukalyptus duftenden Luft des Dampfbades oder in der Hitze der Trockensauna. Heute abend verspürte sie jedoch nur Lust, sich schläfrig den sprudelnden Strahlen des Jacuzzi hinzugeben. Sie öffnete die hölzerne Lattentür, die den Jacuzzi vom Schwimmbecken teilte. Das warme Wannenbad war frei, die dampfende Oberfläche brodelte ruhig vor sich hin, und Grace ließ sich ins Wasser gleiten. Sie fand einen bequemen Sitzplatz zwischen zwei Strahlen, rekelte sich mit dem Kopf auf dem Rand des Jacuzzi, streckte die Arme aus und schloß die Augen.

Reinste Glückseligkeit. Ihre müden Muskeln erholten sich allmählich, und ihr Bewußtsein schaltete ab. Während sie sich mit dem sanften Rhythmus des aufschäumenden Wassers in Einklang brachte, vergaß sie Lydia, den bevorstehenden Redaktionsschluß der Ausgabe des *Career Girl* der nächsten Woche, ja sogar die geforderte *ménage à trois*, noch ehe der Monat vorüber war.

»Hätten Sie etwas dagegen, wenn wir uns dazusetzen?« Die Stimme klang tief, mit dem weichen Anklang eines südgälischen Akzents. Grace blickte auf und sah den Rotschopf, mit dem sie auf dem Weg zur Umkleide beinahe zusammengestoßen wäre. Neben ihm stand ein junger Inder. Beide trugen bunte Shorts und hatten Handtücher bei sich. Sie konnten nicht älter als zwanzig sein.

»Kommt nur rein.«

Die jungen Männer setzten sich unbefangen links und rechts neben Grace.

»Als ich Sie vorhin sah, wirkten Sie wie durch die Mangel gedreht«, sagte der Rothaarige.

»Ich kam gerade vom Step-Aerobic«, gab Grace zurück. Sie verspürte keine Neigung zu einem Gespräch, wollte aber nicht unhöflich erscheinen.

»Waren Sie bei der Trainerin mit dem rotschwarzen Tigertrikot und dem großen Busen?« fragte der junge Inder.

»Darauf habe ich nicht geachtet, das Training war zu anstrengend«, erwiderte Grace ein wenig scharf.

»Dipak und ich stören Sie doch nicht?« erkundige sich der Rotschopf. »Wenn ja, sagen Sie es ruhig.«

»Nein, ist schon gut. Ich wollte nur einiges vergessen, und dazu gehört auch meine Trainerin.«

»Wenn ich eine Trainerin wie die hätte, würde ich ständig an sie denken«, mischte sich Dipak wieder ein. »Wir besuchen keine Kurse«, fügte er hilfsbereit hinzu, »sondern benutzen nur die Gewichte.«

»Das sind die Vergünstigungen, die der Job so mit sich bringt«, erklärte sein Freund. »Wir sind Produktionshelfer bei einer Filmgesellschaft gleich um die Ecke, und unser Boß bezahlt dafür, daß wir Sport treiben. Er hält uns fit, damit wir schneller sind, wenn er uns mal hierhin, mal dorthin jagt. Das entschädigt dafür, daß er sonst nicht viel zahlt.«

»Das ist das Problem, wenn man sich ganz unten in der Nahrungskette befindet«, fügte Dipak hinzu.

»Wem erzählt ihr das?« Obwohl sie ihre Ruhe unterbrochen hatten, begann Grace, sich für die beiden gesprächigen und lebhaften Burschen zu erwärmen. »Entschuldigung, ich habe mich noch gar nicht vorgestellt. Ich bin Grace.«

»Ich heiße Declan«, sagte der Bursche mit den roten Haaren und streckte seine Hand aus, damit Grace sie schüttelte. »Was machst du beruflich, Grace?«

»Ich arbeite beim *Career Girl.* Ihr wißt schon, das Magazin, das in U-Bahnhöfen ausliegt. Auf diese Weise habe ich hierhergefunden. Ich arbeite mit dem ...« Beinahe hätte sie ›Verlobten‹ gesagt, bremste sich aber, auch wenn Mark tatsächlich so etwas für Lydia zu sein schien. »Mit dem Freund der Steplehrerin, die dein Kumpel Dipak ins Auge gefaßt hat.«

»Tja, man kann nicht immer gewinnen.« Dipak seufzte. Seine dunklen Augen blitzten listig. »Hast du auch einen Freund in der Nähe?«

Declan verpaßte Dipak unter Wasser einen kräftigen Tritt. »Bitte entschuldige das mangelnde Taktgefühl meines Freundes. Er mag den direkten Anlauf. Weißt du, was sein Lieblingsspruch ist, wenn er ein Mädchen anbaggert? Er geht auf das Mädchen zu, das ihm gefällt, und sagt: ›Nimm deinen Mantel, du hast das große Los gezogen.‹ Das Ulkige daran ist, daß es funktioniert!«

Grace war nicht überrascht. Der Bursche sah zweifellos außerordentlich gut aus mit seiner Haut wie aus karamelisiertem Rohrzucker, feingemeißelten Zügen, einem vollen Schmollmund und dichtem, glänzendem Haar, das beinahe auf seine Schulter fiel. Nicht, daß Declan unattraktiv gewesen wäre. Seine roten Haare waren aus seinem markanten Gesicht nach hinten gekämmt. Er hatte offenherzige meergrüne Augen und ein leicht ungleichmäßiges Lächeln. Beide besaßen den starken, aber nicht übermäßig mit Muskeln bepackten Körper von Menschen, die regelmäßig aus Vergnügen trainierten, ohne nach physischer Perfektion zu streben.

Zwei Männer, dachte sie, zwei gutaussehende, sympathische, sexy junge Männer. Genau die Eigenschaften, auf die sie gehofft hatte, obwohl sie in ihrem Gespräch an nichts weiter als einen Flirt zu denken schienen. Vielleicht mußte man sie etwas ermutigen. Grace änderte ihre Position, ließ die Hände durch das feuchte Haar gleiten und setzte die Bewegung dann so fort, daß sie wie abwesend ihre eigenen Brüste liebkoste.

Dipak beobachtete ihr Verhalten offenbar aufmerksam. »Du hast mir noch nicht erzählt, ob du einen Freund hast«, drang er hartnäckig in sie.

»Okay, ich habe keinen«, antwortete Grace. »Bedeutet das, daß ich das große Los gezogen habe und, wenn ja, daß ich meinen Mantel nehmen muß?«

»Das hängt davon ab, wie abenteuerlustig du bist.« Dabei rückte er näher, nahm die Spitze von Grace' Kinn in seine Hand und küßte sie.

»Ich kann so abenteuerlustig sein, wie du es gerne hättest.« Sie erwiderte den Kuß. Dipak zog sie an sich. Sie schlang unter Wasser die Beine um ihn, setzte sich rittlings auf seinen Schoß und versank in den Kuß. In einiger Entfernung hörte sie schwache Geräusche vom

Schwimmbecken, die rhythmische Bewegung des Wassers, das jemand beständig durchschwamm, und das hohe Lachen einer Frau. Sie merkte auch, daß Declan sie beobachtete, und unterbrach den Kuß. Den Kopf ihm zugewandt, lächelte sie ihn an.

»Du sitzt so abseits. Warum kommst du nicht zu uns?«

Sie mußte ihn nicht zweimal bitten. Er setzte sich hinter sie, strich das Haar aus ihrem Nacken und begann dort ihre weiche Haut zu liebkosen. Grace preßte ihre Zunge tiefer in Dipaks Mund, zwang ihn, sie stärker und inniger zu küssen. Declans Hände hatten ihre Brüste gefunden, er drückte und knetete sie durch das feuchte Material ihres Badeanzuges hindurch. Die beiden Männer arbeiteten wie ein Team. In einer elegant choreographierten Bewegung hob Declan sie aus dem Wasser, so daß Dipak die Träger ihres Badeanzuges von ihren Schultern streifen konnte und ihre Brüste freilegte.

»Wunderbar«, murmelte er und leckte die kleinen Wasserbäche auf, die von Grace' Hals und Schultern liefen. Declans Daumenballen kreisten auf ihren Brustwarzen. Sie fühlte, wie sie sich unter der Berührung versteiften. Einen Augenblick lang hätte sie gern gewußt, welchen Anblick sie jemandem bot, der zufällig die Tür zum Jacuzzi öffnete – nackt bis zur Taille, den Kopf ekstatisch zurückgeworfen, ein Mann, der jeden Zentimeter ihrer Haut leckte, während ein anderer ihre schwellenden Brüste stimulierte.

Dipak saugte an ihren Brustwarzen. Jetzt durchliefen Schauder ihren Körper, die sich in ihrem Schoß bündelten. Eine Hand – sie wußte nicht genau, wessen – machte sich am Saum ihres Badeanzugs zu schaffen, griff unter den weichen Stoff und fand ihre schon feuchten Schamlippen.

»Das stört«, flüsterte Declans weiche irische Stimme in ihr Ohr. Er hob sie ein zweites Mal hoch, so daß Dipak ihr den Badeanzug von den Beinen streifen konnte. Er warf ihn auf die Marmorfliesen neben dem Jacuzzi. Als er sie wieder sinken ließ, berührte ihr Körper leicht den seinen. Sie fühlte seine Erektion, die von seinen lose sitzenden Shorts kaum zurückgehalten wurde. Das Glied war lang und dick, und sie freute sich darauf, daß es bald die Wände ihrer Scheide spreizen und massieren würde. Grace griff hinter sich und streichelte Declans Stange. Er zitterte, und sie merkte, daß er kurz vor einem Erguß stand – allein aufgrund der Betrachtung und Berührung ihres weichen, nackten Körpers.

»Ich will dich in mir spüren«, flüsterte Grace, während ihre Finger sanft über seinen Penis spielten. Dipaks Mund erschütterte wieder ihre Brüste, er biß zart in sie hinein. Sie griff nach seinem Glied und streichelte es auch. Es war kürzer, aber kaum dünner als Declans. Aus dem heiseren Keuchen ließ sich schließen, daß auch er bis zum Äußersten erregt war.

Es gab nur eine Möglichkeit, zu vermeiden, daß die beiden innerhalb weniger Sekunden in ihr kamen und sie unbefriedigt ließen. Sie zog sich ein wenig von ihnen zurück. »Zieht eure Shorts aus«, befahl sie. Die beiden gehorchten sofort. »Gut, jetzt setzt euch auf die Seite des Jacuzzi, nehmt eure Schwänze in die Hand und streichelt sie.« Sie blickten sich leicht verwirrt an, aber Grace' Tonfall duldete keine Widerrede. Die beiden begannen zu onanieren. Declans Hand strich langsam seinen langen Schaft entlang, während Dipak seinen Penis mit energischeren Bewegungen bearbeitete.

Jeder beobachtete, wie sich der andere befriedigte, und Grace fragte sich, ob sie jemals gemeinsam masturbiert hatten. Einen Moment lang spielte sie mit dem Gedanken, die beiden aufzufordern, sich gegenseitig zu wichsen. Gern hätte sie gesehen, wie Declan die dunkelhäutige Rute von Dipak in seiner blassen, sommersprossigen Faust hielt und der junge Inder den Penis seines irischen Freundes streichelte. Aber die Zeit reichte nicht aus, um diese Möglichkeit näher in Betracht zu ziehen. Innerhalb weniger Sekunden erreichte Declan den Höhepunkt, und sein Samen ergoß sich über seine geballte Faust. Der erotische Anblick inspirierte Dipak, ihm kurz darauf zu folgen. Sein Samen spritzte in einem kleinen Bogen durch die Luft auf seinen straffen Bauch und die Oberschenkel.

»Sehr schön.« Grace lächelte. »Aber beim nächstenmal nehmt ihr euch ein bißchen mehr Zeit, ja?«

Declan sah sie spitzbübisch an. »Willst du uns nicht auch eine kleine Show bieten?«

Sie wußte genau, was er meinte, und es wäre unfair gewesen, sie zu enttäuschen. Grace war durch die kleine Darbietung selbst so erregt worden, daß ihre Muschi unablässig pulsierte und nachdrücklich nach Befriedigung verlangte. Sie setzte sich auf den Rand des Jacuzzi und spreizte ihre Beine weit, so daß die beiden Männern einen eindrucksvollen Blick in die gewundenen Hautfalten ihres Geschlechtsteils werfen konnten. Selbst überrascht von ihrer plötzlichen Hemmungslosigkeit, brachte sie ihre Finger nach unten und streichelte sich selbst, zuerst zart, dann heftiger, als sie spürte, daß der Orgasmus nahte. Ihre rechte Hand umklammerte eine Brust, während sie sich mit der linken zu einem raschen Orgasmus verhalf, der sie erbeben ließ. Sie rang keuchend nach Atem.

»Jetzt sind wir quitt«, sagte Dipak.

»Warum machen wir nicht da weiter, wo wir aufgehört haben?« schlug Declan vor und legte Grace rücklings auf die Fliesen. Sie erschrak kurz, als ihre Haut mit der kalten Oberfläche des Bodens in Berührung kam, aber ihr Unbehagen war bald vergessen, denn Declan begann, ihren Hals und ihre Schultern mit Küssen zu bedecken. Dann widmete er sich den Hügeln ihrer Brüste. Dipak gesellte sich dazu, streichelte ihren Bauch und das Dreieck aus dunklen Haaren, das ihren Venushügel bedeckte. Als sein Mund die Finger ablöste, entfuhr ihr ein Seufzer des Behagens. Die Kombination, daß ein Mann an ihren Brustwarzen und ein zweiter an ihrer Klitoris leckte, war der siebente Himmel für sie. Sie spürte, wie sie einem zweiten Orgasmus entgegensteuerte. Diesmal wurde ihr jedoch ein schneller Höhepunkt vorenthalten. Declan nahm ihre Hand und führte sie an sein Glied, das nur zur Hälfte erigiert war. Es richtete sich erst allmählich zu voller Größe auf, als sie die Vorhaut über die glänzende Eichel zurückschob und langsam zu reiben begann. Die beiden Männer nahmen sie kniend zwischen sich, ohne daß Grace Declans harten Penis losließ. Als Dipak ihren Kopf auf seine Stange herunterzog, umschloß sie sie glücklich mit den Lippen und begann, daran zu saugen.

Sie fühlte, wie Declans Finger ihren Scheideneingang betasteten und er die inneren Schamlippen weit spreizte, bevor er seine pralle Eichel vor ihrem saftig-feuchten Eingang in Position brachte. Als der große Penis in sie drang, ließ sie sich nach hinten darauf sinken und nahm ihn Zentimeter für Zentimeter in seiner ganzen Länge auf. Die drei bewegten sich rhythmisch. Declan stieß vor und zurück in ihre nasse Öffnung, während sie gierig den größten Teil von Dipaks dickem Glied, so weit es hineinging, in ihren Mund nahm. Im sicheren Griff von Declans kräftigen Armen um ihre Hüften, spielte sie mit Dipaks Hoden, während sie seinen Penis lutschte. Wie sie vorausgesagt hatte, hielten die beiden diesmal viel länger durch, und es dauerte mehrere Minuten, bis Dipak seine salzige Ladung in ihren Rachen ejakulierte. Sie schluckte, so viel sie konnte, der Rest tropfte von ihrem Kinn. Declan stieß heftig und immer schneller von hinten in sie, und sie fühlte, daß auch er kurz vor dem Orgasmus stand. Sie faßte zwischen ihre Beine und begann, ihre Klitoris zu stimulieren, um die eigene Lust zu steigern. Als Declan aufschrie und tief in ihr kam, war das der Auslöser, der auch sie in einen erneuten Orgasmus taumeln ließ.

Für einige Minuten lagen sie eng umschlungen beieinander. Grace' Herzschlag beruhigte sich allmählich wieder, während die beiden sie zärtlich streichelten.

»Das war fantastisch«, befand Dipak. »Das beste Training, das ich hier je hatte.«

»Tut ihr mir noch einen Gefallen?« fragte Grace. Sie seufzte, während Declans Finger ihren Nacken liebkosten.

»Nach dem, was du gerade für uns getan hast, jeden«, antwortete Declan.

»Würdet ihr mich für eine Minute in den Umkleideraum begleiten? Ich möchte ein paar Fotos machen.«

»Ich glaube, hier haben wir eine ganz schön abgedrehte Biene erwischt, Dec.« Dipak grinste und zog seine Shorts an.

»Ich brauche auch eure Visitenkarten, wenn ihr welche habt«, fügte Grace hinzu. Dabei dachte sie an die Telefonate, die Dominic Butterworth führen würde, nachdem er ihr kleines Päckchen erhalten hätte. Vielleicht konnte sie Declan und Dipak überreden, ihm alles über ihren flotten Dreier zu erzählen, bis ins letzte Detail. Dann würde er sich auf seinem Bürostuhl winden, in der Vorstellung, wie die beiden jeden Zentimeter ihres geschmeidigen, feuchten Körpers entdeckt hatten. Würde er bei dem Gedanken kommen, daß Declan sie von hinten genommen hatte, während sie zur gleichen Zeit Dipaks steifen Penis tief in ihrem Mund hatte? Oder würde die Vorstellung, daß sie sich auf obszöne Weise selbst befriedigt hatte, um das voyeuristische Vergnügen der beiden zu steigern, für ein paar Flecken in seinen Boxershorts sorgen?

»Für dich, Grace, würde ich sogar eine Empfangsbestätigung ausstellen.« Dipak grinste und drückte ihr einen Kuß auf die Nasenspitze, bevor er sie in der Manier eines Feuerwehrmannes in die Umkleide trug. Declan folgte ihnen, und bereits unterwegs machte sich Grace Gedanken über die Komposition der Polaroidfotos, die sie aufzunehmen gedachte, sowie über den Brief an ihren Rechtsanwalt. Zu zweit war es sehr schön, aber auch zu dritt konnte es, wie sie zu ihrer vollen Befriedigung festgestellt hatte, eine überaus angenehme Erfahrung sein.

Fünftes Kapitel

Die Wohnung von Lydia Mulligan befand sich in einem ruhigen, ehemals königlichen Gebäude in unmittelbarer Nähe zur Kensington High Street. Grace und Rachel gingen die flachen Stufen zur Eingangstür hinauf und läuteten an der Klingel der Wohnung im Erdgeschoß. Dann warteten sie unter dem säulengestützten Dach des Eingangsportals auf eine Reaktion. Beide hielten sich nervös an ihren mitgebrachten Weinflaschen fest.

»Wie kann sie sich so eine Wohnung leisten?« fragte Rachel und sah auf die Fenster mit den hübschen blauen Fensterläden, auf die weißgetünchten Wände und den schweren Türklopfer aus Messing. Das Gebäude wirkte in der Tat königlich und strahlte diskret Wohlstand aus. »Man muß mit dem Aerobicunterricht enorm viel Geld verdienen, jedenfalls mehr, als ich dachte.«

»Ihr Vater hat die Wohnung bezahlt«, erklärte Grace. »Die Mutter starb, als Lydia drei war. Ihr Vater ist bei einer großen pharmazeutischen Firma und verdient hunderttausend Pfund im Jahr. Was Lydia will, das kriegt sie auch. Ich denke, das Aerobic ist für sie mehr Hobby als Beruf. Das hat mir zumindest Mark erzählt.«

Rachel bückte sich, um in dem polierten Messing des Briefkastens einen Blick auf ihr Spiegelbild zu werfen. Sie strich ihr langes, dunkles Haar glatt. »Werden wir durch die Gesichtskontrolle kommen?«

Grace wußte, daß Rachel unter ihrem alten Wollmantel einen eleganten schwarzen Hosenanzug trug, und ihre eigene Kleidung war auch für einen besonderen Anlaß ausgelegt. »Mach dir keine Sorgen, wir werden schon reinkommen.«

Die Tür öffnete sich, und sie wurden von einer strahlenden Lydia begrüßt.

»Hallo, Leute, hereinspaziert!« Sie nahm den dargebotenen Wein entgegen und bedankte sich bei ihren Besucherinnen mit einem geräuschvollen Kuß auf die Wangen. Dann führte sie sie durch eine große, mit dickem Teppich ausgelegte Eingangshalle in die Wohnung. Während sie ihr in das Wohnzimmer folgten, bewunderte Grace Lydias Aufmachung. Sie trug ein schwarzes, rückenfreies Samtminikleid mit Nackenband, das kaum zwei Zentimeter unter der straffen Kurve ihres Gesäßes endete. Ihre langen Beine wurden von durchsichtigen, gesäumten Nylonstrümpfen umhüllt. Sie lief auf gefährlich hohen Absätzen. Ihr rotgoldenes Haar war hoch auf ihrem Kopf aufgetürmt, kunstvoll angebrachte Strähnen umspielten ihr Gesicht, und große, diamantbesetzte Ohrringe baumelten an jedem ihrer Ohrläppchen. Mit großem Selbstvertrauen stolzierte sie in das Zimmer hinein und lächelte den anwesenden Gästen zu.

Als erstes erkannte Grace Mark. Er stützte sich lässig auf den Kaminsims, der den gewaltigen offenen Kamin aus Marmor überspannte, und sprach angeregt mit einer kleinen silberhaarigen Frau Anfang Vierzig. Er wirkte schicker als sonst, obwohl seine weichen blonden Haare immer noch unordentlich über die Ränder seiner Brille fielen. Die Kombination einer schottisch gemusterten Weste über einem frischen weißen Hemd und engsitzender dunkler Hose stand ihm gut. Grace sagte nichts, war aber erstaunt, daß seine Freundin offenbar vollständig die Auswahl seiner Kleidung übernommen hatte.

Sie fühlte sich leicht unbehaglich, weil sie Lydias Geheimnis kannte. Sie hatte keine Ahnung, ob noch jemand den wirklichen Zweck dieser Party erfahren hatte. Während der Fahrt zu der Wohnung hatte sie sich ein paarmal auf die Lippen gebissen, als Rachel fragte, weshalb Lydia plötzlich eine gesellige Ader entwickle.

Ein Glas mit Champagner wurde Grace in die Hand gedrückt. »Gleich kommt etwas zum Knabbern hinterher«, sagte Lydia. »Ich weiß nicht, wie es euch geht, aber ich kann auf leeren Magen nichts trinken. Ich gehe in die Küche und richte etwas her. Bitte entschuldigt mich.«

Grace zweifelte nicht daran, daß Lydia sich trotz der sorgfältig errichteten Fassade aus häuslichem Sachverstand einen teuren Partyservice leistete, der Speisen und Getränke brachte. Ein tolles Tablett mit Cocktailhappen herzuzaubern war ganz bestimmt nicht ihr Stil.

Rachel war von ihrer Seite verschwunden, und Grace ließ ihren Blick auf der Suche nach bekannten Gesichtern weiter durch das Zimmer schweifen. Das Plüschsofa, die schweren marineblauen Samtvorhänge am Fenster und die Aquarelle an dem Kaminvorsprung mit Ansichten von Kensington Garden und des Saint-James-Parks – alles verströmte den Geruch von Geld, zeugte aber auch von untadeligem Geschmack. Sie staunte erneut, wie der erdverbundene Mark, der mit seinem ältlichen Triumph Bonneville und seiner Mietwohnung ganz glücklich wirkte und kein Streben nach materiellem Besitz an den Tag legte, an diesem luxuriösen Milieu Gefallen finden konnte. Als sie in seine Richtung schaute, bemerkte er sie und winkte ihr zu.

»Hallo, Grace, du siehst blendend aus. Rot steht dir hervorragend, du solltest es öfter tragen.«

»Vielen Dank.« Sie hatte das Spitzenkleid ursprünglich für eine Bürofeier gekauft, als sie noch mit David zusammengewesen war. Es hatte lange Ärmel gehabt, aber sie trennte sie heraus, nachdem ein achtloser Raucher ihr ein Loch in einen gebrannt hatte. Zur gleichen Zeit kürzte sie gut fünfzehn Zentimeter vom Saum. An den verstohlenen Blicken, die Mark auf ihre Beine warf, erkannte sie, daß er mit dem Ergebnis und dem Effekt hoch zufrieden war.

»Das ist übrigens Judith Castle«, sagte Mark, wobei er

auf die silberhaarige Frau deutete. »Sie war meine Chefin im Phoenix-Mackenzie-Verlag. Judith, das ist Grace Callender, Redakteurin beim *Career Girl.*

»Also, Sie sind die junge Frau, von der mir Mark so viel erzählt hat.« Judith Castle sprach mit einem weichen walisischen Akzent und lächelte gewinnend. »Wie ist es denn so, für Maureen Donnelley zu arbeiten?«

»Nun ...« Grace druckste herum, auf der Suche nach einer diplomatischen Redewendung.

»Ja, ja, ich dachte es mir«, kam Judith ihr zuvor. »Sie war ein alter Drachen, als ich sie kannte, und ich wäre sehr überrascht, wenn sie sich seitdem geändert hätte. Sie haben mein Mitgefühl.« Sie nahm einen Schluck von ihrem Rotwein. »Schicken Sie mir Ihren Lebenslauf rein, für den Fall, daß sich bei uns was ergibt. Mark sagte mir, daß Sie dort Ihre Zeit verschwenden, und ich könnte vielleicht jemanden wie Sie in meinem Team gebrauchen. Aber jetzt will ich mal sehen, wo Lydia mit dem Essen bleibt. Es war nett, Sie kennenzulernen, Grace.«

Als sie gegangen war, wandte sich Grace an Mark. »Was hast du ihr erzählt?«

»Nichts, was nicht wahr wäre. Daß Maureen dich schlecht behandelt und daß du das nicht verdient hast. Judith ist eine gute Chefin, es gibt keine bessere Arbeitsstelle als unter ihr.«

»Vielen Dank, aber warum das plötzliche Interesse an meinem Wohlergehen?«

»Ich bin dein Freund, Grace. Ich sorge mich um dich.«

Ihre Blicke trafen sich, aber sein Ausdruck war hinter den Gläsern seiner Brille nicht zu erkennen.

»Sind Rachel und Suki hier?« fragte er.

»Ich bin mit Rachel mit der U-Bahn gekommen, aber Suki habe ich noch nicht gesehen. Sie drohte damit, ihre letzte Eroberung mitzubringen.«

»Wer ist es momentan?«

»Irgendein spindeldürres Männchen, das sie im Fetischklub aufgegabelt hat. Du kennst die Typen. Er sieht aus, als hätte er im Kleiderschrank seiner großen Schwester gewühlt und ihr Make-up benutzt.« Sie lächelte. »Ich muß sagen, daß Lydias Wohnung wirklich toll ist. Es überrascht mich, daß du nicht bei ihr eingezogen bist und nicht schon längst deinem alten Schuhkarton den Rücken gekehrt hast.«

»Sie hat mich gelegentlich gefragt. Aber ich bin wie viele andere auch – ich brauche ein Schlupfloch, in das ich fliehen kann, um ...«

Ein schriller Schrei tönte durch das Zimmer. »Grace! Mark!« Sie drehten sich nach Suki um. Ihre Freundin strahlte. Sie steckte in etwas, das aussah wie ein authentisches Kleid aus den goldenen Zwanzigern, und um ihren Hals hatte sie eine altmodische Pelzstola drapiert. In ihrem Kielwasser segelte ein kleines, dürrbeiniges Individuum mit schwarzgefärbtem Haar und in einem viel zu großen Smoking.

»Hallo, ihr zwei, das ist Fox.« Sukis Eroberung schien bei näherer Betrachtung kaum dem Teenageralter entsprungen. Offenbar fühlte er sich ziemlich unsicher. Er lächelte die beiden schüchtern an.

»Ich hole euch etwas zu trinken«, bot Mark an. Suki zwinkerte Grace zu, als er verschwand.

»Du und Mark, ihr seht aus, als wärt ihr mit der Welt zufrieden.«

»Er hat ein gutes Wort bei seiner ehemaligen Chefin für mich eingelegt.« Grace trank ihr Glas aus und genoß den Schauer, den der spritzige Champagner verursachte. »Ich glaube, er macht sich Sorgen um mich, aber ich weiß nicht, warum.«

Ehe Suki antworten konnte, wurden sie durch Lydia abgelenkt, die mit einem Löffel auf die Tischplatte klopfte. »Darf ich um eure Aufmerksamkeit bitten?«

Im Raum wurde es still, nur Fox mampfte geräuschvoll eine Handvoll Erdnüsse.

»Danke. Ich habe nur eine kleine Ankündigung zu machen«, fuhr Lydia fort. Jetzt kommt's, dachte Grace und umklammerte ihr Champagnerglas. »Wie ihr wißt, kennen Mark und ich uns jetzt achtzehn Monate. Ja, ich weiß, es wird ihn wahrscheinlich in Verlegenheit bringen, wenn ich das sage, aber ich fühlte mich noch nie bei jemandem so wohl wie bei ihm. Wie ihr auch wißt, ist heute ein Schalttag. Das bringt die Gelegenheit mit sich, ihm eine Frage zu stellen, die mich schon länger bewegt.« Sie griff nach seiner Hand. »Mark, willst du mich heiraten?«

Mark wirkte eine Sekunde lang verblüfft. Grace hielt den Atem an und fieberte wie Lydia der Antwort entgegen. Schließlich murmelte er beinahe unhörbar: »Ja, Lydia, ich will.«

Die Gäste klatschten laut Beifall. Fox hörte sogar auf, Erdnüsse zu essen, um applaudieren zu können. Grace fühlte einen Stich plötzlicher Eifersucht, als das Paar einen beinahe unzüchtig innigen Kuß tauschte. Sie bemerkte eine Hand auf ihrer Schulter. Als sie sich umdrehte, sah sie in Sukis grüne Augen, die ganz betroffen blickten.

»Alles in Ordnung, Liebes?« fragte Suki.

»Ja, kein Problem«, entgegnete Grace und riß ihre Augen von dem Anblick los, wie Lydia mit beiden Händen Marks Gesäß tätschelte. »Lydia hat es mir schon vor einer Woche anvertraut. Ich mußte mir wirklich oft auf die Zunge beißen, um es nicht zufällig auszuplaudern. Darin bin ich nämlich sonst Meisterin.«

»Du hast es gut für dich behalten.« Suki klopfte Grace anerkennend auf die Schulter. »Bleib nur ruhig, Liebes, er hat noch viel Zeit, es sich anders zu überlegen.«

Grace zog ein langes Gesicht. »Ist es wirklich so offensichtlich?«

»Er ist ein netter Kerl, und du bist viel mehr sein Typ als diese Miß Geldkoffer. Ich meine, wenn sie so toll ist, warum verbringt er dann so viel Zeit mit dir? Bleib an ihm dran, und er wird früher oder später begreifen, was du wert bist, wenn du mich fragst.«

Nach den letzten Worten schnappte sie sich den willfährigen Fox und brachte dem Paar ihre Glückwünsche dar. Grace folgte ihnen und wurde von der strahlenden Lydia umarmt.

»Vielen Dank, daß du Mark nichts gesagt hast.«

»Schon gut.« Grace zuckte die Schultern. »Ich wußte, wieviel es dir bedeutet.«

Lydia nahm ein Stück geräucherten Lachs von einer Servierplatte auf dem angrenzenden Tisch und biß hinein. »Er erzählte mir übrigens von deinem eigenartigen Testament.«

»Wirklich?« Grace blieb neutral. Zwar hatte sie ihre Freunde nicht explizit gebeten, das Thema in Gesprächen geheimzuhalten, aber sie fühlte sich unbehaglich bei dem Gedanken, daß Lydia durch Mark etwas von ihren sexuellen Eskapaden erfuhr. Vielleicht verwendete er die Geschichten, um seine Freundin ein wenig zu stimulieren. *Die tausendundeine Nacht der Grace Callender*, hören Sie morgen, wie sie eine neue schwierige, aber geile Episode besteht …

»Ich verstehe nicht, warum du all das auf dich nimmst«, sagte Lydia, während sie nach einem zweiten Cocktailhappen griff. »So etwas könnte ich nicht, nicht einmal für einen Koffer voll Geld. Wenn man darüber nachdenkt, was du tust, ist es praktisch Prostitution.«

»Wie bitte?« Grace konnte nicht glauben, was sie da hörte.

»Vielleicht hast du nach einer Nacht kein Bargeld in der Hand, aber es ist doch der einzige Grund, aus dem du es tust, oder? Das habe ich neulich auch zu Mark gesagt.«

»Stimmt er darin mit dir überein?« Grace kämpfte darum, ihre Stimme gleichgültig klingen zu lassen. In ihr kam Panik auf. Sie begann an der Loyalität ihres Freundes zu zweifeln.

»Eigentlich nicht. Er denkt, du hast Freude daran.« In Lydias Gesicht stand Verachtung.

Verdammt noch mal, und ob ich die habe, dachte Grace. Sie war über Lydias Verurteilung ihrer Motive entrüstet und sehr dankbar, daß Mark an ihrer Seite stand. Ja, das Geld war der Auslöser gewesen ... Wer außer der wohlhabenden, behüteten Lydia Mulligan würde einen beträchtlichen Zuwachs seines Vermögens nicht gutheißen, auch wenn er auf eine Art und Weise erworben wurde, die mancher mißbilligte? Doch Grace leugnete nicht, daß sie in der Nacht mit Simon und durch die doppelte Zuwendung der beiden Burschen im Fitneßklub Freude empfunden hatte. War das wirklich so falsch gewesen?

»Worin besteht denn deine nächste Aufgabe?« hakte Lydia nach, offenbar unfähig, das Thema fallenzulassen.

»Ich weiß es noch nicht. Am ersten des Monats wird sie mir gestellt.«

»Das setzt voraus, daß du die letzte bestanden hast.«

»Daran dürfte kein Zweifel bestehen.« Grace lächelte, als sie sich an das Gefühl erinnerte, daß Declans dicker Penis in ihrer weit geöffneten Scheide verursacht hatte, während sie wollüstig an Dipaks Glied saugte. »Du solltest vielleicht auch einmal einen Dreier versuchen.«

Lydia schüttelte den Kopf. »Das glaube ich nicht. Mark ist der einzige Mann, den ich brauche«, erwiderte sie selbstgefällig.

Grace fühlte plötzlich den unbändigen Wunsch, die Arroganz aus dem Gesicht dieser Frau zu wischen. Sie setzte ein honigsüßes Lächeln auf. »Aber, Lydia, wer spricht denn davon, daß du einen anderen *Mann* dazubitten sollst?«

Ihre Worte holten sie ein, als Grace am nächsten Tag das Schreiben ihres Rechtsanwalts erhielt. Die Instruktionen waren einfach. ›Trinke tief aus dem Kelch der Wonne, indem du mit einer anderen Frau die Liebe pflegst.‹ Zum erstenmal kam sich Grace vor, als betrete sie Glatteis. Sie war mehr von ihrer Anziehungskraft auf Männer überzeugt, Frauen stellten eine ganz andere Kategorie dar. Sie erinnerte sich nicht, sich jemals bewußt von einer Frau angezogen gefühlt zu haben. Aber sie kam offenbar nicht umhin, auch diese Angelegenheit zu überprüfen.

Das Problem bestand darin, wer überhaupt in Frage kam. Ihre einzige Freundin, die von sich behauptete, sowohl Männer als auch Frauen zu lieben, war Suki. Aber Grace konnte sich nicht vorstellen, daß sie ihre langjährige Beziehung auf eine derartige Ebene verlagern sollten. Auch wenn sie vermutete, daß Suki an der Tatsache, nur für die Erfüllung einer von Grace' Aufgaben benutzt zu werden, nicht einmal Anstoß nähme, bereitete ihr der Gedanke daran Unbehagen. Die naheliegende Lösung, eine unbekannte Frau zu finden, war genauso problematisch. Nur schwer konnte sie sich vorstellen, die Tür zu einem Lesbenklub zu öffnen, um sich dort anzubieten. Sie kannte die Regeln in einer derartigen Umgebung nicht, das Erlaubte und die Tabus. Außerdem wollte sie nicht in die Hände einer Frau mit rücksichtslosem und aggressivem Charakter fallen. Sie wünschte sich eine schöne, freundschaftliche Beziehung zu einer Frau, die über ihre Unerfahrenheit nicht lachen würde und ihr zeigte, wie sie aus der Begegnung die größtmögliche Freude schöpfen konnte.

Schließlich hatte sie in ihrer Unschlüssigkeit auf Mark vertraut. Nach einem besonders scheußlichen Freitag im Büro, an dem Maureen es fertigbrachte, Keely, die australische Vertretung für diese Woche, so abzukanzeln, daß sie in Tränen ausbrach, hatten Grace und Mark beschlossen, ins Pub zu gehen, um ihre angegriffenen Nerven bei Alkohol und einem Plausch zu beruhigen. Nach der Hälfte des zweiten Glases Weißwein beschloß Grace, Mark nicht länger zu verübeln, daß er Lydia von ihren Eskapaden erzählt hatte. Sie hatte ein Problem und brauchte jemanden, mit dem sie darüber reden konnte.

Die Reaktion Marks im voraus einzuschätzen war ihr nicht gelungen, aber er überraschte sie, indem er gestand, daß ihm die Vorstellung von einer Beziehung zwischen zwei Mädchen gefiel. Sie drängte auf eine Begründung.

»Ich kann es nicht erklären, es ist nun mal so«, erwiderte er. »Auch wenn es nur eine Fantasievorstellung ist. Aber du kannst jeden x-beliebigen Mann fragen, er wird im Normalfall zugeben, daß ihn der Gedanke an zwei attraktive Frauen, die sich der Liebe hingeben, anmacht. Als Beispiel schweben mir du und Keely vor. Versteh mich nicht falsch, Grace, aber ihr seid beide sehr schön und sehr weiblich. Würdet ihr euch küssen, miteinander schmusen und euch ausziehen ... Ich hätte sicher gern einen Logenplatz.«

Grace lief rot an und nahm hastig einen Schluck Wein. Könnten es auch Lydia und ich sein? Die teuflische Seite in ihr hatte diese Frage stellen wollen, aber statt dessen lächelte sie nur und erwiderte: »Wenn ich das richtige Mädchen gefunden habe, verkaufe ich dir eine Eintrittskarte.«

Schließlich fand sie die Lösung, als sie am folgenden Morgen vor ihrem Schlafzimmerspiegel stand und ihr Gesicht eincremte. Ihr Blick fiel auf den weißen Plastikvibrator, der neben dem Bett lag, weil sie sich am Abend zuvor damit einen Orgasmus bereitet hatte. Von Marks Worten inspiriert, hatte sie bewußt eine lesbische Fantasievorstellung gewählt, mit der sie die rhythmische und summende Stimulierung des Vibrators unterstützte. Sie hatte sich im Geiste in ihr Büro zurückversetzt. Dort war sie auf die Damentoilette gegangen, wo sie jemanden still weinen hörte. Es war Keely, die wegen der scharfen Kritik Maureens, es mangele ihr offensichtlich an Organisationstalent, heulte. Grace tröstete das junge blonde Mädchen aus Sydney und schloß sie in die Arme. Zuerst wischte sie die Tränen mit ihren Fingern fort, aber als sie nur noch langsam rannen, küßte sie sie von Keelys Wangen. Das Mädchen beantwortete die plötzliche Zuneigung überschwenglich, indem sie Grace auf den Mund küßte. In der unausgesprochenen Erkenntnis ihres tiefen gegenseitigen Verlangens zogen sie sich in eine der Kabinen zurück und entkleideten sich dort rasch, indem sie Jacken, Blusen und Höschen mit beinahe unanständiger Hast von sich warfen. Als Keely nackt war und Grace nur noch Strümpfe und Strapse anhatte, setzten sie sich auf den Toilettendeckel – Keely auf Grace' Schoß – und liebkosten sich gegenseitig. Grace bearbeitete mit flinken Fingern Keelys enge, heiße Vagina, während die Australierin an Grace' spitzen, rosafarbenen Brüsten leckte und saugte. Ein plötzlicher hoher Aufschrei von Keely ließ Grace innehalten. Die Kabine war in der Eile unverschlossen geblieben, und Mark stand in der halboffenen Tür. Er nahm das kontrastreiche Bild in sich auf, das ein blonder und ein dunkler Schopf, hellbraune und blasse englische Haut bildeten, und dazu zärtlich zwickende Zähne und schnelle, eifrige Finger, die Erregung entfesselten. Bei dieser Vorstellung hatten sich Grace' Gedanken in den wohligen Krämpfen eines Orgasmus aufgelöst.

Mit Hilfe des Vibrators und ihrer eigenen Fantasie hatte sie es wieder einmal geschafft. Der Wunsch, ins ›Venus‹ zurückzukehren und Roxy Schaeffer für die geschaffene Voraussetzung zu diesen Wonnen zu danken, war in ihr nicht mehr aufzuhalten. Außerdem erinnerte sie sich des sanften Drucks der Lippen der Amerikanerin auf ihrem Mund, als sie den Laden verlassen hatte. Sie ahnte, daß dort noch andere Entzückungen verborgen lagen, zu denen Roxy den Schlüssel besaß.

Grace hatte einen Termin vereinbart, um das Sexgeschäft am nächsten Montag nachmittag aufzusuchen. Sie arbeitete die Mittagspause durch, so daß sie das Büro eher verlassen konnte. Mittlerweile fühlte sie sich nicht mehr wie eine Fremde in diesem Teil Londons. Sie legte den Weg von der U-Bahn-Station West Hampstead bis zum ›Venus‹ in erwartungsfroher Eile zurück. In der Gegend war viel mehr los als bei ihrem ersten Besuch. Pete, der Haarkünstler, fönte die langen kastanienbraunen Haare eines Mädchens, und durch die halboffene Tür drangen zur Begleitung Fetzen lauter klassischer Musik. In der Makleragentur wurde heiß diskutiert, während ein nicht beachtetes Telefon unentwegt klingelte. Die im ›Venus‹ herrschende Ruhe bildete einen starken Kontrast dazu. Roxy führte Grace mit einem Willkommenslächeln in das Geschäft.

»Hereinspaziert! Wie schön, Sie wiederzusehen. Kaffee? Oder möchten Sie einen anregenden Früchtetee?«

»Tee hört sich gut an«, antwortete Grace und ließ sich in die bequeme Ledercouch sinken.

Kurze Zeit später kam Roxy mit zwei großen Schalen heißen, wohlduftenden Tees zurück. »Haben Sie den Vibratortest bestanden?« wollte sie wissen.

»Das kann man wohl sagen.« Grace nahm einen Schluck Tee und beobachtete Roxy heimlich, die sich wie abwesend mit einer Hand durch ihre dunklen Locken fuhr. Sie lebt ihre Sexualität völlig selbstsicher aus, viel mehr als ich, dachte Grace. Ihre unbewußten Gesten und die Art, wie sie sich bewegt, strömen eine elegante erotische Anziehungskraft aus. »Ehrlich gesagt erfreue ich mich an dem Gebrauch mehr, als ich zu hoffen wagte.«

»Das höre ich gern. Wieder eine zufriedene Kundin.« Roxy grinste. Sie wog ihre Teeschale in den Händen und blickte Grace durch ihre schwarzen Locken hindurch an. »Weshalb kommen Sie diesmal? Möchten Sie weitere

Bonbons für sich selbst, oder hat sich seit dem letzten Mal ein Mann auf den Plan geschlichen?«

»Nicht ganz.«

Roxy zog die Augenbrauen hoch. »Nicht einmal der Typ, der anrief, um sie zu überprüfen? Der mit der schneidigen Aussprache?«

Grace lächelte, überrascht darüber, wie Roxy ihren pedantischen Rechtsanwalt charakterisierte. »Was immer er für mich tut, es betrifft gewiß nicht meinen Körper. Nein, es geht nur um mich.« Sie musterte das Geschäft, wollte Roxy bitten, ihr etwas zu zeigen. *Vielleicht das duftende Massageöl; ach, wäre es schön, jemanden zu haben, der die cremige Flüssigkeit über meine müden Muskeln streicht.* Aber das wäre zu augenfällig, so interessiert die Amerikanerin auch sein mochte. Plötzlich fiel ihr Blick auf einen Kleiderständer, der Angebote aus PVC, Gummi, Leder und Kunstleder enthielt und in einiger Entfernung aufgestellt war. »Ich würde gern einige von diesen Sachen dort probieren.«

»Kein Problem. Haben Sie etwas Bestimmtes im Sinn?«

Grace ging hinüber und begann, in der Auswahl von Tops, Hosen, Kleidern und Hot pants zu stöbern. Sie wußte nicht, wonach sie suchte, aber ihre Eingebung würde es ihr schon sagen, wenn sie etwas fand. Hinter ihr stand Roxy und beobachtete belustigt, wie sie die geschlitzten Ärmel eines schwarzen Kunstlederkleides liebevoll streichelte und sich über den Lederriemen am Rücken eines knappen, purpurroten Bodys aus Latex wunderte. Ihre eigene Kleidung war überwiegend gewöhnlich und unauffällig: praktische, kleine Kostüme und Kleider für das Büro; Jeans, langärmlige T-Shirts und ausgebeulte Pullover für das Wochenende. Roxy dagegen schien mit diesen sinnlichen, gewagten Textilien vollkommen vertraut zu sein. Grace ertappte sich dabei, wie sie die Hand ausstrecken wollte, um zu prüfen, ob sich Roxys Kleidungsstücke so sexy anfühlten, wie sie aussahen. Wahrscheinlich war das der Fall.

Sie erinnerte sich an Marks Bemerkung auf der Verlobungsparty, wie gut ihr Rot stehe, also zog sie ein PVC-Kleid in dieser Farbe aus dem Sortiment. Es wurde vorn mit Reißverschlüssen und Schnallen zusammengehalten. »Ich probiere das hier«, verkündete sie.

»Prima. Kommen Sie mit zum Umkleideraum.«

Grace folgte Roxy in einen kleinen Raum am Ende des Geschäfts. Wie das ganze ›Venus‹ erfreute sich auch er einer wunderschönen Dekoration mit schmeichelnder Beleuchtung statt heller Strahler, die jedes Detail hervorhoben. Der Umkleideraum war nicht zu vergleichen mit den zugigen und unpersönlichen Kabinen der Warenhäuser, in denen sie sonst einzukaufen pflegte. Ein samtbespanntes Sofa stand dort, auf dem die Kundinnen ihre Sachen ablegen konnten, und drei körperhohe Drehspiegel bildeten eine Wand, in denen die neu eingekleideten Kundinnen ihre neue Garderobe aus jedem Blickwinkel einer kritischen Prüfung unterziehen konnten.

»Ich lasse Sie allein«, sagte Roxy, als Grace ihre Jacke öffnete. »Rufen Sie mich, wenn Sie etwas benötigen.«

Geschwind legte Grace ihre Bürokleidung ab und stand nur noch in ihrem kleinen weißen Baumwollhöschen und den fleischfarbenen Strümpfen da. Sie war erstaunt, als sie bemerkte, daß sich ihre Brustwarzen versteiften. Es war nicht kalt in dem Geschäft, also konnten die rosa Knospen nur aufgrund einer sexuellen Erregung erblüht sein. Sie sah empor und bemerkte das reglose Auge einer Überwachungskamera, das sie, halb verdeckt von einem Stück Tuch, anstarrte. Die Vorsichtsmaßnahme war berechtigt, wenn man die Preisschilder an einigen der Modelle auf Roxys Kleiderständern betrachtete. Dennoch konnte sich Grace nicht des fragenden Gedankens erwehren, ob die Geschäftsführerin hin und wieder die Filme aus voyeuristischem Interesse abspielte. Vielleicht beobachtete sie sie eben jetzt, um ein paar Details ihres beinahe nackten Körpers zu erhaschen.

Im Handumdrehen hatte sie die Reißverschlüsse und die Schnallen geöffnet und zog das Kleid an. Die Reißverschlüsse waren genauso schnell geschlossen, und das Teil schmiegte sich weich an ihren Körper. Als sie die Schnallen befestigte, rief sie Roxy. »Bitte kommen Sie, und sagen Sie mir, was Sie davon halten.«

Roxy betrat den Umkleideraum. Grace betrachtete sich im Spiegel, strich das Kleid am Bauch und an den Hüften glatt, während sie sich drehte und wendete.

»Es sieht wirklich klasse aus«, schwärmte Roxy. »Sie haben eine reizende, zierliche Figur.«

»Meinen Sie?« Sie sah auf Roxys wohlgeformten Busen, der durch einen blauen, dünnrippigen Pullover akzentuiert wurde. »Ich dachte oft, wie schön es wäre, ein bißchen mehr Busen zu besitzen.«

»Glauben Sie nicht alles, was die Leute sagen. Brüste bedeuten nicht soviel, meine Liebe. Sie haben wohlgeformte Beine und einen knackigen Po. Ich sage Ihnen, was Sie sehr vorteilhaft zur Geltung brächte – ein kleiner Minirock aus Gummi. Allerdings müßte ich Sie einpudern, damit Sie hineinkommen.«

Grace stellte sich vor, wie Roxys sanfte Hände den Talkumpuder auf ihrem Körper verteilten. Ein seltsamer Schauer durchrieselte sie. Die Amerikanerin stand so dicht neben ihr, daß sie sich praktisch berührten. Grace roch ihr süßliches Moschusparfum. Jetzt mußte sie aus sich herausgehen, oder der Moment war vertan. »Gut, dann helfen Sie mir bitte zuerst aus diesem hier.«

Das mußte sie Roxy nicht zweimal sagen. Sie öffnete die Schnallen und griff nach dem Reißverschluß. Grace legte ihre Hand auf Roxys, und zusammen zogen sie ihn nach unten. Ihre kessen, nackten Brüste kamen zum Vorschein.

»Sehr schön«, sagte Roxy leise. Grace wandte ihr das

Gesicht zu, und sie küßten sich. Zögernd zuerst, da Grace die unbekannte Weichheit eines fremden Frauenmundes ungewohnt fand. Roxy spürte ihre Unerfahrenheit und übernahm die Führung. Sie öffnete mit ihrer Zunge Grace' Lippen und legte mehr Nachdruck in den Kuß. Ihre Hände glitten nach unten, um Grace' Brüste zu umschließen. Sie erregte ihre Brustwarzen mit den Daumenballen. Grace seufzte und berührte Roxys wuchtigen Busen durch ihren Pullover hindurch.

»So ist es richtig, Liebling«, flüsterte Roxy ihr ins Ohr. »Meine Brustwarzen sind genauso empfindlich wie deine.« Sie kniff spielerisch in Grace' Nippel und küßte sie seitlich auf den Hals. Grace wurde plötzlich kühner. Sie griff unter den Saum von Roxys Pullover, um an den Büstenhalter zu gelangen. Für einen Augenblick stand Roxy bewegungslos da und erlaubte es Grace, ihr den Pullover über den Kopf zu ziehen. Das halb durchsichtige Material des BHs ließ die großen, dunklen Höfe ihrer Brustwarzen durchscheinen, aber Grace wollte die Brüste in ihrer nackten Herrlichkeit vor sich sehen. Sie öffnete den Hakenverschluß, und Roxy ließ das Teil auf den Boden fallen. Die schweren Brüste hingen so gut wie gar nicht nach unten. Roxy ermutigte Grace, sie in die Hände zu nehmen, um eine Vorstellung ihres Gewichts zu bekommen.

Sie küßten sich wieder, nun leidenschaftlicher, und preßten ihre Bäuche gegeneinander. Roxy schob ihr lederbekleidetes Bein zwischen Grace' Beine und rieb das weiche Material an ihrer feucht werdenden Schambeingegend. Dann trat sie einen Schritt zurück, so daß beide auf das Sofa sanken. Roxy lag rücklings, und Grace begann, den Gürtel und den Reißverschluß ihrer Lederjeans aufzunesteln. Darunter trug sie einen spitzenbesetzten Tanga, aus dem dichte Büschel ihrer üppigen Schamhaare hervorlugten.

Grace ließ ihre Hände über Roxys großzügige Kurven gleiten und war über die seidenweiche Glätte ihrer Haut erstaunt. Sie kannte den flachen männlichen Körperbau und empfand Faszination bei dem, was ihre Hände jetzt erlebten. Die Konturen waren ein Abbild ihrer selbst, wenn auch in größerem Maßstab, und der Körper reagierte auf Streicheln und Liebkosungen in der gleichen Weise wie ihr eigener. Roxys Atem ging schwer, als Grace ihre Hand über ihren Bauch und den Bund ihres Tangas gleiten ließ. Im Gegenzug fühlte Grace neckende Finger auf ihrem Venushügel. Roxy preßte mit einem Fingerknöchel das Gewebe ihres Höschens in ihre Spalte. Als Grace in Vorfreude zu stöhnen begann, drückte Roxy fester zu und berührte für den Bruchteil einer Sekunde die Klitoris. Dann schwächte sie den Druck wieder ab. Grace quiekste vor Enttäuschung und schob ihren Unterleib in leicht schlängelnder Bewegung wieder nach vorn, um noch einmal mit Roxys Hand in Kontakt zu kommen. Sie war sich der Tatsache kaum bewußt, daß sie, an der Hand Roxys reibend, masturbierte. Roxy leistete ihr die erforderliche Hilfe, während ihre Erregung wuchs. Ihr Höhepunkt stand kurz bevor, da drängte Roxy sie zurück.

»Noch nicht, Liebling.«

Grace' Enttäuschung dauerte nur einen Moment, denn sie sah, wie Roxy ihren Tanga herunterrollte. Als sie ihr auch das Unterhöschen abstreifte, verstand Grace, daß ihr Liebesspiel sich etwas weniger einseitig fortsetzen würde. Sie spreizte ihre Beine, als zwei von Roxys Fingern ihre jetzt nackte Vagina berührten. Zuerst hielten sie am inneren Scheideneingang inne, aber dann stießen sie nach, um die Feuchte zu erkunden, die sich dort gebildet hatte. Die Amerikanerin drehte sich auf dem Sofa um, so daß sich ihre Scheide nur wenige Zentimeter über Grace' Gesicht befand und ihr eigener Mund aufreizend nahe über deren Geschlechtsteil in Wartestellung ging. Zum ersten Mal in ihrem Leben roch Grace das überwältigende sexuelle Aroma einer anderen Frau, einen salzigen, eindringlichen Geruch, der ihre Erregung mehr steigerte, als sie es sich je hätte träumen lassen. Sie streckte die Spitze ihrer Zunge heraus, so daß sie eben Roxys Schlitz berührte und ihr Haar und feuchtes Fleisch kosten konnte. Die nicht unangenehme Empfindung ermutigte sie, zärtlich zu lecken. Unterdessen lutschte Roxy an ihrem Kitzler, reizte die geschwollene Knospe mit wirbelnden Bewegungen ihrer Zunge. Grace versuchte, diese Leckkunst zu imitieren, und das Stöhnen der anderen Frau verriet ihr, daß sie erfolgreich war. Roxy preßte Grace' Brüste fest, während Grace ihre Fingernägel sanft über Roxys Rücken gleiten ließ, ihn vorsichtig kratzte. Fast gleichzeitig erreichten sie den Höhepunkt. Roxy griff ihr mit einer Hand ins Kopfhaar und zog ihr Gesicht tief zwischen ihre Schenkel, so daß Grace' eigene Lustschreie gedämpft wurden. Das Gefühl schien mehrere Minuten anzuhalten. Tief in Grace' Unterleib pulsierte etwas wie ein zweiter, paralleler Herzschlag.

Dann lagen sie nebeneinander auf dem Sofa, die Glieder ineinander verschlungen, während sich ihre Atmung allmählich normalisierte. »Sagenhaft!« Roxy seufzte. »So bin ich schon lange nicht mehr verführt worden. Als ich dich das erstemal sah, dachte ich mir, daß du etwas ganz Besonderes bist, Grace. Aber das hier hatte ich nicht erwartet.«

»Nimmst du mir ab, daß ich noch nie mit einer Frau zusammen war?«

»Wenn das das erste Mal war, dann möchte ich nicht wissen, was passiert, wenn du etwas Übung hast.« Roxy drückte ihr einen liebevollen Kuß auf die Nasenspitze, dann griff sie nach der herumliegenden Kleidung. Den Tanga ließ sie achtlos auf dem Fußboden liegen.

»Ziehen wir uns an und gehen hinaus«, sagte sie. »Pete wird jetzt wahrscheinlich im *Cat and Canary* sein und eine Runde schmeißen.«

Grace sagte nichts, während sie mühsam in ihre Kleider stieg. Sie nahm Roxys Tanga als erotisches Souvenir an sich und wollte noch fragen, ob sie ihr den Film der Überwachungskamera geben würde, damit sie ihn zusammen mit dem kleinen Stück Spitze an Dominic Butterworth schicken konnte. Aber die Amerikanerin war in Pullover und Jeans schon auf dem Weg zur Tür. Also gut, wenn Roxy Schaeffer unverfroren genug war, jetzt mit dem Duft einer anderen Frau an den Fingern in ein betriebsames Pub zu gehen, dann war Grace es auch. Nur schade, dachte sie, daß Mark nicht dort auf sie wartete. Sie hätte gern sein Gesicht gesehen, wenn er daran dachte, was sie soeben erlebt hatte. Die Liste war um ein neues, unglaubliches Abenteuer erweitert worden; ein neuer Grund für Lydia, sie schief anzusehen, wenn sie sich das nächstemal trafen. Doch warum nicht? Sie hatte eine weitere Facette ihrer Sexualität erfahren und war von ihrer eigenen Reaktion darauf verblüfft. Wenn sie so viel Spaß an der Liebe mit einer anderen Frau empfinden konnte, welche Freuden erwarteten sie dann noch bei der Erfüllung der restlichen Aufgaben?

Sechstes Kapitel

Für drei schöne Wochen im April war das Büro des *Career Girl* eine Stätte der Ruhe: Maureen Donnelley erfreute sich ihres Jahresurlaubs. Sie verbrachte die Zeit in Italien und fuhr mit einer Freundin durch das Land. »Gott schütze alle italienischen Männer«, hatte Mark gesagt. »Sie werden herausfinden, was es bedeutet, Frauen auf der Straße in den Hintern zu kneifen.«

Durch Maureens Abwesenheit wurde das Arbeitsklima beträchtlich weniger hektisch. Insbesondere Grace beendete ihre Arbeit in der Hälfte der sonst üblichen Zeit, da ihre Chefin eine oberflächliche Korrekturleserin war und Artikel wegen Fehlern, die sie übersehen hatte, häufig noch einmal durchgesehen werden mußten. So konnte Grace endlich einmal regelmäßig ihre Mittagsmahlzeiten einnehmen, auf einen Sprung mit Mark oder Elaine in die Sandwichbar gehen oder sich mutig der Menge entgegenwerfen, die in der Oxford Street einkaufen ging.

Die beste Vergünstigung, obgleich nur vorübergehend, bestand darin, daß Grace den ersten Anspruch auf Einladungen erheben konnte, die in das Büro flatterten. Kosmetische Produkte und andere Artikel, die man groß auf neuen Seiten anpries, wurden normalerweise gleichmäßig zwischen Maureen, Grace und den anderen aufgeteilt, aber wenn eine Einladung zu einer Werbeveranstaltung erfolgte, fuhr immer Maureen dorthin. Jetzt jedoch, da ihre Chefin mehrere hundert Kilometer entfernt in der Sonne badete, hinderte niemand Grace daran, sich auf den goldgeprägten Briefumschlag zu stürzen, der am Mittwoch morgen auf ihrem Schreibtisch landete.

Die Angabe auf der Rückseite des Umschlags lautete

schlicht: »Suzanna Rossington lädt Sie ein, ihre Welt der Schönheit zu erleben.«

Suzanna Rossington war gegenwärtig eines der bekanntesten Gesichter im britischen Fernsehen. Sie hatte ihren Ruhm mit der Seifenoper *Daughters* begründet, in der sie die rücksichtslose Carole Porter spielte, ein hinterhältiges Biest, das sich durch nichts davon abhalten ließ, die Herausgeberin der vielgelesenen Frauenzeitschrift *Elegance* zu werden. Grace und Mark verfolgten die Serie regelmäßig, um mitzuerleben, in welch abscheuliche Tiefen sich Caroles Charakter entwickelte. Heimlich rissen sie Witze darüber, daß hinter einer von Maureens früheren Teilzeitkräften in Wahrheit eine der Drehbuchautorinnen gesteckt hatte, die verdeckt für ihre Geschichte recherchierte.

Die Einladung besagte, daß die Schauspielerin im Begriff war, ihre eigene Reihe kosmetischer Erzeugnisse auf den Markt zu bringen. Die Suzanna-Artikel waren für den Verkauf bei Harrods und in anderen Kaufhausketten bestimmt. Der Tagungsort für die Pressekonferenz am folgenden Mittwoch, an dem die Produkte den Medien vorgestellt wurden, war das Broughton Dene Manor, ein prächtiges Landgut nicht weit von Tunbridge Wells entfernt. Die Gelegenheit war zu günstig, um sie zu versäumen.

Grace griff zum Telefonhörer und bestätigte ihre Teilnahme an dem Ereignis. Dann wählte sie Marks Nebenanschluß. »Rate mal, wohin ich nächste Woche eingeladen bin?« jubelte sie, während sie mit den Fingern über die goldgeprägte Schrift der Einladung strich. »Du gibst auf? Es ist unser größtes Idol.«

»Du gehst doch nicht etwa zu Suzanna Rossington? Grace, im Ernst?« Selten verschlug es Mark die Sprache, aber diesmal war er baff. »Wie hast du denn das gedeichselt, du Glückspilz?«

»Ich habe mir eine Einladung unter den Nagel gerissen, die Maureen momentan nicht nutzen kann«, antwortete Grace. »Suzanna gibt eine Kosmetikpräsentation im tiefsten Kent. Du würdest dich zu Tode langweilen, wirklich, Mark. Aber ich bringe dir vielleicht einen übriggebliebenen Lippenstift mit.«

»Du bist zu großzügig«, entgegnete Mark knapp.

»Weißt du«, fuhr Grace fort, »teilweise bin ich so scharf darauf hinzugehen, weil ich dort möglicherweise die Gelegenheit habe, meine nächste Aufgabe zu erfüllen. Diesmal muß ich es mit einem Mann unter freiem Himmel treiben. Wenn mich die Präsentation zu sehr langweilt, schnappe ich mir einfach einen hübschen Kellner und rolle mich mit ihm im Heu.«

»Du hast ja keinen blassen Schimmer, du Großstadtkind«, antwortete Mark. »Im April gibt's kein Heu.«

»Schon gut, dann wälze ich mich eben mit ihm im Schlamm. Offen gesagt, man könnte denken, du bist eifersüchtig.«

Nachdem sie Mark fast eine ganze Woche lang wegen der Pressekonferenz aufgezogen hatte, wurde Grace beinahe durch das Zusammentreffen von unglücklichen Umständen selbst an der kleinen Reise gehindert. Zuerst war es ein defekter Wecker, der sie nicht wie gewöhnlich um halb sieben aufwachen ließ. Als sie aus einem wirren Traum hochschreckte, in dem sie von Mark mitten in einem Restaurant von hinten genommen wurde, während einige italienische Kellner dem Akt interessiert zusahen, war es beinahe zwanzig nach acht. Sie war viel zu spät dran. Überstürzt duschte sie sich und zog sich an. Ihre Kleidung hatte sie schon am Abend zuvor bereitgelegt, da sie sich ungefähr vorstellen konnte, wie eine sexuelle Verführung im Freien ablaufen würde. Sie hatte sich für ein baumwollenes, geblümtes Kleid entschieden, das vorne an der Taille geknöpft wurde und einen weiten Rock besaß, der für die nötige Bewegungsfreiheit sorgte. Sie wählte fleischfarbene selbsthaltende Strümpfe, keinen Büstenhalter und kein Höschen. Es blieb keine Zeit, um das Haar aufwendig zu frisieren, deshalb kämmte sie es einfach nach hinten und band es mit einem Chiffontuch zusammen. Sie stopfte ihr Kosmetikköfferchen in ihre Reisetasche, denn sie wußte, daß sie während der U-Bahn-Fahrt Zeit haben würde, Make-up, Lippenstift und Lidschatten aufzulegen. Das Frühstück ließ sie aus. Es gab Gelegenheit, an einem Stand auf der Charing-Cross-Station im Vorbeigehen rasch einen Kaffee und ein Croissant mitzunehmen.

Als sie den U-Bahnhof erreichte, mußte sie feststellen, daß die Linie irgendwo blockiert und deshalb in beiden Richtungen mit Verspätung zu rechnen war. Als endlich eine U-Bahn einrollte, war der Zug bereits hoffnungslos überfüllt. Trotzdem schob sie sich mit zielstrebiger Energie in den Wagen. Eingekeilt unter der Achsel eines großen, übergewichtigen Mannes, der in der Hitze stark transpirierte, dachte sie, daß der Tag eigentlich besser hätte beginnen können.

Der für die Journalisten und Fotografen gecharterte Zug nach Broughton Dene Manor sollte Charing Cross um zehn Uhr verlassen. Eine Minute vor zehn hastete Grace, innerlich ein Stoßgebet sprechend, durch die Bahnhofshalle in Richtung Gleis vier. Sie erreichte den Zug wenige Sekunden, bevor er abfuhr. Allmählich befürchtete sie, daß die Ereignisse bereits eine solche Eigendynamik entwickelt hatten, daß der Pressetermin zu einer Höllenfahrt werden würde.

Ihre Vorahnung schien sich zu bestätigen, da die meisten Journalistinnen im Zug wie aufgetakelte Klone wirkten, die in hübschen imitierten Chanelkostümen und schwarzen, undurchsichtigen Strumpfhosen Klatsch über Pressereisen nach Mauritius und Modeaufnahmen mit kettenrauchenden, spindeldürren Supermodels auf den Malediven austauschten. Grace hatte mit dieser Art

Kolleginnen schon früh Bekanntschaft gemacht, als sie noch ein Praktikum als Journalistin absolvierte. Sie fand ihre Gespräche und Allüren langweilig. Zu ihrer Erleichterung gelang es ihr jedoch, einen Verbündeten im Pressecorps zu finden. Ihre verspätete Ankunft am Charing Cross bedeutete, daß sie sich im Wagen auf den einzigen noch freien Platz quetschen mußte. Der Mann ihr gegenüber war Anfang Dreißig und laut dem Plastikschildchen an seinem Revers James Donovan vom *RSVP Magazine*. Das *RSVP* war auf seichte Storys über Prominente spezialisiert, und das Erscheinen eines Mitarbeiters auf einem Presseereignis, bei dem der Star einer Seifenoper den Mittelpunkt bildete, war natürlich obligatorisch.

Während der Zug zwischen den gleisnahen alten Reihenhäusern der südlichen Londoner Vororte entlangrollte, stellte Grace fest, daß James von dem frühmorgendlichen Aufstehen ebenfalls nicht sonderlich begeistert war. Er nahm von einer Kellnerin zwei der von Buck's Fizz gesponserten Drinks entgegen und reichte einen an Grace weiter.

»Genau das, was mir fehlt«, meinte er seufzend. »Ich habe einen fürchterlichen Kater.« Er schob seine dunkle Brille den Nasenrücken hinunter, und Grace erkannte, daß seine Augen leicht getrübt in den Morgen schauten. Es waren schöne Augen, nicht einmal die Spuren seines Katers konnten ihr glitzerndes Blau völlig verwischen.

Grace mußte über seinen matten Tonfall lächeln. Das trifft sich gut, dachte sie, daß sich hier noch jemand so mitgenommen fühlt wie ich.

»Ich habe etwas, das Ihnen vielleicht hilft.« Sie öffnete ihre große Reisetasche, nahm das blauweiße Köfferchen mit Reißverschluß heraus, das ihr Make-up enthielt, und zauberte ein kleines Behältnis mit Holunderblütensalbe für die Augen hervor. Sie gab es dem überraschten James. »Nur eine Winzigkeit davon in die Augenwinkel, und Sie fühlen sich gleich wie neu geboren.«

James legte seine Brille vorsichtig auf den Tisch zwischen ihnen und schraubte das Töpfchen auf.

»Benutzen Sie Ihren Ringfinger«, riet Grace, als er einen Klecks von dem durchsichtigen Gel herausstreichen wollte. »Damit geht's am besten.«

»Meine Liebe, ich bin mir nicht sicher, ob ich in meinem Zustand weiß, welcher Finger mein Ringfinger ist.« Er seufzte. Trotzdem trug er das Augengel sorgfältig und ganz nach Grace' Empfehlung auf. Er lächelte, als er die erfrischende Kühle verspürte.

»Vielen Dank«, sagte er. »Sicher denken Sie jetzt, daß ich ein widerwärtiger alter Saufbold bin. Aber ich hatte nicht erwartet, hier heute morgen mitfahren zu müssen. Ich war bis zum Morgengrauen auf der Geburtstagsfeier eines Freundes, und als ich nach Hause kam, fand ich auf dem Anrufbeantworter eine Nachricht vor. Die junge Kollegin, die fahren sollte, hat Windpocken gekriegt. Also muß ich wohl oder übel den Ersatzmann spielen. Da sitze ich nun und soll mich für Lidschatten begeistern, obwohl ich mich wie durch den Fleischwolf gedreht fühle.«

»Na, danach sehen Sie wirklich nicht aus.« In Wahrheit dachte Grace, daß James Donovan ein außergewöhnlich attraktiver Mann war. Er besaß volles hellblondes Haar, das zu einer sauberen, kurzen Frisur geschnitten war, eine vorstehende, leicht spitz zulaufende Nase und einen kleinen, sinnlichen Mund. Es war die Art von Gesicht, das nur zum Leben erwachte, wenn es lächelte. Jetzt hatte er Anlaß dazu.

Er sah sie mit verschwörerischem Blick an und dämpfte die Stimme. Damit veranlaßte er sie, sich zu ihm zu beugen, damit sie seine Worte verstand. Grace war sich in dem Moment, als sie sich vorbeugte, nicht bewußt, daß die Bewegung ihres Oberteils den glatten, blassen Ansatz ihrer Brust enthüllte. James bekam Stielaugen.

»Natürlich besteht das wirkliche Problem bei Katererscheinungen darin«, flüsterte er, und seine Blicke flitzten zwischen ihrem Gesicht und dem Brustansatz hin und her, »daß ich dann immer unglaublich geil werde.«

Die Frau von damals, die reservierte Grace von vor sechs Monaten, hätte ziemlich pikiert geguckt und rasch das Gesprächsthema gewechselt. Aber die neue, aufgeschlossene Grace, die sofort in Aktion trat, wann immer es galt, eine von Onkel Alexanders ständig ausgefalleneren Aufgaben zu lösen, schluckte den Köder.

»Das ist lustig«, meinte sie, »denn in einem Zug mit einem verkaterten Journalisten Buck's Fizz zu trinken, macht auch mich ausgesprochen geil.«

Er zog auf höchst unnachahmliche Weise eine Augenbraue hoch. »Ist das wahr?«

»Ich schwöre es.«

Grace betrachtete verstohlen die beiden Frauen, die die Sitze neben James und ihr eingenommen hatten. Die gelangweilt aussehende Blondine neben ihr führte ein einseitiges Gespräch mit dem Funktelefon, während die Dunkelhaarige ihr gegenüber angeregt mit ihrer Nachbarin auf der anderen Seite des Ganges schwatzte. Keine der Frauen würdigte Grace oder James eines Blickes.

Vorsichtig glitt ihr rechter Fuß aus dem schwarzen Lederschuh. Sie nippte an ihrem Glas, und mit einem kleinen geheimnisvollen Lächeln stupste sie mit ihrem bestrumpften Zeh James' Fußknöchel an. Er sah sie voller Überraschung an. Dann erwiderte er das Lächeln, während sie langsam über die Länge seines Schienbeins fuhr.

Ihre Blicke hafteten aneinander. Grace bewegte ihre große Zehe an seinem Bein auf und ab, jedesmal ein wenig weiter in Richtung seines Knies. Sie stützte die Ellbogen auf das Tischchen zwischen ihnen und rutschte in ihrem Sitz vor, um einem zufälligen Beobachter den Eindruck zu vermitteln, daß sie zum Gespräch näher an ihren Reisegefährten heranrückte. In Wirklichkeit legte sie dabei ihren Fuß innen auf James' Oberschenkel.

Er schwieg, während sie ihren Angriff auf sein Bein fortsetzte. Seine Beine waren lang und schlank. Grace verbrachte einige Minuten mit Streicheln, ehe sie das Ende seines Schenkels erreichte. Ihre Zehenspitze überflog kurz die Beule unter seinem Hosenschlitz, ehe sie in eine weniger aufreizende Position zurückfiel. Sie war sicher, daß jedesmal, wenn sie sein Glied berührte, es unter dem dicken Stoff seiner Chinos an Länge zugenommen hatte. Inzwischen hielt er ein Exemplar des *Independent* vor sich, das unordentlich gefaltet auf dem Tisch gelegen hatte, und tat so, als studiere er die Sportseiten.

Grace schob die obere Kante der Zeitung herunter, so daß sich ihre Blicke wieder trafen. »Du hast sehr schöne Oberschenkel«, bemerkte sie, als kommentierte sie beiläufig einen Bericht auf der Rückseite der Zeitung.

»Danke«, erwiderte James. »Früher spielte ich Fußball in der Bezirksliga, als ich noch in der Oberstufe war. Ich lasse auch heute noch keine Gelegenheit aus, am Sonntag morgen ein Match zu spielen.«

»Wie schade. Am Sonntag morgen bleibe ich lieber lange im Bett.« Grace lächelte. Ihr großer Zeh malte weiterhin wirre Muster auf seinem Hosenschlitz. Jetzt war sein Penis fühlbar hart und beeindruckend groß. Plötzlich ergriff er unter dem Tisch mit einer Hand ihren Fuß. Sie stieß ein leises, erstauntes Keuchen aus, als er ihre empfindliche Fußsohle und die Innenseite durch den Strumpf hindurch kitzelte. Der feste Druck seiner Hand, abwechselnd mit federleichtem Streicheln der Finger, war erregender, als sie erwartet hatte. Sie fühlte ihr Geschlechtsteil feucht werden.

»Wie du mir, so ich dir«, flüsterte er und streichelte ihren Fuß heftiger. »Grace, ich will dich. Laß uns zur Toilette gehen und es tun.«

Seine Direktheit ließ Grace in freudiger Erwartung erzittern. Ehrlicherweise mußte sie sich eingestehen, daß sie zum Sex genauso bereit war wie er. Das neckische

Spielchen, das sie miteinander trieben, und die knisternde erotische Spannung, die sie geschickt zwischen sich aufbauten, erregten sie. Aber sie zögerte noch. Sie war versucht, sich von James in die Toilettenzelle am Ende des Wagens führen und dort von seinen geschickten Fingern weiter stimulieren zu lassen, ehe sie auf seinen harten Schwanz niedersänke. Allerdings forderte ihre Aufgabe, daß das Liebesspiel mit einem Mann im Freien stattzufinden hatte. Irgendwie hatte sie das Gefühl, daß Sex in einem Zug, der durch das ländliche Kent ratterte, so unerlaubt und aufregend er auch sein mochte, als Sex hinter verschlossenen Türen galt.

Das Problem löste sich wie von selbst, als eine fröhliche Stimme ertönte. »Sind alle zufrieden?«

Sie sah auf und erblickte eine junge Frau mit Kurzhaarfrisur, die ein aufgesetztes Grinsen zur Schau trug und in der Hand eine Klemmtafel hielt. Sie sah Grace an. »Hallo, ich bin Debbie. Ich manage die PR für Suzanna Rossington. Und Sie sind ...« Sie schielte auf Grace' Namensschild. »Grace Callender. Genau, wir sprachen am Telefon miteinander.« Sie hielt Grace die Hand hin. James umspannte immer noch ihren Fuß, und sie zitterte leicht, als sie den Handschlag erwiderte.

»Sehr schön«, meinte Debbie und hakte Grace' Namen auf der Liste an ihrem Clipboard ab. »Und Sie sind James Donovan, wie ich sehe. Ich freue mich, daß Sie beide dabei sind. Suzanna wird über den großen Anklang, den unsere Veranstaltung findet, entzückt sein. Lassen Sie mich Ihnen etwas zum Programm erzählen.«

Grace und James wechselten einen Blick. In diesem Moment wollte keiner von ihnen ausführliche Informationen über die geplanten Ereignisse des Tages, aber die Public-Relations-Managerin schien sie über alles unterrichten zu wollen.

»Also«, fuhr Debbie fort, »in ungefähr zwanzig Minuten erreichen wir den Bahnhof von Broughton Dene. Das

Landgut für sich allein ist schon eine Attraktion. Man sagt, daß Charles I. dort kurz Zuflucht bei den Royalisten suchte, als er auf der Flucht von der Schlacht von Marston Moor ...«

Merkt sie nicht, daß wir kein Interesse haben? fragte sich Grace. Sie blendete Debbies Stimme aus, überhörte die Geschichte des Hauses sowie die Einzelheiten zum geplanten Büfett und den Vorträgen, während James' Hand ihre Zehen zärtlich knetete. Ihre Nackenhaare standen aufgerichtet, ihr Geschlechtsteil pulsierte und schwoll gewaltig an, wollte unbedingt ausgefüllt werden. Wenn es ihm gelang, sie durch dieses einfache Streicheln der Füße bereits so in Erregung zu versetzen, was würde er erst erreichen, wenn er mit seinen Fingern über ihre Brustwarzen oder ihre Vagina glitt? Falls der Zug tatsächlich in weniger als einer halben Stunde in Broughton Dene hielt, hatten sie keine Gelegenheit mehr, sich von der spröden Debbie loszueisen und sich ihrer Lust hinzugeben. Es blieb ihnen nichts anderes übrig, als bis zur Ankunft in Manor House zu warten. Sicher würde es dort genügend Zeit und Platz geben, um sich zurückzuziehen.

Ein Fantasiebild huschte durch Grace' Kopf: James preßte sie gegen einen Baumstamm, und seine Finger suchten unter ihren Rockfalten nach ihrer überlaufenden Muschel. Unbewußt entfuhr ihr ein Stöhnen unterdrückter Freude. Das PR-Girl sah sie fragend an, woraufhin sie rasch vorgab zu gähnen.

»Entschuldigung«, sagte Grace und lächelte süß. »Was sagten Sie gerade ...«

Debbie verstand die Anspielung. »Ich glaube, das war alles. Bitte vergessen Sie nicht, daß am Bahnhof ein Bus bereitsteht, der Sie zum Haus bringt. Wir sehen uns später.« Sie lächelte frostig, nahm ihre Tafel und stolzierte an das Ende des Wagens zu ihrem Platz.

Grace löste rasch ihren Fuß aus James' Griff. »Es ist

besser, wenn wir uns benehmen, bis der Zug ankommt«, flüsterte sie. »Ich glaube, sie hat uns als Unruhestifter ausgemacht.«

»Das sind wir auch«, erwiderte er mit einem trägen Lächeln. »Wenigstens hoffe ich, daß du dich vor Ende der Reise noch einmal ordentlich danebenbenehmen willst.«

»Darauf kannst du dich verlassen.«

Wie Debbie gesagt hatte, stand ein Bus auf dem winzigen Vorplatz des Bahnhofs von Broughton Dene und wartete, um die versammelten Journalisten nach Manor House zu befördern. In der Eile des Einsteigens verlor Grace James vorläufig aus den Augen. Als sie ihn wieder sah, war er in ein angeregtes Gespräch mit einem stämmigen Vierzigjährigen vertieft, der einen schwindenden Haaransatz hatte und eine leicht veraltete Tweedjacke trug. Die sperrige, schwarze Umhängetasche aus Nylon ließ auf einen Fotografen schließen. Grace hoffte, wieder mit James zusammensitzen zu können, aber der Fotograf saß schon neben ihm.

Schließlich stieß sie wieder zu ihm, als sie ausstiegen. »Entschuldige, aber ich mußte mit Greg sprechen. Ich habe ihn gebeten, mir einige ungestellte Fotos von Suzanna zu machen. Die sind für die Leser wesentlich interessanter als das gestellte Zeug. Schade, daß sie ihren neunzehnjährigen Lover nicht dabeihat, mit dem sie sich angeblich momentan herumtreibt.«

Mark wird begeistert sein, wenn ich ihm von diesem besonderen Exemplar erzähle, dachte Grace. Sie traten durch das verzierte Eingangsportal des Landgutes und standen in der großen Empfangshalle. Die meiste Zeit war Broughton Dene Manor der Öffentlichkeit zugänglich, aber heute hatte Suzanna Rossingtons PR-Team das ganze Anwesen in Beschlag genommen. Die Tische, auf denen das Büfett angerichtet war, waren mit pink- und cremefarbenen Tüchern und Servietten dekoriert – den Farben der Verpackungen der Artikel –, und überall standen Vasen mit frischen Nelken in den gleichen Farbtönen.

Grace hätte sich das Herrenhaus gerne im Detail angesehen. Die flüchtigen Blicke, die sie von der dunklen, eichengetäfelten Empfangshalle und von dem schwungvollen Treppenhaus aufgefangen hatte, das zu den oberen Stockwerken führte, weckten in ihr die Neugier auf eine weitere Erkundung. Sie träumte von einem Liebesspiel mit James in einem antiken Bett mit schweren Damastvorhängen, in dem angeblich bereits König Charles geschlafen hatte, oder davon, ihn durch eine Spur ihrer abgeworfenen Kleidungsstücke in das Labyrinth aus Buchsbaumhecken zu locken, in dessen Herzen er sie dann nackt und für ihn bereit vorfinden würde. In ihre erotischen Träumereien versunken, prallte sie beinahe mit Suzanna Rossington zusammen, die für einen Fotografen neben einer Ritterrüstung aus dem 17. Jahrhundert posierte.

Wie viele Prominente war die Schauspielerin in Wirklichkeit kleiner, als sie auf der Leinwand erschien, nämlich kaum größer als Grace. Ihre Gesichtszüge waren fein geschnitten und grazil, hervorgehoben durch den geschickten Gebrauch eines Make-ups, das, wie Grace annahm, dasselbe war, welches hier beworben wurde. Ihr hellblondes Haar war zu einem eleganten Nackenknoten gebunden, und sie trug ein pinkfarbenes, mit Biesen in Cremetönen besetztes, exquisites Kostüm. Grace dachte daran, sie um ein Autogramm für Mark zu bitten, nachdem sie ihre Entschuldigung wegen ihrer Ungeschicklichkeit heruntergehaspelt hatte. Aber sie vermutete, daß ein derartiges Verhalten auf die erfahreneren Journalisten unschicklich gewirkt hätte. James hätte sicher nur darüber gelacht.

»He, Grace, willst du dich an Stars heranpirschen?« James grinste und kam zu ihrer Rettung herbei.

»Sie ist eine Schönheit, nicht wahr?« murmelte Grace an seiner Seite, als sie weggingen.

»Wenn du die blassen englischen Typen magst, ja«, erwiderte James. »Ich habe immer dunkles Haar bevorzugt. Dunkles Haar, vorwitzige Titten und empfindliche Füße.«

Die geladenen Gäste machten sich über das Essen her. Grace und James mischten sich unter die Schlange am Büfett. Ihr wurde ein Glas Champagner in die Hand gedrückt. Sie fühlte sich schon benebelt – dank der Kombination aus Buck's Fizz und James' Fingerarbeit in der Eisenbahn –, aber sie trank trotzdem schlückchenweise weiter.

James schaute auf die belegten Baguettescheiben und die Röllchen aus geräuchertem Lachs auf seinem Teller. »Das ist der dritte Empfang innerhalb von vierzehn Tagen«, sagte er. »Allmählich hängt mir dieses Cocktailhappenzeugs zum Hals heraus. Ich hätte Lust auf etwas Handfesteres. Wie steht's mit dir?«

Dieser Mann kann wirklich allem einen zweideutigen Sinn verleihen, dachte Grace. »Ja, ich hatte kein Frühstück heute morgen ...«

»Dann brauchst du unbedingt etwas Warmes im Bauch.« Aus James' blauen Augen schoß ein spitzbübisches Funkeln, und Grace hätte laut auflachen können.

»Ich bin bereit, wenn du es bist«, antwortete sie.

»Gut, dann beenden wir das hier, wenn Miss Rossington ihre wundervollen Lippenstifte anpreist. In der Zwischenzeit machen wir uns auf die Suche nach etwas ... Füllenderem.«

Ich sehne mich längst danach, gefüllt zu werden, hätte Grace ihm beinahe geantwortet. Sie schmeckte kaum das Essen auf ihrer Zunge. Ihre Sinne sprachen nur noch darauf an, wie es sich anfühlen würde, wenn James seinen großen Penis in sie hineingleiten ließ. Ich beginne, mich in eine Art Sexteufel zu verwandeln, dachte sie.

Obwohl ich diesen Mann kaum kenne, sterbe ich vor Verlangen danach, von ihm gevögelt zu werden.

Es war leichter, als sie gedacht hatten, Debbie abzuschütteln und der Kosmetikpräsentation zu entfliehen. Sie setzten sich auf die hinteren Stühle am Ende des Raumes, und als die Lichter zum unvermeidlichen, prächtig aufgemachten Video erloschen, das dem Vortrag von Suzanna Rossington vorgeschaltet war, schlichen sie sich leise hinaus. Niemand nahm von ihrem Verschwinden Notiz.

»Ich muß gestehen, daß ich mich wegen des heimlichen Wegschleichens schuldig fühle«, meinte Grace, als sie den langen, kiesbestreuten Parkweg durch den kunstvoll angelegten Garten einschlugen.

»Um Himmels willen, warum denn das?« fragte James.

»Ich vertrete eine Zeitschrift, und ich fühle, wie ich die Gastfreundschaft dieser Menschen mißbrauche. Sie haben das alles bezahlt, und wir hören uns die Präsentation nicht einmal an.«

»Also wirklich, Darling, glaubst du denn, daß auch nur die Hälfte der Journalisten da drinnen die Ohren für die Präsentation aufsperrt?« entgegnete James scharf. »Wenn sie an ihre Arbeit zurückkehren, werden sie nichts weiter tun, als die verteilte Presseverlautbarung zu kopieren und sich selbst für den schönen, faulen Tag außerhalb des Büros zu beglückwünschen. Um ehrlich zu sein, genau das werde auch ich wahrscheinlich tun. Immerhin hat Greg die Fotos in der Tasche, und das war das schwierigste Unterfangen. Laß die Seele baumeln, Grace, und gönn dir etwas Spaß. Glaub mir, Schuldgefühle sind gutem Sex nicht förderlich.«

Sie gingen über eine ausgedehnte, saubere Rasenfläche, die vom öffentlichen Teil des Parks fortführte. Am Ende des Landsitzes befand sich ein kleines Haselnußwäldchen. Die Bäume prangten im jungen Blattgrün des

Frühlings. Die Sonne stand hoch am Himmel, und der frühe Nachmittag war für die Jahreszeit viel zu warm. Außer dem Vogelgesang in den hohen Baumwipfeln und den gedämpften Schritten von James und Grace auf dem kurzgemähten Gras war weit und breit nichts zu hören. Grace konnte sich keinen besseren Tag und Ort für die Erfüllung ihrer neuesten Aufgabe wünschen.

Ein niedriger, verwitterter Zaun markierte die Grenze des öffentlichen Parks. Sie hielten für einen Moment inne, um wieder zu Atem zu kommen. Grace zog ihre Jacke aus und warf sie sich über die Schulter. Dann half ihr James über ein paar moosbewachsene Sprossen über den Zaun. Sie standen jetzt mitten in dem Wäldchen, leicht außer Atem, zwei Verschwörer auf heimlichen Abenteuerpfaden. Grace' heftiges Herzklopfen erhielt ein Echo in dem etwas sanfteren zwischen ihren Beinen. Sie lehnte sich an einen Baumstamm und winkte James heran, sie zu nehmen.

Er ließ sich nicht zweimal bitten. Mit seinem Körper preßte er sie an den Stamm, so daß sie in ihrem Rücken die Rinde durch die Kleidung fühlte. Er war Experte in der Kunst zu küssen. Seine Lippen klebten weich auf ihren, und seine Zunge schob sich tief in ihren Mund. Ihre Hände glitten unter seine Jacke und streichelten seinen Rücken, während er ihren empfindlichen Hals liebkoste. Als sie unter dem Ansturm seines Mundes dahinschmolz, tastete er nach den Knöpfen ihres Oberteils.

»Ich habe das Gefühl«, murmelte er an ihrem Hals, »daß dieses Kleid den Zugang erleichtern soll.«

»Zugang wozu?« fragte Grace mit gespielter Unschuld.

»Sag du es mir«, erwiderte er und machte den obersten Knopf auf. »Obwohl ich glaube, ich weiß es schon. Es gibt schließlich ein altes Sprichwort, das besagt: Eine Frau in einem dünnen Baumwollkleid und ohne Unterwäsche soll nicht mit dem Rücken in der Sonne stehen.«

Mit sinnlicher Wildheit zwickte er eine ihrer Brustwarzen durch den Stoff hindurch. »Ich habe alles gesehen, Grace. Und jetzt hole ich es mir.«

Der Kontrast zwischen der Unzweideutigkeit seines Verhaltens und seiner gepflegten Ausdrucksweise erregte sie ungemein. »Dann hol es dir«, flüsterte sie heiser.

Flink öffneten seine Finger die verbleibenden Knöpfe. Er streifte ihr das Kleid über die Schultern nach unten, so daß sie mit völlig nacktem Oberkörper dastand. Ein leichter Wind durchzog jetzt die Zweige der Bäume, aber es war nicht die kühle Frühlingsluft, die verursachte, daß sich ihre Brustwarzen auf den kleinen Brüsten stolz emporreckten.

Er nahm beide nacheinander in den Mund, saugte daran und biß zart hinein. Die Gefühle, die er in den kleinen Knospen hervorrief, grenzten an Schmerz, aber Grace nahm sie klaglos und willig hin. Sie griff mit allen Fingern in sein dichtes, weiches Haar und zog seinen Kopf näher an ihre Brüste.

Während er sich an ihren Brustwarzen labte, schob er ihr das Kleid von den Hüften. Grace bemerkte es erst, als es in einem Häuflein aus blumenbedruckter Baumwolle zu ihren Füßen lag.

Jetzt trug sie nichts außer den selbsthaltenden Strümpfen und den Schuhen. James hingegen war noch vollständig angezogen. Sie fühlte sich plötzlich ungeschützt vor möglichen Zuschauern.

»Keine Sorge«, flüsterte er, als hätte er ihre Sorge gespürt. »Es gibt niemanden, der uns sieht – obwohl ich es mir fast wünschte, denn dein kleiner sexy Körper verdient ein Publikum. Trotzdem, es ist vielleicht unfair, dich so im Nachteil zu lassen.«

Kurzerhand zog er Jacke, Hemd und Chinos aus und streifte die Schuhe und Socken ab. Jetzt stand er nur noch in grünen, seidenen Boxershorts vor ihr, deren Vorderseite sich unter seiner starken Erektion zu einem Zelt aufbäumte.

»Fühlst du dich bei diesem Ausgleich wohler?« fragte er.

Grace nickte. »Aber wenn du schon mit gutem Beispiel vorangehst, will ich es auch tun. Ich will, daß du mir das hier nachmachst.« Kaum hatte sie den Satz ausgesprochen, sank sie vor ihm auf dem weichen Rasen in die Knie. Sie ergriff den Bund seiner Boxershorts und zog sie hinunter. Seine Erektion federte vor ihren Augen auf und nieder, ein schönes, langes Glied mit einer fast konischen Verjüngung am vorderen Ende. Sie beugte sich vor und nahm nur die äußerste Spitze in den Mund. Sie fühlte mehr, als daß sie es hörte, wie James stöhnte. Ermutigt schoben ihre Lippen seine Vorhaut zurück, und sie begann zu lutschten, wobei ihre Zunge träge Kreise über die Eichel zog.

»Mein Gott, ist das toll.« Er stöhnte. »Saug ihn, Grace, saug ihn fester. Nimm ihn ganz in deinen Mund.«

Aber Grace hatte anderes vor. Ihre Lippen ließen seinen Penis los, dann spielte ihre Zunge an der Unterseite seiner Eichel und die gesamte Länge seines Schafts entlang. Sie leckte seine Hoden mit der Intensität einer Katze, die ihr eigenes Fell leckt, nahm nacheinander jeden Hoden in den Mund und saugte daran. Seine Hände griffen gierig in ihren Schopf, bearbeiteten nahezu krampfhaft den Pferdeschwanz, zu dem sie ihre dunklen Strähnen gebunden hatte. Sie führte ihn an den Rand einer Ejakulation, zog sich dann aber zurück, da sie nicht wollte, daß er kam, bevor sie seinen prallen Penis in sich gespürt hatte.

»Das ist also dein Beispiel«, sagte er. »Jemanden in den siebenten Himmel katapultieren und ... peng, aus. Also gut, du hast es so gewollt, du kleine Hexe.«

Er legte sie auf den Rücken. Sie roch die Erde rings um sich herum sowie den feinen Duft ihrer und James'

Erregung. Er spreizte ihre Beine weit auseinander. Sie konnte sich vorstellen, wie ihr Geschlechtsteil vor seinen Augen aussah – die inneren Schamlippen feucht und angeschwollen, enthüllten sie den dunklen, geheimnisvollen Kanal, den sie sonst verbargen. Sein Mund legte sich auf diesen Kanal, mit der Zungenspitze erforschte er den Eingang. Dann rutschte er höher, um ihren Kitzler süß zu quälen. Seine Zunge arbeitete gleichmäßig, während Grace ihre Brustwarzen zwischen Zeigefinger und Daumen rieb.

Wie versprochen, spielte er mit ihr, wie sie es mit ihm getan hatte. Zweimal brachte er sie beinahe zum Höhepunkt, zog aber kurz davor die Zunge zurück. Als er zum drittenmal dasselbe tat, hielt Grace es nicht mehr länger aus. »Bitte, James ...«, bat sie.

»Bitte was, Darling?« fragte er unbekümmert.

»Bitte ... ich halte es nicht mehr aus. Laß mich kommen.«

»Was denn, einen kleinen Quälgeist wie dich?« Seine Zunge bewegte sich mit ungeheurer Leichtigkeit über ihre Klitoris, und sie dachte, daß er ihr diesmal erlauben würde, in einem Höhepunkt Erlösung zu finden. Doch er schien ihre Hoffnung erneut zunichte machen zu wollen. »Okay«, lenkte er schließlich ein, »ich lasse dich kommen, aber nur unter einer Bedingung. Du läßt mich mit dir tun, was ich will, um meinen eigenen Orgasmus zu haben.«

Bei einem anderen Mann wäre das ein gefährliches Unterfangen, dachte Grace. Aber sie wußte, daß James ihr nicht weh tun wollte. Sie hegte jedoch den Verdacht, daß er etwas Ausgefallenes plante. In einem Zimmer, wo der Zugriff auf raffiniertes Sexspielzeug und Requisiten kein Problem darstellte, hätte er sie in der Tat zu einigen ausgefallenen Praktiken verleiten können – Accessoires wie Seidentücher und Eiswürfel in Verbindung mit dem Einsatz dieser niederträchtigen, nicht stillhaltenden Zunge ...

»Einverstanden«, sagte sie.

Er befeuchtete einen Finger mit ihrem eigenen Saft und preßte ihn auf ihren Anus. »Auch wenn ich dich in den Po vögeln will? Oder dich, mit deinen Strümpfen an einen Baum gebunden, zurücklasse, damit dich einer der Gärtner findet?«

»Ja«, hörte sie sich selbst sagen. »Steck ihn mir rein, wo du willst. Mach mit mir, was du willst. Aber bitte, James, quäl mich nicht länger.«

Als er seinen Mund diesmal auf ihren Kitzler legte und leckte, zog er die Zunge nicht zurück, als ihre Hüften zu rollen begannen. Zwischen ihren Atemzügen stieß sie eine Reihe kurzer Stöhnlaute aus. Sie spürte, wie sein Finger noch einmal ihre Afteröffnung umspielte und jetzt hineinglitt, um sie in einer neuen, aufregenden Manier zu stimulieren. Ihr Orgasmus war um so heftiger, weil er ihn so lange hinausgezögert hatte, und sie schrie beinahe unter seiner Intensität, während hinter ihren fest geschlossenen Augenlidern Farben explodierten.

James' Hände spielten leicht über ihren auf dem Rükken liegenden Körper, der noch sensibilisiert von ihrem machtvollen Orgasmus reagierte. »Jetzt bin ich an der Reihe, Darling. Komm, setz dich auf.« Er hielt sie sanft mit einer Hand und zog ihr mit der anderen das Chiffonband aus dem Haar. »Jetzt bitte die Hände auf den Rücken.«

Sie tat, wie geheißen, denn sie hatten eine Abmachung getroffen. Außerdem war sie neugierig, was James von ihr verlangte. Er fesselte ihre Handgelenke mit einem geübten Knoten, der nicht schmerzte. Sie glaubte, daß sie sich befreien konnte, wenn sie es richtig versuchte, doch Sex mit gebundenen Händen war eine neue Erfahrung, und wenigstens einmal wollte sie auch das ausprobieren.

James lehnte sich im Sitzen mit dem Rücken gegen den haselnußbraunen Baumstamm und zog Grace auf seinen Schoß. Mit den Finger teilte er ihre geschwollenen Schamlippen und schob seinen Penis vor ihre Vagina. »Ich bin ziemlich faul, wenn es um Sex geht«, sagte er. »Wenn jemand anderes die Arbeit macht, um so besser. Ich zweifle nicht daran, daß du mich mit deiner engen, heißen Muschi gut bedienst, Darling. Also, nur zu!«

Folgsam, gleichermaßen durch seine direkte Ausdrucksweise wie von ihrer eigenen Begierde angespornt, sank Grace auf seinen Penis hinab.

Zuerst war es schwierig, mit gebundenen Händen einen Rhythmus zu finden. Sie wollte ihn mit ihren Armen umfassen, um die Balance zu halten, aber es war ihr nicht möglich. Sie wollte ihn streicheln, seine Brust und seinen Bauch liebkosen, die kleinen, hellen Warzen reiben, die jetzt auf seinen Brustmuskel hervortraten, aber auch diese Freuden hatte er ihr – und sich selbst – versagt. Viel langsamer, als sie es normalerweise getan hätte, begann sie, auf und ab zu gleiten. Sie bemerkte jedoch bald, daß die eingeschränkte Bewegungsfreiheit kein Hindernis für ihren Genuß bedeutete. Sie umschloß ihn fest mit ihrem Scheidenmuskel und konnte sich vorstellen, daß sie ihn so zum Höhepunkt bringen würde.

Er lehnte den Kopf an den Baumstamm, und sie ritt auf seiner Stange. Mit geschlossenen Augen murmelte er zusammenhanglose Worte, während sie ihre Muskeln zusammenzog und wieder entspannte, dabei auf und ab wippte. Sie spürte, daß er kurz vor dem Orgasmus stand. Dann gab er ein letztes Keuchen von sich, und seine Hüften schossen ruckartig wie in einem Krampf nach oben, als er seinen Samen in ihr verströmte.

Plötzlich durchzuckte ein Blitz den kühlen Schatten im Grün des Wäldchens, und als James den Kopf drehte, bemerkte er, daß eine Kamera auf ihn gerichtet war. Sie schoß noch ein zweites Foto.

»Was, zum Teufel ...?«

»Du hattest recht, als du sagtest, daß Greg die Bilder

in der Tasche hat.« Grace beglückwünschte sich insgeheim dazu, daß sie in weiser Voraussicht mit dem Fotografen in der Empfangshalle Pläne geschmiedet hatte, während James unterwegs war, um ihr Champagnerglas wieder aufzufüllen. »Ich erklärte ihm, daß er zwanzig Minuten, nachdem wir fortgegangen sind, hinterherkommen soll. Aber keine Angst, James, du wirst nicht in einem Exklusivbericht erscheinen. Die Fotos sind für den rein privaten Gebrauch.« Im stillen ergänzte sie, daß sie außerdem beweiskräftig genug wären, um die Erfüllung von Onkel Alexanders Aufgabe zu belegen. Sie deutete mit dem Kopf auf ihre gefesselten Handgelenke. »Wirst du mich jetzt befreien, oder muß ich so zum Haus zurückgehen?«

James lachte. »Ja, das wäre eine Idee ...« Er löste das Chiffonband von ihren Handgelenken und band damit ihr Haar wieder zu einem Pferdeschwanz. »Aber ich glaube, wir sollten nicht alle wissen lassen, was wir getrieben haben.« Er küßte Grace zärtlich auf den Mund. »Komm, Darling, ziehen wir uns an. Und danach werde ich mit Greg ein Wörtchen wegen der Fotos reden.« Er lächelte über den erschreckten Ausdruck in Grace' Gesicht. »Wenn du denkst, du kommst damit davon, ohne daß ich ein paar Abzüge kriege, bist du schiefgewickelt.«

Er lachte noch, als sie das Herrenhaus erreichten. Die formelle Präsentation war abgeschlossen, und Suzannas PR-Girls verteilten pink- und cremefarbene Schachteln, die eine Auswahl Kosmetika für die versammelten Journalisten enthielten. Grace wurde eine Schachtel in die Hand gedrückt, und auch James erhielt ein Päckchen.

»Ich werde es an die Mädchen im Büro verteilen«, erklärte er der Blondine, die es ihm überreicht hatte. »Ich selbst rühre das Zeug niemals an.«

Das solltest du aber, dachte Grace, die ihn beobachtete. Welchen Spaß könnten wir haben, wenn ich dir die Brustwarzen mit Rouge einfärbte oder dir mit meinem

Mund einen scharlachroten Lippenstiftring über den Pimmel streife ...

»Vielen Dank für Ihren Besuch.« Die rauhe Stimme hinter ihr ließ Grace zusammenfahren. Sie drehte sich um und sah Suzanna Rossington, die sie anlächelte.

»Es war mir ein großes Vergnügen«, erwiderte Grace, nahm die dargebotene Hand, schüttelte sie und fragte sich, ob Suzanna ihre gut durchblutete Haut und ihre leuchtenden Augen wahrnahm, die Zeichen natürlicher Schönheit, verursacht von anständigem Sex statt von einer Make-up-Auflage. »Wir haben jede Minute genossen, versichere ich Ihnen. Auch mein Freund James.«

James küßte Suzanna Rossington galant die Hand, und nur Grace bemerkte, daß er hastig mit der freien Hand sein Hemd in die Chinos zurücksteckte.

»O ja, ich habe es wirklich genossen«, flüsterte James in Grace' Ohr, als sich die Schauspielerin zurückzog, um ihren Dank jemand anderem auszusprechen. »Aber ich glaube, wir werden ihr beide nicht verraten, daß wir nicht ihren langweiligen Vortrag meinten, nicht wahr, Darling.«

Siebentes Kapitel

Das Telefon klingelte ein halbes Dutzend Male, ehe der Anrufbeantworter reagierte. Im Hintergrund war schwere Rockmusik zu hören, dann eine schlecht aufgenommene Stimme. »Hallo, hier ist Suki. Entweder schlafe ich, bin in den Supermarkt geflitzt, um eine Tüte Milch zu holen, oder ich ignoriere Sie. Wie dem auch sei, hinterlassen Sie eine Nachricht, und warten Sie ab, was passiert.«

»Hallo, Suki, hier ist Grace. Ich habe zwei Karten für das *Forbidden* übernächsten Freitag, und ich wollte fragen, ob du ...«

Am anderen Ende der Leitung wurde der Hörer abgehoben. »Hi, Grace«, rief Suki. »In was für eine Art Circe verwandelst du dich?«

»Nein, so ist es nicht«, antwortete Grace. »Sie wurden mir als Teil meiner neuen Aufgabe zugeschickt.« Sie betrachtete die Karten, auf denen eine Frau in Unterwäsche abgebildet war, die, an einen Sessel gefesselt, einen Knebel in ihrem Mund trug und die Augen unter ihrer Pagenfrisur in gespieltem Schrecken weit aufriß. Nur der Himmel wußte, was Dominic im Kopf herumgespukt hatte, als er sie ihr besorgt hatte. »Das Problem besteht darin, daß mir aufgetragen wurde, in den Klub zu gehen und für einen Abend eine Domina zu spielen. Aber, um ehrlich zu sein, ich habe keinen blassen Schimmer, wie ich vorgehen soll.«

»Mach dir deswegen keine Sorgen, Kindchen«, sagte ihre Freundin zuversichtlich. »Komm am Samstag nachmittag zu mir, dann weihe ich dich in alles ein. Nachdem Tante Suki dir alles beigebracht hat, wirst du die Königin des Klubs, das verspreche ich dir.«

Suki gehörte die Erdgeschoßwohnung in einem terrassenförmig angelegten Haus in Islington, die sie gekauft hatte, bevor die Eigentumspreise dort explodiert waren und die Gegend für die meisten Menschen unbezahlbar wurde. Sie war in ihrem typischen Stil eingerichtet. Grace wußte, daß die Wohnung für eine der Innenarchitektur-Zeitschriften, die davon lebten, Prominentenwohnungen abzubilden, fotografiert werden würde, falls ihre Freundin je aus den hinteren Reihen in eine Hauptrolle aufrückte. Die Tänzerin bevorzugte lebendige, ausdruckskräftige Farben: Jadegrün für den Flur, Stahlblau für das Wohnzimmer und tiefes, imperiales Purpurrot für das Schlafzimmer. Es gab keinen Teppichboden, dafür waren die Fußbodendielen blank poliert und mit Brücken in komplizierten persischen Mustern bedeckt. Die Wände zierten eingerahmte Theaterplakate der Shows, in denen Suki aufgetreten war; in den meisten Fällen waren sie von allen Mitwirkenden sowie den Choreographen und Regisseuren signiert. Ein riesiger Spiegel mit Goldrahmen stand in der Diele. »Wenn dieser Spiegel sprechen könnte«, hatte Suki einmal zugegeben, »hätte mein Sexualleben keine Geheimnisse mehr.«

Trotz der Extravaganz war es eine gemütliche Wohnung. Grace hatte keine Hemmungen, ihre Schuhe auszuziehen und es sich in einem dick gepolsterten Sessel bequem zu machen. »Zur Einführung in die Szene«, verkündete Suki und reichte Grace einen Stapel von Magazinen mit Titeln wie *Cruel Passion, Severity* und *Decadence.* »Wirf schon mal einen Blick hinein, während ich uns einen Irish coffee mache.«

Sukis Irish coffee war berühmt – wobei die Betonung auf *Irish* lag. Grace hörte ihre Freundin in der Küche summen, während sie die Kaffeebohnen mahlte. Sie nahm das erste Magazin vom Stapel und begann darin zu lesen.

Bald war ihr klar, daß Suki recht hatte. Alles Wissenswerte über weibliche Dominanz stand auf den Hochglanzseiten des Magazins. Die Titelstory begann mit einem wasserstoffblonden Superweib in steifer Schirmmütze, Lederbustier und glänzenden, ellbogenlangen Handschuhen, das eine mehrschnürige Peitsche in den Händen wog. Weiter hinten bearbeitete die gleiche Frau mit der Peitsche den Hintern eines Mannes, der vor ihr kniete. Er war nackt bis auf Handschellen an Handgelenken und Fußknöcheln sowie einen Slip aus Lederschnüren, der sein Fleisch kaum vor ihren Schlägen schützte. Sie blätterte weiter und fand eine zweite Fotogeschichte über einen mädchenhaft wirkenden jungen Mann, der zunächst Damenstrümpfe, Strumpfhalter und jungfräuliche weiße Spitzenunterwäsche anziehen mußte, bevor mit der Schlaufe einer Reitgerte auf sein Gesäß und die empfindliche Haut am Ansatz der Oberschenkel geschlagen wurde. Auf den letzten Bildern der Geschichte trug er das winzige Höschen nicht mehr, so daß sein langer, kräftiger Penis zu sehen war, der, wie Grace vermutete, gerade so stark geschwollen war, wie es das Zensurgesetz erlaubte. Sie versuchte, sich vorzustellen, wie er voll erigiert aussah, wenn er gegen seinen straffen Bauch drückte, umrahmt von den Strapsen aus weißem Satin. Konnte der erlittene Schmerz ihn so stark erregen? Eigentlich sollte sein Glied unter der groben Behandlung der Domina erschlaffen, statt hart und groß zu werden.

»Was beschäftigt dich?« fragte Suki, die mit zwei großen Tassen Kaffee, versetzt mit einem kräftigen Schuß Alkohol und einer Sahnehaube, in das sonnenüberflutete Wohnzimmer trat.

»Ich bin verwirrt«, gestand Grace. »Dieser Mann hier ... Was sie mit ihm treibt, ist schmerzhaft, und trotzdem hat er offensichtlich Gefallen daran.«

»Du würdest staunen, wie dicht Schmerz und Freude beieinanderliegen«, antwortete Suki.

»Aber du läßt dich von niemandem so behandeln, oder?«

»Nun, ich habe es ein paarmal probiert, aber es ist nicht dasselbe.« Suki warf Grace ein anderes Magazin zu, ohne auf die Titelseite zu achten. »Hier, das ist ein bißchen gemäßigter.«

»Das sieht interessanter aus«, sagte Grace, während sie die Seiten durchblätterte. Die Zeitschrift widmete sich ausschließlich den Praktiken des Schlagens auf den Po mit der bloßen Hand. Ihre Augen überflogen eine Fotogeschichte, in der eine Sekretärin, die sich einen unbedeutenden Fehler zuschulden kommen ließ, von ihrem Chef bestraft wurde. Ein Bild, das ihre besondere Aufmerksamkeit erregte, zeigte den gutaussehenden Mann in mittleren Jahren, der den Chef spielte. Er saß auf einem Drehsessel und blickte in die Kamera, während das Mädchen in unterwürfiger Pose über seinem Schoß lag. Ihr Kopf hing zu Boden, und Strähnen ihres hellblonden Haars lösten sich aus ihrem züchtigen Dutt. Ihre saubere weiße Bluse war aufgeknöpft, wobei sich zeigte, das sie keinen Büstenhalter trug. Die kessen, nackten Brüste lagen teilweise frei. Der karierte Rock ihrer ordentlichen Bürotracht war bis zur Taille hochgeschoben, die weiße Strumpfhose darunter weit über das Gesäß nach unten gezogen. Deutlich waren auf jeder ihrer hellen, runden Pobacken scharlachrote Handtellerabdrücke zu erkennen, Beweis einer gründlichen Tracht Prügel. Der Gedanke, sich in einer so exponierten und verletzlichen Position zu befinden, erregte Grace.

»Was steht drin?« fragte Suki neugierig, da sie bemerkte, daß Grace' Gesicht von Röte überzogen war. Sie nahm ihrer Freundin die Zeitschrift aus den Händen. »Macht dich das an?«

Grace nickte kaum merklich, unfähig zu erklären, warum sie der Anblick eines schönen Mädchens, das sich züchtigen ließ, deutlich mehr erregte als Bilder von gestrengen, peitschenschwingenden Dominas und deren gefesselten männlichen Opfern.

»Ehrlich, Grace, du bist zu unterwürfig«, erklärte Suki. »Das ist nicht Sinn der Sache. Du solltest oben stehen. Identifiziere dich mit jemandem, der die Schläge austeilt. Stell dir vor, was du empfindest, wenn du siehst, wie ein schöner, straffer Hintern rot wird, weil du ihm ordentlich eins verpaßt.«

»Ich versuche es«, erwiderte Grace. »Aber es ist schwierig, mir einen Mann vorzustellen, den ich tatsächlich schlagen möchte.«

»Und dieser James? Der, von dem du erzählt hast, daß er Fesselspiele mag?« Ausnahmsweise hatte Grace ihr letztes Abenteuer Suki anvertraut, weil sie annahm, daß ihrer einfallsreichen Freundin das Ereignis im Wäldchen von Broughton Dene Manor gefiel.

»Ich denke, er ist dir ähnlich«, sagte Grace. »Er teilt lieber aus, als daß er einsteckt.«

»Und du würdest ihn es dir noch einmal besorgen lassen, nicht wahr?« fragte Suki und versuchte, in Grace' Gesichtszügen einen Anhaltspunkt zu finden. »Behalt den Gedanken. Ich hole uns inzwischen ein paar Stückchen Karottentorte. Danach kannst du mir ganz genau erzählen, was du gerne hättest, das er mit dir anstellt, du kleines Luder.«

Grace folgte Suki aus dem Wohnzimmer und blieb im Eingang zu der sonnengelben Küche stehen. Sie beobachtete, wie ihre Freundin in dem großen Kühlschrank nach dem Kuchen suchte. »Glaubst du wirklich, Suki, daß ich fähig bin, jemanden zu dominieren?«

»Natürlich, Kleines«, erwiderte Suki überzeugt, ohne sich vom Kühlschrank abzuwenden. »Glaub mir, ich weiß, was ich tue. Ich konfisziere das Magazin mit den Praktiken des Hinternversohlens, denn es gibt dir falsche Anregungen.« Sie überreichte Grace ein Stück der köstlich anzusehenden Torte. »Also, erzähl mir, welche verdorbenen Dinge du mit diesem sinnlichen Herrn Donovan vorhast, und dann sage ich dir, was du tatsächlich mit ihm anstellen solltest, wenn du ihn im *Forbidden* auf die Spielwiese mitnimmst ...«

Wie es sich ergab, hätte Grace dank Maureen den Besuch im Klub beinahe noch absagen müssen. Sie bearbeitete an diesem Morgen angestrengt einen Bericht für das Magazin am Bildschirm, als ihre Chefin hinter sie trat und den Entwurf über ihre Schulter hinweg zu lesen begann.

»Seit wann wird ›Übertragung‹ mit zwei ›t‹ geschrieben?« fragte Maureen und wies auf das fragliche Wort auf dem Bildschirm.

»Ich starte gleich die Rechtschreibprüfung des Programms«, erwiderte Grace durch die zusammengebissenen Zähne hindurch. Sie wünschte sich, daß ihre Chefin sie allein ließe.

»Ach, das ist doch nicht nötig. *So* macht man das.« Maureen schob Grace' Hände von der Tastatur. »Alles markieren, löschen, speichern und schon ...« Grace sah mit Entsetzen, wie Maureen ein paar Tastenkombinationen drückte und der ganze Artikel mit tausend Worten plötzlich vom Bildschirm verschwand.

»Danke, Maureen. Vielen Dank!« Grace versuchte alles, um den Artikel zu retten, aber es stellte sich heraus, daß er unwiderruflich verloren war.

»Es bleibt Ihnen wohl nichts anderes übrig, Grace, als den ganzen Artikel noch einmal einzutippen, oder?«

»Kann das nicht Jane machen?« Jane war Maureens neue Teilzeitkraft, ein offensichtlich in nichts zu erschütterndes Mädchen aus Schottland, das imstande war, sich sogar in einer Auseinandersetzung mit der Chefin durchzusetzen. Außerdem legte sie die doppelte Schreibgeschwindigkeit von Grace an den Tag.

»Tut mir leid, Grace, aber ich brauche sie für ein Diktat. Und Mark muß den Artikel für das Layout so schnell wie möglich bekommen.«

»Ich rufe ihn an und sage ihm, was passiert ist. Er kann sicher irgendeine andere Arbeit vorziehen.«

»Nein, das ist der letzte Textbeitrag der Woche. Ich kann Mark nicht ohne Arbeit herumsitzen lassen. Machen Sie sich nichts draus, Grace, Sie werden nicht lange dafür brauchen.«

Sie ahnt, daß ich zum Essen verabredet bin, dachte Grace und beobachtete, wie Maureen selbstgefällig in ihr Büro zurückstolzierte. Nur deshalb schikaniert sie mich – damit ich das Essen mit James absagen muß. Ich hoffe nur, daß er es versteht.

»Er nahm es nicht tragisch«, sagte Grace zu Suki, als ihre Freundin anrief, um die Verabredung für den Abend abzusprechen. »Das Problem besteht nur darin, daß er für einige Wochen in Ferien fährt. Deshalb weiß ich nicht, wann wir es erneut probieren können. Ich war sowieso überrascht, als er anrief und mich zum Mittagessen einlud.«

»Aber nicht *so* überrascht«, entgegnete Suki. »Komm schon, Grace, du hast mir doch am Wochenende gestanden, daß du ihn nett fandest, oder nicht?«

Grace sah kurz auf die grüne Pinnwand neben ihrem Schreibtisch. Sie hatte den Artikel, den er in der letzten Ausgabe des *RSVP* über Suzanna Rossington und ihr Geschäftsessen geschrieben hatte, ausgeschnitten und dort befestigt, teils als Erinnerung an ihre letzte Aufgabe, teils weil eines der Fotos James besonders attraktiv darstellte. »Das weißt du, sonst hätte er mich auf dem Presseausflug nicht verführen können. Ich mag ihn. Er sieht gut aus, ist intelligent, und er bringt mich zum Lachen.« Und wenn ich allein in meinem Bett liege, hätte sie beinahe hinzugefügt, denke ich an ihn, und er läßt es mir kommen.

Sie hatte noch das Fantasiebild vor Augen, das Suki und sie heraufbeschworen hatten, um Grace ein Domina-Gefühl zu verschaffen. Sie befanden sich in einem leeren Raum mit kahlen Wänden, in dem nur ein niedriger, gepolsterter Stuhl stand. Die Rollenverteilung des Zusammentreffens auf der Pressereise war umgekehrt; jetzt war es Grace, die vollkommen bekleidet dastand. Enge schwarze Lederkleidung unterstrich ihre Kurven, sie hielt einen flachen Holzschlegel in der Hand, und James kniete zu ihren Füßen, die Hände auf den Rücken gefesselt. In seinen blauen Augen flackerte eine Mischung aus Furcht und Verlangen, ein Begehren, das sich in seinem erigierten Glied widerspiegelte. Auf ihr Kommando rappelte er sich unbeholfen auf und legte sich bäuchlings über den Stuhl. Als Grace mit seiner Position zufrieden war, hob sie den Schlegel und ließ ihn auf sein straffes Gesäß niedersausen, wieder und wieder. In dem Augenblick, als der stechende Schmerz, den sie auf seinem Körper hervorrief, in freudvolle Wonne umschlug und er sie mit seinem Mund, seinen Händen und seinem geschwollenen Penis beglücken durfte, erlebte Grace einen Orgasmus.

Sie kehrte aus ihren Gedanken zurück. »Es ist nur ...«

»Daß es nicht Mark ist?« vermutete Suki.

»Nein, das nicht.« Grace seufzte. »Aber ich glaube, es ist keine gute Idee, mit jemandem fest befreundet zu sein, solange ich diese Aufgaben löse. Ich habe James nichts von dem Testament erzählt, und ich weiß nicht, wie er reagieren würde, wenn er erfährt, daß ich losziehe und mit anderen Männern und Frauen schlafe.«

»Ich wäre nicht überrascht, wenn er sich daran beteiligen wollte«, erwiderte Suki. »Sieh mal, er ist ein Mann aus dem Leben – mehr als Mark –, und ich glaube nicht, daß er schockiert ist, wenn du ihm die Wahrheit erzählst. Halt dir deine Möglichkeiten offen, Kleines. Ich meine, wer weiß schon, wen du heute abend triffst?«

»Das ist die andere Sache. Ich weiß wirklich nicht, ob ich heute abend hingehe. Ich bin überhaupt nicht mehr in der Stimmung.«

»Grace, du wirst in das *Forbidden* gehen, und wenn ich dich persönlich hinschleifen muß. Willst du bei dieser Aufgabe etwa versagen?«

»Nein, aber ...« Grace nahm einen tiefen Atemzug. »Also gut, abgemacht, ich komme nach der Arbeit zu dir, wie geplant.«

»Ausgezeichnet.« Suki klang erleichtert. »Ich lege die perfekte Ausstattung für dich bereit, Grace. Wir werden jede Menge Spaß haben, glaub mir.«

Bis das Taxi die beiden Frauen vor dem ehemaligen Lagergebäude absetzte, das jetzt dem *Forbidden* als Domizil diente, fühlte Grace sich allmählich besser. Als sie bei Suki eingetroffen war, hatte sie auf dem Bett eine Ausstattung für sich vorgefunden, der CD-Player hämmerte harte Rockmusik, und ein Glas eisgekühlten Weißweins stand auf dem Nachttisch bereit. Suki half Grace in den hautengen schwarzen Domina-Anzug mit dem strengen hohen Halsabschluß. Bei der Erinnerung an die freizügigen Latexkleider, die sie in Roxy Schaeffers Geschäft gesehen hatte, fragte sie sich, warum sie in einem so hochgeschlossen Aufzug gehen sollte. Suki hatte sie informiert, daß freizügiges Zurschaustellen von Haut und Fleisch nur Unterwürfigen erlaubt war.

Geschickt hatte Suki Grace' Gesicht in eine Maske wie aus Porzellan verwandelt, ihr dicken schwarzen Eyeliner aufgetragen, tiefe Schattierungen aus Rouge auf die Wangenknochen gelegt und den Mund blutrot geschminkt. Ihr Make-up war in nichts mit dem zu vergleichen, das sie für gewöhnlich bevorzugte. Als sie in den Spiegel sah, hatte sie den Eindruck, daß sie in eine Persönlichkeit verwandelt worden war, die an einem bizarren Spiel teilnehmen sollte. Ihr Haar war aus dem Gesicht zu einem kunstvollen, festen Knoten zurückgekämmt, und an ihrer Erscheinung gab es nichts Weiches oder Mädchenhaftes mehr. Sie bekam in der Tat den Eindruck, daß sie die Rolle der grausamen Domina ganz gut spielen konnte.

»Im *Forbidden* wirst du feststellen, daß nicht allzuviel Aktion läuft«, informierte sie Suki und überließ es Grace, darüber nachzudenken, was mit ›Aktion‹ gemeint war. »Dadurch wirkt es auf Anfänger nicht zu abschreckend. Aber mach dir keine Sorgen, denn die Menschen, die dort hingehen, sind wirklich nett.«

Sie reichten ihre Eintrittskarten zur Kontrolle einem glatzköpfigen, muskulösen Türwächter. Dann folgte Grace ihrer Freundin in das Innere des Klubs. Drinnen herrschte Halbdunkel, und es waren sehr wenige Anstrengungen unternommen worden, um das ausrangierte Lagerhaus ein wenig aufzupolieren. Die rohen Ziegelwände und die langen Kranketten waren einmal, wie Grace vermutete, Teil des Hebesystems und der Maschinerie gewesen. Alles zusammen verlieh dem Gebäude den Anschein eines überdimensionalen Kerkers. Nachdem sie einige schwere Doppeltüren hinter sich gelassen hatten, fanden sie sich im Hauptsaal des Klubs wieder. Die Luft war erfüllt von einer Mischung aus waberndem Trockeneis und Zigarettenrauch, und der lange, hohe Saal wogte von Körpern jeder Gestalt und Größe.

»Eine Weinschorle?« fragte Suki rhetorisch und drängte sich bereits durch die Menge vor der Bar. Grace blieb in ihrem Kielwasser. Sie sah sich um. Auf den ersten Blick gab es für sie eine Unmenge an ›Aktion‹. Ein Mann in den Vierzigern, von Kopf bis Fuß in einen glänzenden schwarzen PVC-Anzug gehüllt, lehnte an einer Wand. Zu seinen Füßen kniete eine hübsche kleine Brünette, die nichts als einen um die Brustwarzen herum ausgeschnittenen Büstenhalter und einen winzigen Tanga trug. Um ihren Hals lag eine lederbesetzte Kette, und

Grace stellte schockiert fest, daß es sich um eine Hundeleine handelte, die der Mann lässig in der Hand hielt.

Zwei Männer, einer schlank und dunkelhäutig, der andere älter und korpulenter, gingen als Schuljungen gekleidet vorbei, die offensichtlich ihren Uniformen entwachsen waren. Dennoch stimmte ihre Montur in allen Details, bis hin zu den Klassenabzeichen an den Jackenaufschlägen und den Federhaltern in den Brusttaschen. Grace kam es vor, als befände sie sich auf einem sexuell freizügigen Maskenball. Sie hätte sich beim Herumschauen schuldiger gefühlt, hätte sie nicht bemerkt, daß jeder die Aufmachung der anderen mit voyeuristischem Interesse betrachtete.

Ein schlankes, schönes schwarzhäutiges Mädchen lächelte Grace im Vorbeigehen an. Sie trug ein Trikot aus PVC, das genau dort ausgeschnitten war, wo sich ihre großen, runden Brüste befanden. Als Grace nochmals einen Blick riskierte, sah sie, daß die Brustwarzen des Mädchens gepierct waren und von einer dünnen silbernen Kette zusammengehalten wurden. »Wenn Sie keine Sklavin haben, Herrin«, flüsterte das Mädchen, kaum hörbar bei der Musik, »stelle ich mich gerne zur Verfügung.«

»Tut mir leid, ich hab' schon eine«, log Grace, da sie nicht wußte, wie sie auf ein derart unverblümtes Angebot reagieren sollte.

»Schon in Ordnung«, erwiderte das Mädchen und verschmolz wieder mit der Menge.

Suki stand an der Bar und bestellte Getränke bei einem dunkelhaarigen jungen Mann in einem überdimensionalen Netztop. Sie hob in einer spielerischen Begrüßungsgeste ihre Bierflasche, als sich Grace zu ihr gesellte. »Alles paletti, Kleines?« fragte sie.

»Ich ... ich denke schon. Gerade ging ein Mädchen vorbei und bot sich mir als Sklavin an.«

»Und hast du sie an Land gezogen?«

Grace schüttelte den Kopf. »Ich weiß nicht, ob ich eine andere Frau dominieren könnte«, gestand sie.

»Ich könnte es, kein Zweifel«, erwiderte Suki. »Zeig sie mir, wenn du sie noch mal siehst. Wenn sie süß ist, nehme ich sie dir vielleicht ab.«

Grace nahm einen großen Schluck von ihrer Weinschorle. Suki brachte sie stets aufs neue zum Staunen. Sie sah in die Runde und bemerkte eine große Frau, die ebenfalls an der Bar stand, aber nicht zu ihnen herüberblickte. Die Frau trug ein rotes Latexkostüm, das sich ihrem athletischen Körper wie eine zweite Haut anschmiegte, und Schuhe mit Pfennigabsätzen, die sie zu einer Größe von fast zwei Metern aufragen ließen. Am meisten verblüffte Grace ihre lange rotblonde Mähne. Sie war im Begriff, Suki auf die Schulter zu klopfen, um ihr zu erzählen, daß sie ausgerechnet die spröde Lydia Mulligan aufgedonnert in einem öffentlichen Fetischklub entdeckt hatte, da drehte sich die Frau um, und Grace erkannte, daß es sich um einen kunstvoll geschminkten Mann handelte. Lippenstift, Eyeliner und Rouge konnten den männlichen Zug des Unterkiefers nicht kaschieren, aber Grace mußte zugeben, daß die Verwandlung atemberaubend gut gelungen war. In den dunklen, ruhigeren Ecken des *Forbidden* würde mancher glauben, tatsächlich vor einer Frau zu stehen.

Wenn nur Mark hier wäre, dachte Grace und fragte sich, wie er wohl auf die seltsame Nachbildung seiner glamourösen Verlobten reagieren würde. Unter dem Hosenanzug aus Latex und den künstlichen Kurven käme ein kantiger, männlicher Körper zum Vorschein. Wäre Mark geschockt oder fasziniert? Vielleicht könnte ihn Grace in ihrer heutigen Rolle als Domina dazu zwingen, weitere Untersuchungen anzustellen, und ihn mit einem wohlplazierten Schlag ihres Stocks auf die Knie zwingen, um den erigierten Penis des Transvestiten in den Mund zu nehmen ...

Sie schüttelte sich bei dem Gedanken und bemerkte, daß Suki sie plötzlich merkwürdig ansah.

»Hast du etwas entdeckt, das dir gefällt?«

Grace errötete leicht. »Ich sehe gerade den Transvestiten da, und für einen Moment dachte ich, es ist Lydia.«

»Was, die betuchte Mulligan auf der Pirsch im *Forbidden*? Das wäre ein Fest. Vielleicht hätte sie unseren lieben Freund an einer Leine, unter Aufsicht, um ihn von rabenschwarzen Schönheiten im Domina-Aufzug fernzuhalten, die ihn verführen wollen.« Suki prustete vor Lachen. »Wie würde dir das gefallen, Grace? Ich könnte mir vorstellen, daß Mark unterwürfige Züge in sich trägt. Dann könntest du ihn dir mal so richtig zu Gemüte führen.«

»Etwas in der Richtung ging mir durch den Kopf«, gestand Grace.

»In dem Fall werde ich Marks Doppelgänger für dich finden, damit du ein paar Trockenübungen mit ihm machen kannst ... Vielleicht nicht ganz so trocken, wenn du verstehst, was ich meine.« Suki grinste teuflisch und leerte ihre Bierflasche in einem Zug.

»Suki, wovon sprichst du eigentlich?«

»Sieh mal, wenn der böse Zwilling von Lydia Mulligan da ist, dann kann auch Mark hier irgendwo stecken. Es geschieht manchmal Unheimliches im *Forbidden*. Allerdings muß ich zugeben, daß Tara bis heute abend nie wie Lydia aussah.«

»Tara?«

»Der Transvestit, über den du gerade gesprochen hast. Sie ist eine der besten Fotografinnen der Stadt. Ich glaube, du hast einige ihrer Fotos in den Magazinen gesehen, die ich dir gezeigt habe. Da fällt mir etwas ein. Wir müssen ... Oh, entschuldige, ich muß tanzen gehen. Ich liebe dieses Lied!«

Die Musik war Hard Rock mit einem schweren Beat, der den Zuhörern seinen Rhythmus aufzwang. Suki nahm in der Mitte der Tanzfläche Aufstellung und drehte sich geschmeidig, ihre Hüften ahmten die Figur einer Acht nach. Grace schaute ihrer Freundin gern beim Tanzen zu, und sie bemerkte, daß auch andere Augenpaare nach der Blondine im Hosenanzug sahen. Der Text des Liedes handelte von Unterwürfigkeit und davon, jemandem zu dienen. Grace dachte für einen köstlichen Moment an ihre Fantasievorstellung von James. Dann gesellte sie sich zu Suki auf die Tanzfläche. Sie trat in großen, energischen Schritten auf ihre Freundin zu, weil sie hoffte, daß Zuschauer so begriffen, wer das Sagen hatte.

Selbstvergessen in ihrer Gedankenwelt und im Rhythmus der Musik, bemerkte Grace zunächst nicht, daß Suki nicht mehr neben ihr tanzte. Als sie ein Schulterklopfen spürte, drehte sie sich um. Die Freundin stand hinter ihr, und ihr wurde klar, daß sie in den letzten Minuten allein getanzt hatte. Aber sie sah nicht zweimal hin, weil Suki so plötzlich auftauchte, sondern wegen des Mannes, der an ihrer Seite stand.

»Ist er nicht perfekt?« Sukis Lippen formten die Worte nur lautlos, aber Grace mußte zugeben, daß es so war. Ihre Freundin hatte Wort gehalten und einen Mann Anfang Zwanzig aufgetrieben, der beinahe ein Doppelgänger von Mark hätte sein können. Er hatte ungefähr die gleiche Größe und dieselbe Statur. Seine Haare waren genauso unordentlich, blond und fielen ihm ins Gesicht. Zwar trug er keine Brille, und seine Augen zeigten mehr ein weiches Grau als Blau, aber er hätte ohne große Schwierigkeiten als der junge Layouter durchgehen können. Er trug ein weißes T-Shirt, an dem sich einmal Ärmel befunden hatten, ehe sie auf fachmännische Weise abgetrennt worden waren, und eine enganliegende PVC-Hose. Dünne vergoldete und silberne Armbänder glänzten an seinen Handgelenken, und in seinem linken Ohr steckte ein kleiner goldener Ring.

»Grace, das ist Jay«, stellte Suki ihn unter der hämmernden Musik vor. »Jay, das ist Domina Grace.«

»Hallo, Domina«, flüsterte er. Die Stimme paßte natürlich nicht – ein näselnder Liverpooler Akzent statt Marks gepflegter Aussprache der Londoner und angrenzenden Grafschaften –, aber das ignorierte Grace.

»Hier ist es ein bißchen zu laut«, sagte Suki. »Wir sollten uns auf die Spielwiese zurückziehen, wenn sie frei ist.«

»Spielwiese?« fragte Grace.

»Komm einfach mit«, erwiderte Suki so leise, daß Jay es nicht hörte. »Tu so, als wärst du schon tausendmal dort gewesen.« Sie schüttelte ihre Locken und fuhr sich mit der Hand durch ihr blondes Haar. »Vertrau mir, Grace. Ich habe dir doch gesagt, daß ich ihn finde. Und ich habe ihn gefunden.«

Das Finden ist eine Sache, dachte Grace, während sie den vollen Tanzsaal verließen. Aber was jetzt folgt, beunruhigt mich …

Die Spielwiese lag ein Stockwerk höher als Tanzfläche und Bar. Grace folgte Suki und Jay eine schmiedeeiserne Wendeltreppe hinauf und fand sich auf einem schmalen, freien Übergang wieder, von dem aus man auf das Geschehen im Erdgeschoß hinuntersehen konnte. Die Musik war immer noch mehr als hörbar, und ein dunkelhaariges Mädchen, das nichts weiter als einen Kettenbikini trug, rieb sich im Takt an dem eisernen Geländer des Stegs. Es hätte Grace nicht erstaunt, wenn das Mädchen an den Handlauf gefesselt gewesen wäre, aber das war offenbar nicht der Fall.

Suki führte den jungen Jay über die Brücke, ihre hohen Absätze trommelten einen schnellen Wirbel auf die Metallplatten. Die beiden schienen genau zu wissen, was sie wollten, und Grace ermutigte sich, nicht die Fassung zu verlieren.

Die Spielwiese befand sich am Ende des Stegs. Einen

Raum konnte man sie nicht nennen, denn sie stellte sich als wenig mehr als eine geräumige Nische in der Wand des Lagerhauses heraus. Immerhin verfügte sie über eine verschließbare Tür, die momentan nicht zugesperrt war. Wie Suki gehofft hatte, war die Spielwiese leer.

Grace sah sich um, während Suki die Ausstattung inspizierte. Sie kam sich vor, als wäre sie in eine der Seiten der Magazine ihrer Freundin gestiegen. Der Raum ähnelte jenem, den sie sich ausgemalt hatte, um James Donovan zu züchtigen. Doch war dieser hier etwas reicher ausgestattet, denn er besaß eine Auswahl von Sitzblökken und einige tiefe, bequem aussehende Sessel. Es gab mehrere Reihen von Haken an den Wänden, etwa in Kopfhöhe. Grace brauchte ihre Fantasie nicht allzusehr zu bemühen, um sich vorzustellen, wozu man sie benutzte.

Suki nahm in einem der Sessel Platz und forderte Grace mit einer Geste auf, das gleiche zu tun. Sie sah gebieterisch auf Jay. »Die Schuhe der Domina Grace sind schmutzig, nicht wahr, Sklave?«

Grace wußte, daß ihre halbhohen Lackstiefel brandneu waren und nicht der kleinste Schmutzfleck auf der spiegelblanken Oberfläche haftete. Sie erkannte, daß Jay nur gefragt worden war, um seinen unbedingten Gehorsam unter Beweis zu stellen.

»Wäre es nicht richtig, Knecht, wenn du ihr die Schuhe putzt?« fügte Suki scharf hinzu.

»Jawohl, Herrin«, antwortete Jay mit niedergeschlagenem Blick.

»Also, worauf wartest du?« Bei dieser Aufforderung ging Jay vor Grace in die Knie nahm ihren linken Fuß ehrfurchtsvoll in beide Hände. Er neigte den Kopf und begann, ihren Schuh in rascher, katzenartiger Manier abzulecken. Grace war verblüfft. Das hatte sie nicht erwartet. Aber sie faßte sich schnell und ließ Jay das Lackleder lecken. Suki blickte zu ihr herüber und zwinkerte mit einem Auge. »Reiz ihn«, formten ihre Lippen lautlos.

»Wie?« fragte Grace in gleicher Weise zurück.

»Laß dir was einfallen, Kleines«, meinte die Freundin.

Grace zog ihren Fuß ruckartig von seinem Mund zurück. »Genug«, sagte sie streng. »Los, den anderen.« Sie verschränkte die Beine und erlaubte ihm einen schnellen Blick unter ihren kurzen Rock. Darunter trug sie von Suki ausgeliehene Netzstrümpfe, gehalten durch einen hauchdünnen schwarzen Strumpfhalter, und ein durchsichtiges Höschen. Ihr Geschlechtsteil war schon angeschwollen und feucht, und sie vermutete, daß Jay die verräterischen Spuren ihrer Erregung aufgefallen waren.

»Wenn du gute Arbeit leistest, Sklave«, sagte sie, während Jay ihren anderen Pumps leckte, »dann erlaube ich dir, einen näheren Blick auf mein Schatzkästchen zu werfen.«

Eine Sekunde lang sah er auf, und sie erkannte das in seinen Augen brennende Verlangen. Sein Glied zeichnete sich schon deutlich unter dem festen Stoff seiner Hose ab. Sie begriff, daß ihn sowohl die Arbeit mit seinem Mund an ihren Schuhen als auch das Versprechen, was kommen würde, stark erregten. Um ihn weiter anzustacheln, öffnete sie erneut langsam ihre Schenkel und strich sich mit einer Hand über den nylonbedeckten Venushügel. Jay unterbrach sein Lecken und erstarrte, als er sah, wie sich ihr Zeigefinger unter das Höschen schob und tief in ihre Vagina eindrang. Als sie ihn herauszog, glänzte er als Folge ihrer Erregung. Sie hielt Jay den Finger vor den Mund.

»Probier mich«, befahl sie. Gierig leckte er ihren Finger ab, dann sah er empor. Er brannte auf mehr.

»Was ist mit ihrem Schuh?« fuhr ihn Suki an. Grace und Jay wandten sich ihr zu. »Du hast deine Arbeit schlecht verrichtet, du nichtswürdige Kreatur. Du weißt, was mit faulen Sklaven geschieht, die schlampig arbeiten, nicht wahr?«

»Jawohl, Herrin«, murmelte Jay.

»Dann komm mit.« Suki zog ihn auf die Beine und führte ihn zu dem gepolsterten Prügelsessel, der zum allgemeinen Gebrauch herumstand. Sie befahl ihm, sich darüberzulegen. Ergeben tat er es.

»Was meinst du, Grace?« fragte Suki. »Soll ich ihm den festen, kleinen Hintern versohlen?« Sie fuhr mit ihren Händen liebevoll über sein Gesäß. »Oder vielleicht den Rücken?«

Unter Grace' Blick ergriff Suki den hinteren Bund von Jays T-Shirt und riß es mit einem energischen Ruck entzwei, so daß sein Rücken bloßlag. Sein Körper war mager, aber die Haut glatt, mit einem leichten goldbraunen Schimmer. Er ist prachtvoll, dachte Grace, wie Mark. Sie fühlte, wie ihre Vulva in ihrem Saft schwamm. Nichts hätte sie lieber getan, als ihren Rock hochzuheben und sich durch das Höschen selbst zu befriedigen. Aber Suki hielt sie zurück.

»Grace, warum gibst du ihm nicht, was er verdient? Ich werde gehen und Tara holen.« Sie reichte Grace den Knüppel, den sie in ihrem Gürtel getragen hatte. Er war aus dickem Gummi gearbeitet, und Grace nahm ihn prüfend in die Hand. Sie wollte Suki fragen, wie sie vorzugehen hatte, aber ihre Freundin war schon auf der Suche nach dem fotografierenden Transvestiten verschwunden.

»So, Sklave«, sagte Grace und verlieh ihrer Stimme mehr Selbstsicherheit, als sie in Wirklichkeit besaß. Sie suchte in ihrem Gedächtnis nach den Anleitungen zur Bestrafung, die sie in Sukis Magazinen gelesen hatte. »Ich schlage dich hiermit ein dutzendmal auf den Rükken, und du zählst jeden Schlag einzeln mit und bedankst dich dafür. Kapiert?«

»Ja, Herrin«, murmelte Jay. Er umklammerte den gepolsterten Rand des Prügelsessels und harrte erwartungsvoll der Schläge. Durch die geschlossene, schwere Tür drang von unten das gedämpfte Hämmern der Musik herauf. Grace und dieser junge Mann hätten die einzigen Bewohner des Planeten sein können – wenigstens hatte Grace für einen langen Moment diesen Eindruck, ehe sie schließlich den Knüppel hob und ihn mit einem dumpfen Schlag auf Jays Rücken niedersausen ließ.

»Eins. Danke ergebenst, Herrin«, sagte er leise. Sie hatte eine heftigere Reaktion erwartet und schlußfolgerte, daß der Schlag zu mild gewesen war. Nur Geduld, wollte sie sagen, ich habe das noch nie getan und wäre wahrscheinlich begeisterter, wenn wir mit vertauschten Rollen spielten. Statt dessen hob sie den Knüppel und ließ ihn mit mehr Kraft auf Jays Rücken klatschen. Der Schlag warf in dem kleinen Raum ein Echo zurück, und sie hörte Jay leise wimmern.

Um den neunten Schlag herum verstand sie endlich, was hier vorging. Dieser junge Mann, den sie noch nie zuvor gesehen hatte, beugte sich willfährig über den Sessel und erlaubte ihr, ihn zu schlagen. Es war weder eine schwierige Aufgabe für sie noch ein Gefallen, den er ihr erwies, sondern er empfand irgendeine seltsame Art der Befriedigung an dem Gefühl der Züchtigung. Sie konnte rauh mit ihm umspringen, und er bedankte sich noch dafür.

Als sie erneut zuschlug, kamen all ihre Enttäuschungen der letzten Tage an die Oberfläche. Maureen hatte ihr das Vergnügen eines Flirts beim Mittagessen mit James Donovan verdorben. Nun, dieser Schlag ging an Maureen. James war zwei Wochen im Urlaub und entzog sich ihr. Ein Schlag für seine Ferienpläne. Lydia Mulligan hielt alles, was Grace zur Erfüllung ihrer Aufgaben tat, für schlecht. Der nächste Schlag galt Lydia. Und dieser Mann, der sich vor ihr demütigte, hätte Mark sein können, war es aber nicht. Dieser Schlag, der härteste und der, der ihr am meisten Befriedigung verschaffte, war für die Grausamkeit des Schicksals und die Tücken des Zufalls.

»Zwölf, danke ergebenst, Herrin.« Jay keuchte.

Grace wollte fragen, ob alles in Ordnung sei, sie es ihm richtig besorgt habe. Da trat plötzlich Suki mit dem hochgewachsenen Transvestiten in den Raum, der Lydia so ähnlich sah. Er richtete eine Kamera auf sie, Suki umarmte sie fest.

»Grace, das war brillant. Du hast dich richtig reingekniet!« rief sie aus.

»Ja, nun ...« Grace wollte eine Erklärung abgeben, aber anderes war dringlicher. Sie war fast ein wenig erschrocken darüber festzustellen, daß ihre Säfte unaufhaltsam quollen und sie vor Erregung zitterte. Wenn Sukis Magazine die Wahrheit sagten, hatte auch Jays Erregung durch die Bestrafung keineswegs gelitten. »Suki, wenn du mit Tara Spaß haben willst, würde ich mich ganz gerne mit Jay irgendwohin ungestört zurückziehen.«

»Natürlich, kein Problem.« Suki drückte ihr einen Kuß auf den Mund. »Amüsiert euch.«

Als letztes, bevor sie Jay aus dem Raum schob, sah Grace, wie Suki Taras Körper durch den roten Einteiler aus Latex liebkoste. Zweifellos würde sie am Ende des Abends alles über das kleine Abenteuer der beiden zu hören bekommen, aber ihr Verlangen nach Sex war jetzt überwältigend. Als sie wieder über die Überführung gingen, sah Grace, daß auf der Tanzfläche unter ihnen eine Modenschau im Gange war. Besucher, die sich oben aufhielten, beugten sich über das Geländer, um einen besseren Blick auf die Parade aus Paradiesvögeln in den fantastischen Aufmachungen zu erhaschen.

Auf der anderen Seite der Brücke, am oberen Ende der Treppe, lag eine Damentoilette. Grace steckte rasch ihren Kopf durch die Tür und entdeckte, daß zwei der drei Kabinen frei waren. »Schnell, hier rein«, flüsterte sie Jay zu.

Ein geistreicher Mensch hatte hier einen Kondomautomaten aufhängen lassen. In einem Klub wie diesem war mit Sicherheit ein guter Umsatz zu erzielen. Grace kaufte eine Packung und zerrte Jay in eine der leeren Kabinen. Er schloß die Tür hinter sich ab und riß sich die übriggebliebenen Stoffetzen seines T-Shirts vom Leib. Dann öffnete er den Reißverschluß seiner Hose. Darunter trug er keine Unterwäsche, und seinen stämmigen Penis schien es schier zerreißen zu wollen. Der gedrungene, fast lilafarbene Kopf weinte eine dickflüssige Wollustträne in Erwartung der befreienden Ejakulation.

Grace riß ihren Rock hoch. Wie sie schon wußte, war ihr hauchdünnes Höschen total durchtränkt.

Leichtfüßig stieg sie aus dem kleinen Dreieck und wickelte ein Kondom aus seiner Folie. Das dünne Gummi hatte die Farbe und verströmte das Aroma von Schokolade. Süßes für den Süßen, fiel es Grace noch ein, dann half sie Jay, den Schutz über seinen steifen Schaft zu rollen.

In der Toilettenkabine war kaum genug Platz für zwei, aber keinen von ihnen störte es. Grace wandte Jay den Rücken zu und stützte sich mit den Händen auf den Spülkasten. Ihre Brustwarzen schmerzten, da sie gegen das enge PVC-Oberteil preßten, aber es war viel zuwenig Platz, um sich der Hülle zu entledigen und den Nippeln Luft zu verschaffen. Jay nahm hinter ihr Aufstellung und rieb ihre Brustspitzen. Sie bat ihn, sich ihrem nassen Geschlechtsteil zu widmen.

Seine Eichel berührte die Öffnung ihrer Vagina. Mit einem Finger rieb er roh ihren Kitzler. »Jay, steck ihn mir jetzt rein«, bettelte sie.

Zur Antwort stieß er sein Glied mit einem wilden Stoß in sie. Sie keuchte. Sie war so feucht und offen, daß er ohne Schwierigkeiten vollständig eindrang. Dann begann er, in einem harten, gleichmäßigen Rhythmus zuzustoßen. Er umfaßte ihre Hüften und zog sie bei jedem

Stoß fest an sich. Für einen Mann, von dem sie gesehen hatte, daß er Vergnügen an der Unterwerfung fand, war es ziemlich erstaunlich, wie er jetzt den Ton angab. Sie fingerte an ihrer Klitoris, um den Orgasmus schneller herbeizuführen. Während ihre Körper klatschend aneinanderprallten, keuchten und stöhnten sie ungeniert, ohne sich darum zu kümmern, ob man sie in den Nachbarkabinen hörte. Grace erregte der Gedanke zusätzlich, daß sich eine fremde Person an ihrem Liebesgestöhn weidete. Sie stellte sich vor, wie ein Mädchen – vielleicht die Kleine mit dem Bikini aus Kettengeflecht, die auf der eisernen Brücke getanzt hatte –, jetzt nebenan an ihrem Kitzler spielte. Sie fühlte, wie Jays Hoden an ihren Hintern schlugen, während er sie immer näher an eine wonnevolle Explosion herantrieb.

Unter der doppelten Stimulation ihrer Finger und des dicken Glieds zogen sich ihre Scheidenmuskeln plötzlich krampfartig zusammen. Ihre Knie gaben nach, und ein machtvoller Orgasmus durchströmte ihren Körper. Hätten nicht Jays ruhige Arme ihre Hüften fest umschlungen gehalten, wäre sie über dem Spülkasten zusammengebrochen. Ihr jugendlicher Liebhaber kam nur wenige Sekunden nach ihr. Die dünne Gummihaut fing seinen Erguß auf.

»Danke ergebenst, Herrin«, murmelte Jay hinter ihrem Kopf.

»Danke, Sexsklave«, antwortete sie.

Sie setzte sich und beobachtete, wie er seine Hose schloß. Würde mich Mark doch einmal so vögeln, dachte sie. Aber solche Gedanken waren töricht. Suki hatte ein tolles Abenteuer für sie in die Wege geleitet, und Jay hatte seine Sache überaus gut gemacht. Sie hatte mehr Spaß an der Rolle einer Domina gefunden als erwartet, und jetzt hoffte sie, in den verbleibenden Monaten des Jahres auch Gelegenheit zu erhalten, zu erfahren, wie man sich in der Rolle der Unterwürfigen fühlte.

Achtes Kapitel

Grace wartete, bis Mark die Getränke gebracht und sich auf seinen Stuhl gesetzt hatte, ehe sie die Zeitschrift aus ihrer Handtasche zog. Es war weder die Art Publikation, die sie für gewöhnlich in der Abgeschiedenheit ihrer Wohnung las, geschweige denn ein Heft, das sie normalerweise in der Öffentlichkeit ansah. Aber als sie Suki und Rachel gestanden hatte, daß von Dominic Butterworth ein Kontaktmagazin eingetroffen war, hatten die beiden es unverzüglich zu sehen verlangt.

Sie schob das Magazin diskret auf Rachels Schoß. Niemand in dem Pub nahm Notiz von den vier Freunden, nicht einmal, als sie in lautes Gelächter ausbrachen, nachdem sie die neueste Aufgabenstellung für Grace vernommen hatten. Auch die Glückwünsche an Suki früher am Abend waren ähnlich unbemerkt geblieben, als sie ihnen mitgeteilt hatte, daß sie für eine Rolle im neuesten Andrew-Lloyd-Webber-Musical ausgewählt worden war. Genau das machte es so angenehm, im *Prince Of Jutland* etwas zu trinken. Das Lokal zählte zu Sukis Lieblingskneipen in der Nähe der vielen Theater am oberen Ende der Shaftesbury Avenue. Obwohl es vor einer Aufführung dort immer von Orchestermusikern wimmelte, fand man, nachdem sie erst einmal ihre Instrumentenkoffer aufgenommen und sich zu ihren Arbeitsplätzen in Bewegung gesetzt hatten, leicht einen ruhigen Tisch.

»Sieh sich einer die Eselsohren an«, sagte Rachel, während sie das Magazin durchblätterte. »Ich wette, daß sich dein Rechtsanwalt einige der Chiffrenummern rausgeschrieben hat, bevor er es an dich weitergab.«

»Das glaube ich nicht«, antwortete Grace. »Dafür

scheint er nicht der Typ zu sein.« Sie selbst hatte schon mehrfach Betrachtungen über Dominics Privatleben angestellt. Er hatte nie von einer Frau oder Freundin erzählt, wenn sie einmal über etwas anderes als rein geschäftliche Angelegenheiten sprachen. Es standen auch keine Familienfotos auf seinem Schreibtisch. Grace hatte sich die hübsche, kleine Blondine ins Gedächtnis gerufen, mit der er im ›Doherty's‹ zusammengetroffen war, und sich gefragt, ob das Mädchen eine Freundin, ein Flirt oder etwas Ernsteres für ihn war. Irgendwie hatte sie es immer unhöflich gefunden, danach zu fragen.

»Kann ich mal einen Blick hineinwerfen?« fragte Mark und streckte die Hand über den Tisch. Er sah Rachel mehr mit Hoffnung als mit Gewißheit im Blick an.

»Selbstverständlich nicht«, antwortete Rachel. »Du bist in festen Händen. Überlaß das uns, die wir nach einem heißen Rendezvous Ausschau halten.«

Suki schnaubte verächtlich. »Unsinn. Die Hälfte aller Inserenten in solchen Blättern ist in festen Händen, wie auch die Hälfte der Leser. Allerdings stimme ich dir zu, daß Mark das nicht lesen sollte. Möglicherweise stößt er auf ein Inserat von Lydia, die einen gutbestückten Mann sucht, der ihr eine schöne Zeit bereitet.«

»Es könnte noch schlimmer kommen«, entgegnete Rachel, die bemerkt hatte, wie sich Marks Wangen röteten. »Vielleicht hält sie nach einem gutbestückten Mann Ausschau, der *Mark* eine schöne Zeit bereitet.«

Grace durchzuckte ein jäher Stich aus Mitleid für den jetzt puterroten Mark. Ausnahmsweise nahm sie ihn gegen die Sticheleien ihrer Freundinnen in Schutz. »Wenn ihr fertig seid, würde ich gern auch einen Blick in das Magazin werfen. Ich will sehen, was Onkel Alexander sich diesmal für mich ausgedacht hat.«

Sie nahm Rachel die Zeitschrift ab und legte sie so auf den Tisch, daß die anderen auch hineinsehen konnten. Mark, der neben ihr saß, rückte näher heran, während sie die Seiten umzublättern begann. Sie fühlte die ganze Länge seines nur mit Shorts bekleideten, warmen Oberschenkels an ihrem Bein, und das löste eine Hitzewelle in ihr aus. Maureen sah es nicht gern, daß ihr Layouter im Büro Shorts trug. Sie hatte sich in den letzten Wochen bei einigen Gelegenheiten darüber beschwert, aber Grace bedankte sich insgeheim bei dem anhaltend guten Wetter, das ihr den Anblick von Marks leicht gebräunten Beinen unter seinen abgeschnittenen Denim-Jeans ermöglichte.

»Wonach genau suchst du denn?« fragte Mark.

»Ich weiß es nicht. Dominic sagte, er hat das Inserat, das ich beantworten muß, eingekreist. Es kann alles mögliche sein.«

Gemeinsam sahen sie die Rubrik ›Ich suche Dich‹ durch. Sie war voller Annoncen von einsamen Männern, die eine Frau suchten, einsamen Frauen, die einen Mann suchten, und sogar einsamen Lesben, die neckisch verschämt eine ›Gleichgesinnte‹ suchten. Nichts war eingekreist oder unterstrichen, und Grace dämmerte, daß solch eine Begegnung zu unkompliziert gewesen wäre. Sie sollte offenbar auf ein Inserat antworten, das ihre sexuellen Tabugrenzen noch weiter ausdehnte.

Schließlich fand Mark, wonach Grace suchte, in der Rubrik ›Paare‹. Ein merkwürdiges Lächeln trat in sein Gesicht. »Hör dir das an, Grace, du wirst es nicht glauben«, sagte er. »›Erfahrener Gebieter und strenge, anspruchsvolle Domina suchen devote Sie, die dienen, gehorchen und erfreuen will.‹ Tja, du wirst dich vor Spaß nicht retten können.«

Grace nahm Mark das Magazin aus der Hand und glaubte noch halb, daß er einen Scherz mit ihr trieb. Doch da stand die Anzeige, eingekreist mit rotem Kugelschreiber.

»Ich muß sagen, das ergibt Sinn«, meinte Suki. »Letztes Mal warst du die Domina, jetzt wirst du das Gegenteil. Das entspricht doch auch viel mehr deinem Geschmack, nicht wahr, Grace?«

Mark spitzte die Ohren. »Was?«

»O ja, unsere liebe Grace unterwirft sich von Natur aus gerne, wenn sie ehrlich ist.« Suki nahm einen Schluck Jack Daniel's mit Cola aus ihrem Glas. »Befiehl ihr, sie soll vor dir in die Knie gehen und dir einen blasen, Mark. Und dann beobachte, wie aufgeregt sie wird.«

»Bitte, Suki.« Jetzt war Grace an der Reihe zu erröten.

War es nur ihre Einbildung, oder preßte Mark tatsächlich seinen nackten Oberschenkel fester an ihren? Hatte ihn Sukis Vorschlag ähnlich erregt wie sie? Für einen kurzen Moment gab sich Grace dem Gedanken hin, wie es wäre, sich vor ihn zu knien, den Reißverschluß seiner Hose zu öffnen, seinen Penis hervorzuholen und ihn langsam in den Mund zu nehmen. Sie stellte sich vor, wie sie zuerst die dunkelrote Spitze leckte und lutschte, bevor sie sich, von Rachel und Suki angespornt, seinen Schaft in voller Länge bis tief in die Kehle steckte. Die anderen Gäste würden von dem Vorgang nichts mitbekommen, wie sie auch zuvor keine Notiz von den Lachsalven der vier genommen hatten. Aber Grace wäre sich der Tatsache bewußt, daß jeden Moment ein Gast auf das erotische Treiben aufmerksam werden könnte. Sie dürfte den oralen Dienst nicht unterbrechen, bis ihr Mund voll mit Marks cremigem Samen wäre, und müßte jeden Tropfen davon hinunterschlucken, auch wenn sie wußte, daß sie sich an dem köstlichen Geschmack laben würde. Aber was, wenn sie anschließend ihre Aufmerksamkeit Suki und Rachel widmen müßte?

Ihr zunehmend kühner Gedankenfluß wurde von einer ihr bekannten Stimme gestoppt. »Ich muß sagen, das ist ein ganz gemütlicher Laden hier, findet ihr nicht?« Grace blickte auf und sah Lydia Mulligan vor dem Tisch stehen. Sie trug ein schwarzes Sweatshirt mit dem aufgedruckten Logo des Carnaby Street Health Club und bunte Radfahrerhosen aus Nylon. Über ihre Schulter hing ihre Sporttasche. Der Druck von Marks Oberschenkel gegen ihren ließ deutlich nach, als er seine Verlobte erblickte. Grace spürte Feuchtigkeit zwischen ihren Schenkeln und merkte, daß ihre Brustwarzen wie kleine scharfe Pfefferschoten unter ihrem geblümten Baumwollkleid aufragten. Sie fragte sich, ob Lydia die Anzeichen sexueller Erregung auffielen.

Lydia erspähte das Kontaktmagazin, das noch offen vor Grace und Mark auf dem Tisch lag. Angewidert verzog sie das Gesicht, als sie den Inhalt registrierte. »Ich hoffe nur, daß das für eine deiner Aufgaben erforderlich ist, Grace.«

»Ach wirklich?« erwiderte Grace gelassen. »Wieso?«

»Weil ich den Gedanken schrecklich finde, daß jemand so etwas liest, wenn er es nicht tun muß.«

»Wenn sie die Magazine sähe, die bei mir zu Hause liegen«, murmelte Suki unhörbar, »bekäme sie einen Anfall.«

Mark klappte die Zeitschrift zu und reichte sie Grace zurück. Dann rückte er von ihr ab, um Lydia Platz einzuräumen. »Will jemand etwas trinken?« bot er an. »Lydia?«

»Wir haben keine Zeit«, antwortete Lydia. »Der Film fängt in einer Viertelstunde an. Wenn wir nicht gleich losgehen, versäumen wir den Anfang.«

Mark erhob sich. »Also dann, Mädchen – es war mir wie immer ein Vergnügen. Wir sehen uns morgen, Grace.« Er gab Grace einen flüchtigen Kuß auf die Wange, bevor er Lydia, die von Suki und Rachel kaum Notiz genommen hatte, zur Tür folgte. Grace sah, daß einige Männer die Köpfe verdrehten, als Lydias dralle Gesäßbacken an ihren Tischen vorbeischwebten. Wie es um die Frau auch innerlich bestellt sein mochte, ihr Äußeres garantierte Aufmerksamkeit.

»Dieses Weib ist so unverschämt«, ereiferte sich Suki,

als Mark und Lydia verschwunden waren, »daß ich ihr mit dem größten Vergnügen eine runterhauen würde.«

»Sag das nicht.« Rachel kicherte. »Mark würde zugukken wollen.«

»Vermutlich«, stimmte Suki ihr nachdenklich zu, »aber ich glaube, wenn er die Wahl hätte, würde er auf dieses Vergnügen verzichten und sich lieber von Grace einen blasen lassen.«

»Bitte, Suki.« Grace seufzte. Ihre Freundin legte einen Arm um ihre Schultern und drückte sie tröstend an sich.

»Ich weiß, Kind, die Enttäuschung ist groß, nicht wahr? Du willst, und er will. Aber dieser Alptraum in Nylonhose steht zwischen euch.« Suki leerte ihr Glas und ließ Grace los. »Trinkt aus, wir gehen Pasta essen. Irgendwo auf einem Teller Spaghetti carbonara steht schon mein Name.«

Als Grace später zu Hause in ihrem Bett lag, las sie noch einmal die Zeitschriftenannonce. ›Devote Sie, die dienen, gehorchen und erfreuen will‹, das war die Rolle, die sie diesen Monat zu spielen hatte. Sie wußte, daß Suki recht hatte. Vor die Wahl gestellt, in die Rolle der Domina oder der Sklavin zu schlüpfen, würde sie sich in letzterer wohler fühlen. Falls Mark ihr Gebieter wäre oder auch James Donovan, der, wie sie vermutete, jederzeit für einen kleinen ausgefallenen Spaß bereit war, hätte sie keine Sekunde gezögert. Doch der Gedanke, sich zwei Unbekannten zu unterwerfen, stimmte sie viel weniger froh, egal, wie erfahren die beiden in dieser Art Sexspiele sein mochten. Danke, Onkel Alexander, dachte sie, du weißt wirklich, wie man ein Mädchen ins Unbekannte schickt.

Schließlich fragte sie Suki wegen des Wortlauts ihrer Antwort auf das Inserat um Rat. Die Freundin riet ihr, ihren Novizenstatus zu unterstreichen und ihre Bereitschaft, ihre sexuellen Grenzen zu erkunden. »Du mußt wie eine kleine, heiße Erotomanin klingen«, fügte sie hinzu. »Vergiß nicht, daß vermutlich auch andere Frauen antworten. Du mußt die Empfänger dazu bringen, dich vorzuziehen, sonst schmilzt deine viertel Million dahin wie Schnee im Frühling.« Als sie den Antworttext fertig hatten, kam Suki zu dem Schluß, daß sich Grace wie die willfährigste aller unterwürfigen Frauen der Szene anhörte. Die Inserenten müßten verrückt sein, sie nicht auszuwählen. Grace gab nur ihre Telefonnummer an, damit sie sie im Fall ihres Interesses schnell informieren konnten, legte ein neues Foto in den Umschlag und bereitete sich darauf vor, eine Zeitlang zu warten.

Fünf Abende später wollte Grace eben ins Bett gehen, als das Telefon klingelte. Sie nahm den Hörer ab, und eine unbekannte männliche Stimme sagte: »Grace.« Es war eine Feststellung, keine Frage. Die Stimme hatte einen weichen schottischen Akzent und einen befehlenden Tonfall, der Grace sofort erkennen ließ, wer anrief.

»Hier ist John, vielen Dank für deinen Brief«, fuhr der Mann fort. »Du schreibst sehr eindeutig. Ich frage mich, ob dein Verhalten ebenso eindeutig ist.«

»Ich ... ich weiß es nicht«, antwortete Grace.

Die Stimme wurde plötzlich streng. »Nenn mich Gebieter, wenn du mit mir sprichst.«

»Ja, Gebieter.« Grace' Mund wurde trocken, da sie eine Mischung aus Nervosität und Erregung ergriff. Sie sinnierte über das unbekannte Wort und setzte sich auf die Couch. Vermutlich wurde es ein längeres Gespräch.

»Ich möchte dir einige Fragen stellen, Grace. Begreiflicherweise, um deine Eignung zu testen.«

»Ja, ich verstehe ... Gebieter.«

»Zuerst, Grace, was hast du an?«

Grace sah an sich hinunter und überlegte, ob eine Lüge angebracht war. Ihr cremefarbener Bademantel und ihr kurzes Nachthemd in Pink waren nicht eben Glamourstücke. Aber irgendwie spürte sie, daß John eine

Heuchelei bemerken und sie dafür büßen lassen würde. »Ich trage einen Bademantel ...«, begann sie.

»Zieh ihn aus.« Das war ein Befehl.

»Ähem ... ich ...« Grace fiel ein, daß Zaudern gegen die Spielregeln verstieß. Rasch warf sie ihren Bademantel ab.

»Was hast du jetzt noch an?« wollte die Stimme wissen.

»Ein Nachthemd.«

»Sonst noch etwas?«

»Nein.« Ihre Kehle fühlte sich wie zugeschnürt an, während sie sich vorstellte, wie die nächste Frage lautete.

»Zieh es hoch, aber nicht aus. Nur bis über deine Brüste.« Für einen Augenblick hielt die Stimme inne, um ihr zu erlauben, den Befehl auszuführen. Sie kam sich ziemlich albern vor, als sie den Saum ihres Nachthemdes mit beiden Händen hochhielt und den Telefonhörer zwischen Kinn und Schulter einklemmte, um sich die Aufgabe zu erleichtern.

»Beschreib mir deine Brüste, Grace.«

Verblüfft schwieg Grace einen Moment lang.

»Komm schon, Mädchen. Sind sie groß oder klein? Weich oder fest? Wie also?« Johns Stimme klang ungeduldig.

»Klein und fest.«

»Gut. Und deine Brustwarzen?«

Grace betrachtete sie und fragte sich, wie sie sie beschreiben sollte. »Sie sind dunkelrosa mit einem großen Vorhof.«

»Und sind sie steif?«

Grace' Antwort war nur ein Flüstern: »Ja.«

»Warum sind sie so, Grace?«

»Ich ... ich weiß nicht.«

»Bist du sexuell erregt, Grace? Macht es dich an, dort zu sitzen und deine Brüste und deine Pussi zur Schau zu stellen?«

Das Bekenntnis entfuhr Grace, beinahe ohne daß sie es bemerkte. »Ja, Gebieter.«

»Das dachte ich mir, du kleines Miststück. Du bist stolz auf deine kleinen Titten und deine großen, harten Nippel, nicht wahr? Berühre sie, Grace. Streichle deine Brustwarzen und fühl, wie steif sie sind.«

»Kann ich bitte mein Nachthemd ausziehen, Gebieter? Es ist ein bißchen unbequem, es so hochzuhalten.«

»Na schön, obwohl du eigentlich für deine Anmaßung bestraft werden solltest.«

Das Wort ›Strafe‹ sandte einen wohligen Schauer durch Grace' Körper. Sie zog das Nachthemd über den Kopf und warf es auf den Fußboden, froh, daß die Vorhänge in ihrem Wohnzimmer zugezogen waren und ihre Nacktheit vor der Außenwelt verbargen. Zögernd begann sie mit leicht zitternden Fingern ihre Brustwarzen zu streicheln. Die Warzenvorhöfe verfestigten sich und traten weiter hervor, während sie die festen Knospen fühlte.

»Bist du dabei, Grace?« fragte John. »Reibst du deine Nippel?«

»Ja, Gebieter.«

»Wie fühlt es sich an?«

Diesmal zögerte sie nicht. »Gut.«

»Hör zu, Grace.« Seine Stimme klang weich wie ein Streicheln. »Ich werde mit deinen Nippeln spielen. Aber ich berühre sie nicht nur, sondern ich werde sie kneifen und daran ziehen, bis du vor Schmerz schreist. Erregt dich der Gedanke daran?«

Grace schluckte schwer. »Ich ... ich bin nicht sicher, Gebieter.«

»Oh, das kommt noch. Laß deine Brüste jetzt los. Ich möchte, daß du statt dessen deine Scheide berührst. Ist sie feucht?«

Grace brauchte sich nicht anzufassen, um seine Frage zu beantworten. Schon während seiner gedämpften Befehle und dem Streicheln ihrer Brustwarzen hatte sie gespürt, wie sie feucht wurde. Trotzdem legte sie eine Hand zwischen ihre Schenkel und zog sie, feucht von ihrem Saft, wieder zurück. »Ja«, gab sie zu, »sie ist sehr feucht.«

»Gut, leck jetzt deine Finger ab, und sag mir, wie du schmeckst. Nah am Hörer, Mädchen, ich will hören, wie du lutschst.«

Grace tat, wie ihr befohlen. Sie fragte sich, wie er auf das Geräusch reagierte, als sie die glitschige Flüssigkeit von ihren Fingern schleckte. »Es schmeckt salzig«, sagte sie schließlich.

»Ich kann dich beinahe selbst schmecken«, gab er zurück. »Und ich freue mich darauf, wenn du diesen Saft von meinem Penis lecken wirst, Grace. Paula wird dir sicher auch erlauben, sie zu schmecken. Sie sitzt gerne auf den Gesichtern kleiner Biester wie dir.«

Fast hatte Grace vergessen, daß bei dem Treffen noch eine dritte Person anwesend sein würde. Aber die Erwähnung von Paula – die sie vermutlich mit ›Herrin‹ anreden mußte – erinnerte sie an die Umstände der Situation.

»Jetzt spiel mit dir selbst, Grace«, befahl John knapp. »Ich will hören, wie du kommst. Reib den salzigen, klebrigen Saft über deinen Kitzler.«

Grace war jetzt so erregt, daß sie sich, falls John das Telefonat vor diesem Punkt beendete, einfach auf den Fußboden des Wohnzimmers legen und sich einen Orgasmus bereiten würde. Sie brauchte keine zweite Aufforderung, um ihre Klitoris mit flinken Fingern unter der kleinen Hautfalte hervorzuholen und sie mit wippenden Bewegungen zu reizen. Ihr Atem wurde schneller und lauter, während sie sich an den Höhepunkt heranführte, und es schien ihr, als hörte sie John am anderen Ende der Leitung verhalten keuchen. Trotzdem hatte sie das Gefühl, daß er sich nicht selbst befriedigte. Sie vermittelte ihm eine Vorstellung davon, wie weit ihre Bereitschaft, sich zu unterwerfen, ging. Wenn er dabei seinen Penis bearbeitet hätte, dann hätte er die notwendige Kontrolle verloren.

Seine nächsten Worte, in eisiger Ruhe gesprochen, bestätigten ihre Vermutung. »Steck dir einen Finger rein, Grace.«

»Ich habe es getan«, antwortete sie und fühlte ihren Zeigefinger angenehm in sich.

»Gut. Jetzt noch einen und noch einen. Stell dir vor, daß es mein Penis ist.«

Den Telefonhörer unter das Kinn geklemmt, bewegte Grace drei Finger ihrer rechten Hand in gleichmäßigem Tempo in ihrer Scheide vor und zurück, während sie mit dem Mittelfinger ihrer Linken über ihre Klitoris wedelte. Sie wußte, daß John sie stöhnen und keuchen hörte. Es dauerte nur wenige Sekunden, bis sie aufschrie und in einem heißen, alles verdrängenden, süßen Krampf in ihrem Unterleib kam. Erst als der Wollustkrampf verebbte, wurde ihr klar, daß sie das Wort ›Gebieter‹ herausgeschrien hatte.

»Das war ausgezeichnet, Grace«, lobte John. »Ich glaube, meine Wahl war richtig. Trotzdem wollen wir das nächste Woche überprüfen, nicht wahr, Grace?« Er gab ihr die Einzelheiten eines Rendezvous durch und eine Telefonnummer, für den Fall, daß Probleme auftauchten. »Aber es wird keine Probleme geben, oder, Grace? Vielleicht solltest du mir die Nummer deiner Arbeit geben«, überlegte er. »So, wie es jetzt aussieht, kann ich dich jederzeit zu Hause anrufen, und du wirst tun, was ich von dir verlange, auch zu unpassender Zeit. Aber stell dir vor, ich rufe dich im Büro an und fordere dich auf, dasselbe wie eben zu tun. Behalt diesen Gedanken im Hinterkopf, bis wir uns sehen, du kleines Biest.«

Damit legte er auf. Grace legte den Telefonhörer auf die Gabel zurück und zog ihr Nachthemd wieder an. Sie mußte zugeben, daß der Gedanke an einen unerwarteten Anruf ihres neuen Gebieters sie bis zu dem geplanten Treffen auf eine freudige Folter spannte.

Gebieter John und Domina Paula, wie Grace sie unterdessen insgeheim nannte, wohnten in den Außenbezirken von Essex. Am folgenden Freitag abend nahm Grace einen Nahverkehrszug von Shenfield Station aus dorthin und wartete auf dem Vorplatz, wo sie sich mit John verabredet hatte.

Der Bahnhof wimmelte von Pendlern, die nach Hause fuhren. Grace fühlte sich leicht befangen, während sie am Taxistand wartete. Sie hatte auf der Toilette im Büro die Kleidung gewechselt und angezogen, was John ihr für das Treffen vorgeschrieben hatte. Im Zug waren ihr seltsam fragende Blicke der Mitreisenden aufgefallen. Sie trug eine einfache weiße Bluse, einen kurzen, marineblauen Rock und schwarze flache Schuhe. Aber das allein reichte nicht aus, um große Aufmerksamkeit auf sich zu ziehen. Auch die Tatsache, daß sie auf jegliches Make-up verzichtet und die Haare zu zwei munteren kleinen Zöpfen gebunden hatte, war nicht auffallend.

Es war jedoch heiß an diesem Abend, und mehrere Züge waren ausgefallen, so daß sie sich in einem überfüllten, stickigen Waggon wiederfand. Nur wenige Fenster standen offen, und die unerträgliche Luft zwang sie schnell, ihre kurze, ebenfalls marineblaue Jacke auszuziehen. Auch einem zufälligen Beobachter fiel sofort auf, daß sie unter der dünnen Bluse keinen Büstenhalter trug. Ihre zwei rosafarbenen Brustwarzen zeichneten sich deutlich durch den dünnen weißen Stoff der Bluse ab. Anscheinend reckten sie sich noch forscher in die Höhe, je mehr Aufmerksamkeit ihnen zuteil wurde. Deshalb war sie froh, als sie den Zug endlich verlassen und ihre Jacke wieder umlegen konnte. Unglücklicherweise war ein stürmischer Wind aufgekommen, um der Welt auch noch zu enthüllen, daß sie keinen Schlüpfer trug. Sie fühlte sich sehr exponiert und zog fortwährend am Saum ihres Rocks, weil sie befürchtete, jeden Moment könnten schockierte Passanten ihr nacktes Gesäß oder ihr Geschlechtsteil zu Gesicht bekommen.

Am gegenüberliegenden Straßenrand saßen zwei junge Männer in einem geparkten weißen Kleintransporter. Grace war sicher, daß die beiden sie durch das Fenster beobachteten, während sie mit dem Kleidungsstück kämpfte. Sie wäre lange nicht so beunruhigt darüber gewesen, was eventuell unter ihrem Rock aufblitzte, hätte nicht Gebieter John als zusätzliche Raffinesse von ihr gefordert, daß sie ihre Schamhaare abrasierte. Bei diesem Befehl war sie nahe daran gewesen, den Gehorsam zu verweigern, aber mit Sicherheit würden am heutigen Abend Züchtigungen in irgendeiner Form eine Rolle spielen, und bei Erscheinen mit unrasiertem Venushügel wäre die Wahrscheinlichkeit einer verschärften Bestrafung außerordentlich hoch gewesen. Also hatte sie am Morgen zunächst sehr sorgfältig all ihre Locken mit einer Nagelschere abgeschnitten und danach mit einem Lady-Shaver auch die letzten Spuren von Stoppeln beseitigt. Das Ergebnis hatte sie fasziniert. Ihre von Natur aus vorstehenden inneren Schamlippen ragten nun noch viel deutlicher heraus, und die glattrasierte Haut fühlte sich weich und zart an. Es ließ sich nicht leugnen, daß das Streicheln an dieser Stelle jetzt noch wonnevoller ausfiel als zuvor, und sie hatte sich morgens einen schnellen und unerwarteten Orgasmus beschert, der ihr bei der Arbeit ein zufriedenes Leuchten ins Gesicht zauberte. Allerdings wollte sie ihr kleines Geheimnis nicht jedem zufälligen Beobachter auf die Nase binden, deshalb schaute sie ängstlich fragend um sich. Warum verzögerte der mysteriöse John seine Ankunft?

Ein plötzlicher, scharfer Windstoß verfing sich unter ihrem Rock und drückte ihn in die Höhe. Grace griff hastig zu und zog ihn wieder nach unten. Dennoch bemerkte sie, daß die beiden Burschen in dem Transporter miteinander tuschelten, und war sicher, daß sie alles gesehen hatten. Wo, zum Teufel, steckte John? Wenn er nicht bald auftauchte, würde sie in den Bahnhof zurückgehen und wieder nach Hause fahren, Aufgabe hin oder her.

Endlich hielt ein dunkelblauer Ford Mondeo neben ihr, und das Fenster auf der Fahrerseite wurde heruntergelassen.

»Grace.« Wieder eine sachliche Feststellung, keine Frage. Grace nickte und ging zur Beifahrertür. Sie stieg ein und fühlte den kühlen Stoffbezug unter ihrem nackten Gesäß.

»Ich bin John.« Der Händedruck war fest und förmlich. Grace musterte ihren Gebieter für einen Moment. Er war Ende Dreißig, hatte kurzgeschnittenes, dunkles Haar, passend zu seinem Geschäftsanzug. Trotz der abendlichen Hitze trug John einen Nadelstreifenanzug, jedoch keine Krawatte; sein oberster Hemdknopf stand offen. Die Farbe seiner Augen war tiefbraun. Grace konnte ihren Blick nicht ergründen.

»Ich freue mich, daß du gekommen bist – auch wenn ich nicht daran gezweifelt habe.«

Grace lehnte sich in ihrem Sitz zurück. Die Fahrt vom Zentrum an den Stadtrand dauerte zwanzig Minuten. John hielt vor einem Haus, das nicht älter als fünf Jahre sein konnte. Es verfügte über eine große Doppelgarage und breite Panoramafenster, die mit weißgestrichenen Fensterläden verschlossen wurden. Der Garten war sorgfältig gepflegt. Darin befand sich ein kleiner Fischteich, und aus der gemähten Rasenfläche ragte stolz eine Trauerweide empor. Er öffnete das Gartenportal und ließ Grace eintreten.

»Paula, wir sind da!« rief er. Grace nahm einen dicken Teppich und eine weitgeschwungene Treppe wahr, ehe sie in einen Raum geleitet wurde, der wie ein Studierzimmer aussah. Bücherregale verliefen entlang der Wände, und es gab einen großen, mit Leder überzogenen Tisch, um den ein paar Stühle mit hoher Lehne standen.

Eine Frau erschien in der Tür. Sie war groß, ihre Haut hatte die Farbe von Milchkaffee, und ihr Haar lag in Reihen von dünnen, kunstvollen Flechten an ihrem Kopf an. Sie bewegte sich mit spielerischer Grazie, und ihr Lächeln war offen.

»Ich heiße Paula. Schön, dich zu sehen. Ich hoffe, deine Reise war nicht zu anstrengend.«

»Nun ...«, begann Grace, aber John unterbrach sie.

»Es gab ein ziemliches Problem. Als ich wie verabredete um Viertel nach sechs am Bahnhof ankam, war sie nicht zu finden.«

»Der Zug hatte Verspätung«, erklärte Grace, bestürzt über den plötzlichen Wandel in seinem Verhalten. Im Auto hatten sie wie alte Freunde miteinander gelacht, aber jetzt war er geradezu kalt und distanziert. »Ich habe versucht, um Viertel nach dort zu sein, aber ...«

»Versuchen allein reicht nicht, Grace«, erwiderte John. »Wenn ich eine Zeit festlege, erwarte ich, daß man sich daran hält. Es ist sehr unhöflich, jemanden warten zu lassen. Hat man dir das nicht beigebracht?«

»Ich ...« Grace wurde es schwindlig im Kopf. Wenn John die Wahrheit sagte und um Viertel nach sechs erschienen war, mußte er um die Häuserblocks gefahren sein, statt auf sie zu warten. Dabei durfte ihm klar gewesen sein, daß sie Gefahr lief, jedem, der zufällig vorbeikam, ihre frisch rasierte Muschi zu präsentieren, während sie nach ihm Ausschau hielt.

»Es gibt keine Entschuldigung für Unhöflichkeit, Grace«, fuhr John unbeirrt fort. »Ich werde das nicht durchgehen lassen, es erfordert eine Bestrafung.«

Bei diesen Worten wurde ihr alles klar. Es handelte sich um ein abgekartetes Spiel als Einleitung für das von John – und zweifellos auch von Paula – geplante Szenario. Grace erinnerte sich der Rolle, die sie zu spielen hatte.

»Es tut mir sehr leid, Gebieter«, gestand sie zerknirscht. »Gibt es etwas, womit ich die Verfehlung in deinen Augen wiedergutmachen kann ...«

»Nein, ich fürchte, ich muß dich übers Knie legen und dir eine Lektion erteilen.«

»O ja, bitte«, bat Grace. Sie war noch nie geschlagen worden, auch nicht als Kind, und sie empfand keine Vorfreude darauf. John ging mit großen Schritten zum Tisch, zog einen der Stühle ohne Armlehnen dahinter hervor und schob ihn in die Mitte des Raums. Dann packte er Grace fest am Handgelenk und setzte sich. Wortlos legte er die protestierende Grace über seinen Schoß. Sie fand sich mit dem Bauch über seinen Knien wieder, die Gliedmaßen seitlich herunterhängend, ihre Zehen berührten den mit Teppich bedeckten Fußboden.

»Nur ein paar Schläge zum Aufwärmen ...«

Der erste Schlag überraschte Grace, ein nur leicht brennender Klaps auf ihr Gesäß. Ihn auszuhalten war nicht schmerzhaft, und als eine Serie solcher Schläge abwechselnd auf die beiden Pobacken folgte, dachte sie, die Züchtigung wäre gar nicht so schlimm.

Aber dann brachte John mehr Einsatz ins Spiel.

»Du nimmst deine Züchtigung gut hin. Wollen wir einmal sehen, wie du mit einigen Schlägen auf den bloßen Hintern fertig wirst.« Absichtlich langsam schob er den Saum ihres Rocks hoch und steckte ihn in den Bund, so daß Grace' kleines, blasses Hinterteil zum Vorschein kam. Als seine Hand diesmal zuschlug, gab es keine schützende Stoffschicht mehr, wenn auch noch so dünn, so daß Grace die volle Wucht des Schlages spürte. Er wendete jetzt auch mehr Kraft auf, und sie fühlte, wie sich in ihrem Gesäß Hitze ausbreitete. Er schlug auf verschiedene Stellen. Einige Schläge trafen den fleischigen unteren Rand ihrer Pobacken, andere klatschten sogar auf den Ansatz ihrer Oberschenkel. Sie wollte aufschreien, um ihm Einhalt zu gebieten, wußte aber, daß ihr in dem Spiel keine Wahl blieb. Er würde erst aufhören, wenn er fertig war, nicht vorher. Trotzdem konnte sie ein paar spitze Schreie nicht zurückhalten.

»Psst, Grace, es ist gleich vorbei«, sagte John beschwichtigend. »Paula, ich habe das Gefühl, daß Grace Spaß an der Bestrafung hat. Sieh einmal für mich nach.«

Grace hatte keine Ahnung, was er meinte, aber dann kam Paula und hockte sich vor sie. Ehe Grace protestieren konnte, knöpfte ihr die Frau die Bluse auf und streichelte ihre Brustwarzen.

»Sie scheinen ein wenig munter zu werden, John«, sagte Paula, und Grace konnte nicht leugnen, daß es stimmte. Allmählich entschlossen sich ihre Nippel unter den geschickten Fingern zu mehr Stehvermögen.

»Das heißt, sie kann ein bißchen mehr vertragen.« Mit dieser Bemerkung nahm John die Schläge wieder auf. Aber jetzt wandte er eine neue Variante an. Er legte zwischen den Schlägen eine Pause ein und ließ seine Finger leicht die Furche zwischen ihren Gesäßbacken entlanglaufen. Jedesmal bewegten sich seine Finger ein wenig näher an ihr Geschlechtsteil heran, und sie bemerkte, wie sie mit ihrem Hinterteil auf seinem Schoß zappelte, nicht nur wegen des stechenden, um sich greifenden Schmerzes, sondern auch wegen des Wunsches, daß seine Finger in das Zentrum ihrer Weiblichkeit vorstießen.

Die Qualität des Schmerzes änderte sich. Zusätzlich zu dem Brennen entstand eine bekannte Hitze, die ihr Keuchen und Schreien in Stöhnen vor Erregung übergehen ließ. Paula begann, ihre Brustwarzen eindringlicher zu bearbeiten. Statt sie nur zart zu streicheln, kniff sie jetzt in die empfindlichen Spitzen hinein. Unter diesem Druck und der geschickten Behandlung Johns näherte sie sich dem Orgasmus, und als Johns Finger endlich ihre

Klitoris fanden, schrie sie auf, wand sich auf seinem Schoß und kam.

»Eine gierige Kleine haben wir hier«, bemerkte John. »Es tut mir leid, Grace, aber du mußt lernen, daß Gier nicht gut ist. Ich bestimme, wann du kommst und wie oft. Du kann nicht einfach Orgasmen haben, wann du willst, ist das klar? Paula, was machen wir mit ihr?«

»Ich habe einige Ideen.« Paulas heisere Stimme klang wie das Schnurren einer Katze. »Steh auf, Grace.«

Gehorsam, aber mühevoll erhob sich Grace von Johns Knien. Sie fragte sich, wie sie aussah. Sie stand vor dem Paar, die Bluse aufgeknöpft, den Rock im Bund steckend, das Gesicht rot angehaucht vor Freude und ihr Gesäß mit den scharlachroten Abdrücken der Hand ihres Gebieters. Sie sah, wie Paula ihre jadegrünes Baumwollkleid aufknöpfte. Darunter trug sie zu Grace' Überraschung nur ein Korsett aus weichem schwarzem Leder. Das Kleidungsstück war fest geschnürt, so daß Paulas schwere Brüste nach oben standen, die Brustwarzen ragten über die Ränder der Schalen hervor. Ihre Taille war bis auf eine doppelte Handspanne zusammengezogen, und unter dem Korsett zeigte sich ihr Geschlechtsteil, bedeckt mit üppigen schwarzen Haaren, die Grace' Venushügel im Vergleich noch nackter aussehen ließen.

Grace mußte sich eingestehen, daß Paula einen schönen Körper hatte, und sie sah voraus, daß sich mit ihr eine noch intimere Bekanntschaft entwickeln würde. Sie erinnerte sich daran, was John am Telefon über Oralsex mit Paula gesagt hatte, und ein Schauer durchlief sie, als sie sich fragte, wann ihr befohlen werden würde, vor der farbigen Frau niederzuknien und sie zu lecken, bis sie kam.

Aber Paula hatte zunächst andere Pläne. Sie trat an den Tisch. Die fleischigen Backen ihres nackten Hinterteils hüpften leicht, als sie ging. Sie betätigte einen Mechanismus irgendwo unter dem Tisch, und eine geheime Schublade sprang auf. »Hier bewahren wir unser Spielzeug auf«, erklärte sie. »Solches, das wir für wirklich unartige Mädchen benutzen.«

Sie zog einen schwarzen Gummiphallus hervor, der, wie Grace rasch schätzte, fast zwanzig Zentimeter maß. Das Spielzeug war mit elastischen Bändern ausgestattet, und Grace beobachtete, wie Paula es an ihren Hüften befestigte.

»Komm her und knie nieder«, befahl Paula leise. Grace tat, wie ihr befohlen, und neigte den Kopf vor ihrer Domina. »Lutsch den Dildo, Grace.«

Als ihre Lippen den künstlichen Penis berührten, schrak sie leicht vor dem Geschmack zurück. Sie hätte es vorgezogen, an warmem, lebendigem Fleisch zu saugen als an kaltem, glattem Plastik, aber gehorsam leckte sie jeden Zentimeter des Sexspielzeugs ab. Während sie mit dem Mund darüberfuhr, streichelte Paula ihr eigenes Geschlechtsteil, so daß sich ein dünnes Rinnsal ihres Saftes mit Grace' Speichel mischte. Hinter sich hörte Grace ein Knistern von Stoff, als John seine Kleidung auszog, und sie erriet, daß er, wenn sie ihren Kopf drehte, nackt vor ihr stünde.

Als der Gummiphallus in voller Länge eingespeichelt war, befahl Paula Grace, wieder aufzustehen. Dann fühlte sie, wie John herankam und seinen Körper gegen ihren preßte. Er zog den hochgeschobenen Rock von ihrer Taille und die Bluse von ihren Schultern, ehe er fest nach ihren Brüsten faßte und sie knetete. Grace bog sich und warf den Kopf zurück. Sein Mund suchte ihren Hals, biß in ihn hinein, und sie erschauerte vor Wonne über die wilde Zärtlichkeit.

Unvermittelt wurde sie an den Armen herumgedreht, so daß Paula hinter ihr stand. Grace erwartete, daß Paula mit dem nassen Dildo in sie eindrang, aber sie fühlte, wie Johns gedrungene Eichel Zugang zu ihrem Geschlechtsteil suchte. In einer Mischung aus Schreck und

Erregung fühlte sie, wie einer von Paulas langen, schlanken Fingern um ihren Anus kreiste, ehe er vorsichtig hineinglitt. Als ein zweiter Finger dem ersten folgte, wußte sie, worauf sie vorbereitet wurde, und ließ es geschehen.

John strich an ihrer empfindlichen Klitoris entlang und führte sie einem zweiten Orgasmus entgegen. Dabei lenkte er ihre Aufmerksamkeit von dem Moment ab, in dem der pralle schwarze Phallus langsam in ihren After geschoben wurde. Grace stellte sich vor, daß es Johns Penis war, der das verbotene Loch füllte. Gleichzeitig wünschte sie sich, daß sie gefesselt, mit einer Augenbinde versehen und unfähig wäre, sich zu wehren. Sie wollte sich allem unterwerfen, was dieses wundervoll verruchte Pärchen von ihr verlangte.

Sie stöhnte, als John endlich tief in ihre Vagina stieß und sich zu bewegen begann. Nie zuvor hatte sie ein Gefühl empfunden wie jetzt, als Johns Penis in ihrer Vagina und der Dildo in ihrem After, nur durch eine dünne Gewebeschicht in ihrem Inneren getrennt, aneinander rieben. Während sich das Paar im Einklang miteinander bewegte, gab sich Grace ganz der Wonne hin, die durch ihre Adern jagte. Sie ergriff Johns straffen, festen Körper, fühlte, wie Paulas Hände ihre Brüste umschlossen und ihr feuchter Mund auf ihren Schultern und dem Rücken arbeitete. Der Orgasmus, zu dem die beiden sie brachten, war intensiv und lang anhaltend. Eine Welle der Ekstase folgte der nächsten und schoß durch ihre Wirbelsäule. Als sie gegen John stürzte, fühlte sie, wie sich die beiden aus ihren Körperöffnungen zurückzogen. Sie ließen in ihr das sonderbar leere Gefühl zurück, als wäre sie beraubt worden. Paula hielt Grace fest, während John seinen Penis reizte, bis es ihm kam. Die klebrige Flüssigkeit spritzte über Grace' Bauch und Brüste.

Grace sank erschöpft auf den dicken Teppich. John kniete neben ihr nieder und verteilte seinen Samenerguß mit den Fingerspitzen auf ihrer Haut. »Ich glaube, wir sollten eine kleine Fotoserie schießen«, flüsterte er zärtlich in ihr Ohr. Sie nickte und erinnerte sich daran, daß sie auf Sukis Rat hin in dem Brief erwähnt hatte, ihre Geilheit steigere sich noch, wenn während der unterwürfigen Handlungen Fotos gemacht würden.

Eine zweite Schublade sprang aus dem lederbezogenen Tisch hervor, und Paula baute sich mit einer Polaroidkamera in der Hand über Grace auf. Sie reichte den Fotoapparat ihrem Ehemann. »Da ist noch die Kleinigkeit meines Orgasmus«, sagte sie und brachte sich über Grace' Gesicht in Stellung.

Grace nahm nur undeutlich wahr, daß die Kamera im Hintergrund klickte, denn sie war damit beschäftigt, ihrer Domina einen Höhepunkt zu bescheren. Paula hatte den Dildo abgeschnallt, damit Grace ungestörten Zugang zu ihrer Vulva fand. Ihr Mund bewegte sich behende über das feuchte, fleischige Relief von Paulas Schamlippen. Das farbige Mädchen schmeckte reif und nach Wild. Grace spitzte die Zunge und tauchte sie in den Eingang von Paulas überquellendem Geschlechtsteil.

»Schneller«, spornte Paula sie an. »Leck mich schneller.« Grace gehorchte und beeilte sich. Ihre Zunge flatterte wie ein leichter Schmetterling über die perlenförmige Erhöhung von Paulas Klitoris. Mit einem durchdringenden Schrei preßte Paula ihre Oberschenkel gegen Grace' Gesicht, die Muskeln spannten sich kraftvoll und lockerten sich dann entspannt, als sie kam.

»Hiermit beenden wir die Abendvorstellung«, sagte John und legte die Kamera in die Schublade zurück. Dann gab er seiner Frau einen langen, sinnlichen Kuß. »Du kannst jetzt unter die Dusche gehen, Grace, denn in zwanzig Minuten wird gespeist.«

Wie leicht John und Paula aus wollüstiger Lasterhaftigkeit in die gesetzte Normalität eines verheirateten mittelständischen Ehepaares umschalten können, dachte

Grace, während sie die Spuren ihres gemeinsamen Liebesspiels von ihrem Körper wusch. Sie mußte zugeben, daß die Tracht auf ihren Hintern und der Sex ihren Appetit angeregt hatten und ihr die Aussicht auf ein gepflegtes Abendessen behagte. Sie seufzte, als sie gedankenverloren ihren roten, geschundenen Po rieb. Hoffentlich hatte sie noch Sitzfleisch …

Neuntes Kapitel

Grace saß in der U-Bahn und durchblätterte mit amüsiertem Lächeln den neuesten Brief von ihrem Rechtsanwalt. Sie wußte nicht, was sie in diesem Monat von Dominic erwartet hatte, aber sicherlich keinen Stoß von Kochrezepten. Kochen war noch nie ihre Spezialität gewesen, das überließ sie lieber Suki, die sich glücklich schätzte, wenn sie stundenlang irgendwelches Zeug durch ein Sieb pressen oder eine Sauce aus beinahe nichts hervorzaubern konnte. Grace' Kochkünste reichten dagegen für wenig mehr als elementare, einfache Gerichte, die man in eine Kasserolle warf und für einige Stunden vor sich hin brutzeln ließ. Seitdem David sie verlassen hatte, machte sie sich keine großen Umstände mehr mit dem Kochen, es sei denn, eine ihrer Freundinnen kam zu Besuch. Aber auch dann brachte sie nichts so Ausgefallenes wie die hier aufgeführten Gerichte auf den Teller, die sämtlich für ein intimes Abendessen zu zweit gedacht waren.

Sie studierte die Speisekarte: Lachscreme, Hühnchen in einer Sauce aus Pilzen und Estragon und ... Als sie den Nachtisch sah, weiteten sich ihre Augen. Es war ein empörender Vorschlag, aber allein der Blick auf die Seite weckte in ihr eine Fantasievorstellung, die sie ihren Pulsschlag zwischen ihren Beinen fühlen ließ. Wenn sie es sich recht überlegte, hörte sich der Vorschlag nach einer Menge Spaß an.

Sie sah auf, immer noch lächelnd, und blickte in die Augen eines Mannes im eleganten Zweireiher, der ihr gegenübersaß. Er brach rasch den Blickkontakt ab und vertiefte sich in seinen *Telegraph*, aber Grace bemerkte, daß er hinter seiner Zeitung hervor schnelle Blicke auf ihre Oberschenkel warf. Sie trug ein kurzes, blumenbedrucktes Chiffonkleid, das leicht hochgerutscht war, als sie ihre Beine übereinandergeschlagen hatte, und fragte sich, wie er reagieren würde, wenn er erfuhr, daß sie darunter keinen Slip anhatte. Sie hatte ursprünglich nicht vorgehabt, das Haus so gewagt zu verlassen, aber jedes Stück Unterwäsche, daß sie an diesem Morgen anprobiert hatte, war durch das dünne Material des Kleids zu sehen gewesen. Also hatte sie beschlossen, überhaupt nichts darunter anzuziehen.

Grace änderte ihre Sitzhaltung leicht. Dabei rutschte ihr Kleid noch ein bißchen höher, und sie bemerkte ein entsprechendes interessiertes Augenblitzen hinter der Zeitung. In seinem Hinterkopf versuchte der Mann eindeutig, ihr den Rock hochzuheben. Nun gut, wenn ihr Freund im Nadelstreifenanzug eine Show erwartete, so war sie gerade in der richtigen Stimmung, sie ihm zu bieten.

Sie tat so, als würde sie wieder ganz von ihrem Brief in Anspruch genommen werden, und öffnete sehr langsam ihre Beine. Dabei richtete sie es so ein, daß sie ausreichend lange offenstanden, um alles zu enthüllen. Verstohlen ließ sie den Blick schweifen. Keiner der anderen Passagiere hatte etwas bemerkt, aber der Mann gegenüber faltete seine Zeitung zusammen und legte sie in den Schoß. Grace wußte, daß er gesehen hatte, was sie ihm zeigen wollte. Der Anblick durfte mehr als genügt haben, um eine Beule in seiner frisch gebügelten Hose entstehen zu lassen, denn ihr dunkles Haar auf dem Venushügel war gerade wieder im Wachsen begriffen. So hatte er einen besseren Blick als normal auf ihre glatten äußeren und die gewundenen inneren Schamlippen werfen können, die zusammengefaltet wie eine Wüstenblume auf das Erblühen warteten.

Für den Rest des Tages würde sie aus ihrem höschenfreien Zustand ein süßes Geheimnis machen, dachte sie und kreuzte noch einmal lässig die Beine. Allerdings bestand die Möglichkeit, daß jemand etwas bemerkte, wenn sie nach einem Aktenordner auf einem hohen Regal griff oder sich unvorsichtig tief bückte. Vielleicht würde Mark zuschauen, wenn ihr Rock hochrutschte, und ihre blanken, glatten Gesäßbacken und die einladende Spalte zwischen den Beinen entdecken.

In einen erotischen Tagtraum eintauchend, stellte sie sich vor, wie er hinter sie trat, während sie sich über den Fotokopierer beugte, und den Saum ihres Kleides hob. Er sah, daß seine Augen ihn nicht getrogen hatten, und streichelte mit der Hand über ihr nacktes Hinterteil, liebkoste ihr weiches Fleisch, ehe er an ihr Geschlechtsteil faßte und sich über das stoppelige Haar auf ihrem Venushügel wunderte, das auf seiner Handfläche kratzte. Die letzten verräterischen Spuren der Züchtigung durch die Hände des Gebieters John und der Domina Paula waren verblichen. Hätte Mark die schwachen Muster von Johns Handflächen auf ihrer Haut gesehen und sie als das erkannt, was sie waren, hätte er verwundert zu wissen gefordert, was mit ihr geschehen war. Dann hätte sie ihm zuerst einige Details ihres jüngsten Abenteuers erzählt und anschließend jedes Fünkchen ihrer Wonnen beschrieben, die die Unterwürfigkeit ihrem willfährigen Körper entlockt hatte …

Sie war schon feucht, als er ihre Schamlippen berührte und sich zu ihrem Kitzler vorarbeitete, denn die Erzählung bewirkte bereits eine Stimulation, die ihre Säfte zum Fließen brachte. Verwegen stieß er plötzlich zwei Finger in ihre hungrige Scheide, rieb ihre Klitoris mit den Daumenballen und brachte sie zu einem schnellen, atemberaubenden Orgasmus. Erst dann öffnete er seine Jeans und führte seinen Penis tief in sie ein …

Das automatische Aufklappen der Wagentüren und die sonore Stimme aus dem Lautsprecher kündigten an, daß der Zug Oxford Circus erreicht hatte. Grace kehrte in die Wirklichkeit zurück, griff nach ihrer Mappe und verließ den Zug, nicht ohne dem Mann, der ihr gegenübergesessen hatte, ein vielsagendes Augenzwinkern zuzuwerfen. Er errötete und entwickelte ein plötzliches Interesse für die Sportseite. Wie leicht Männer sexuell zu erregen sind, dachte sie, und wieviel Spaß man dann mit ihnen erleben kann.

Ein Treffen spät am Nachmittag zwischen Maureen Donnelley und dem Anzeigenleiter der Zeitschrift verschaffte Grace die Gelegenheit, ungestört zu telefonieren. Sie legte die Pressemitteilung über eine neue Reihe umweltfreundlicher Badeprodukte zur Seite, die sie in ein paar flotte, kurze Artikel umzuarbeiten versucht hatte, und griff nach ihrem Terminkalender. Ein zusammengefalteter Papierfetzen zwischen den letzten Seiten enthielt die gesuchte Telefonnummer. Sie wählte und fragte sich, ob der Mann, den sie zu sprechen wünschte, zu Hause war. Das Gespräch kam nach einigem Warten zustande.

»Hallo, Simon. Hier ist Grace Callender.«

»Grace ... Lange nichts von dir gehört.« Aus Simon Lord sprach wirkliche Freude. Schuldbewußt vergegenwärtigte sie sich, wie viele Monate seit ihrem glückseligen zufälligen Zusammentreffen in seiner Wohnung vergangen waren. Sie wußte, daß sie ihn eher hätte anrufen sollen, aber ihre weiteren Aufgaben hatten sie so in Anspruch genommen, daß sie den gutaussehenden Englischlehrer fast vergessen hatte.

»Ich weiß. Es tut mir leid, ich habe so viel ... zu tun gehabt. Wie läuft's in der Schule?«

»Es geht so. Aber in wenigen Wochen ist erst mal Schluß, dann kann ich mich entspannen – zumindest bis die Ergebnisse der Abschlußprüfungen herauskommen. Danach muß ich die Enttäuschten trösten.«

Grace lächelte. »Ich bin sicher, Simon, daß deine Fähigkeiten, Trost zu spenden, wundervoll sind. Du bringst sogar mich dazu, ein paar Prüfungen ablegen zu wollen, um mich danach von dir trösten zu lassen, wenn ich sie nicht bestanden habe. Aber ich rufe nicht an, um über die Arbeit zu sprechen. Ich wollte fragen, ob du am Samstag abend frei bist, und, wenn ja, ob du Lust hast, zum Abendessen vorbeizukommen.«

»Ich komme sehr gern. Soll ich eine Flasche Wein mitbringen?«

»Warum nicht? Und mach dir keine Gedanken darüber, was du anziehen sollst«, fügte Grace hinzu. »Es wird keiner dieser Abende, an denen Kleidung eine wichtige Rolle spielt.«

Sie stellte sich das erwartungsvolle Grinsen Simons vor, als sie den Hörer auflegte.

Am Samstag nachmittag ging Grace in den Supermarkt. Sie hatte eine Einkaufsliste dabei, die beinahe so lang war wie ihr Arm. Am Tag zuvor war Mark an ihren Schreibtisch geschlendert gekommen, eben als sie das Büro verlassen wollte, und hatte sie über ihre neueste Aufgabe befragt.

»Ich muß einen Mann zum Abendessen einladen«, lautete ihre kurze Antwort.

»Bin ich eingeladen?« fragte er neckend.

Grace verscheuchte einen sehnsüchtigen Gedanken, in dem sie Mark nackt auf dem Küchentisch liegen sah, wie er den exotischen Instruktionen ihres Onkels Folge leistete. »Möglicherweise würde ich mir Lydias Zorn zuziehen, wenn ich dich ihr in einem Restkarton zurückschicke.«

»Oh, es wird diese Art von Abend.« Mark lächelte. »Fertigmachen und verschleißen, wie? Du bewirtest nicht zufällig deinen Freund vom *RSVP*?«

»Nein, jemand anderes wird das Vergnügen meiner überragenden Kochkünste haben.« Ein nachdenklicher Ausdruck huschte über Grace' Gesicht. »Das erinnert mich an etwas. Ich schulde James ein Abendessen. Wenn morgen die Aufgabe so gut, wie ich es hoffe, gelöst wird, kann ich ihn einladen und das Rezept wiederholen.«

Sie hätte schwören können, daß der Blick, den Mark ihr zuschoß, mehr als nur ein wenig eifersüchtig war. Nicht, daß irgend etwas Ernstes zwischen ihr und James im Gange war. Sie trafen sich gelegentlich zum Essen und zu Theaterbesuchen. Sie füßelten unter dem Tisch und brachten damit hochnäsige Kellner in den gehobenen Restaurants, in die James sie mitnahm, aus der Fassung. Ein unvergeßliches Erlebnis war die gegenseitige manuelle Befriedigung im Schutz der Dunkelheit während einer besonders langweiligen Theatervorstellung von *The Importance Of Being Earnest* gewesen.

Grace erinnerte sich noch ihres freudigen Erbebens, als sie gefühlt hatte, wie James' Hand heimlich ihr Bein hinauftastete, unter ihr Kleid glitt und sich am seitlichen Bund ihres Seidenhöschens vorbei mit zwei Fingern tief in ihr feuchtes Geschlechtsteil zwängte. Für sie war es genauso leicht gewesen, den Reißverschluß seiner Hose zu öffnen, seinen steifen Penis zu ergreifen und an ihm auf und ab zu reiben. In ihrer Kühnheit hatte sie sogar daran gedacht, ihren Kopf hinunterzubeugen, um ihn in den Mund zu nehmen, aber das hätte vermutlich zuviel Aufmerksamkeit auf ihre Betätigungen gezogen. Als James sie zu einem köstlichen Orgasmus brachte, blieb ihr nichts anderes übrig, als ihre lustvollen Laute mit einem kräftigen Hustenanfall zu übertünchen. Alles in allem erlebten sie anständigen sexuellen Spaß miteinander, aber sie war sich darüber klar, daß sie keine feste Bindung mit ihm eingehen wollte. Nicht nur, weil es noch einige andere Aufgaben zu lösen galt, sondern auch, weil tief in ihrem Inneren ein Fünkchen Hoffnung weiterlebte, daß Mark seine Verlobung mit Lydia lösen würde.

Während sie sich nun durch den Supermarkt kämpfte, verdrängte sie alle Gedanken an Mark und James aus ihrem Kopf. Sie haßte es, am Samstag zur ungünstigsten Zeit einzukaufen, und hatte es so schnell wie möglich hinter sich bringen wollen. Aber da sie erst spät aufgewacht war, war im Supermarkt bereits ein großes Gewühle im Gange, bis sie ihn erreichte.

Zu ihrem Verdruß kam hinzu, daß heute anscheinend jeder Kunde mit seinem Einkaufswagen zwischen den Gängen herumtrödelte, die anderen aufhielt, um sich nach dem Preis zu erkundigen, oder mit dem Ausfüllen eines Schecks beschäftigt war.

Endlich wieder zu Hause, warf Grace ihre Schuhe in eine Ecke, machte sich eine große Tasse Tee und begann, das Essen vorzubereiten. Die Rezepte, die sie erhalten hatte, waren nicht so kompliziert, wie zunächst befürchtet, und sie empfand schließlich sogar Freude an der beruhigenden Tätigkeit, die eingekauften Zutaten zu zerschneiden, zu zerhacken, zu verrühren und zu vermischen.

Sie hatte den Sender Radio Five eingestellt und hörte als Hintergrund zu ihrer Küchenarbeit die an- und abschwellende Stimme eines Sportkommentators. Mit einem Ohr lauschte sie der Westham-Reportage, weil sie an Ian, Simons Zimmergenossen, dachte. Sie fragte sich, ob er das Fußballspiel ebenfalls verfolgte, und mußte lächeln, als sie an die chaotische Wohnung dachte, die sich die beiden Männer teilten, und daran, wie Simon sie auf dem großen, überweich gepolsterten Sofa verführt hatte. Heute abend war sie an der Reihe, ihn zu verführen, und sie hatte eine Reihe von Überraschungen für ihren Gast auf Lager.

Während die fertige Lachscreme im Kühlschrank abkühlte und das Schaumgebäck zum Dessert allmählich im Backofen eine perfekte goldgelbe Kruste erhielt, ging Grace ins Badezimmer. Sie öffnete die Wasserhähne und schüttete eine Portion Badesalz mit Himbeeraroma in das fließende Wasser. Sie entkleidete sich und tauchte in das wohlriechende Schaumbad ein. Entspannt nahm sie ein Taschenbuch zur Hand, einen Roman, dessen Hauptfigur eine muntere Detektivin war, die versuchte, einen vertrackten Mordfall in einer kalifornischen Küstenstadt zu lösen. Grace gab sich ganz der Geschichte hin.

Zehn Minuten später klingelte das Telefon. Da sich Grace erinnerte, daß der Anrufbeantworter nicht eingeschaltet war, sprang sie aus der Wanne, schlang ein Handtuch um ihren nassen Körper und lief ans Telefon.

»Hallo, Grace. Hier ist Simon.«

Grace fühlte einen Stich im Herzen. Er kommt nicht, dachte sie. Die ganzen Vorbereitungen, und jetzt läßt er mich sitzen. »Gibt es ein Problem?« fragte sie.

»Nein«, antwortete er. »Ich habe nur den Zettel mit deiner Adresse verloren. Kannst du sie mir noch mal sagen?«

Beinahe wäre sie in lautes Lachen ausgebrochen, erleichtert, daß sich ihre Befürchtung als unbegründet herausstellte. Sie sagte ihm die Adresse. »Weißt du, daß du mich aus dem Bad gejagt hast? Ich stehe nur mit einem Handtuch bekleidet da.«

»Oh, sehr gut. Versprich mir, so stehenzubleiben, bis ich eintreffe.«

»Bis später«, war ihre Antwort.

Um neunzehn Uhr summte die Gegensprechanlage und kündigte Simons Eintreffen unten an. Sie öffnete ihm die Haustür, und einen Moment später stand er vor ihrer Wohnung. Er hielt einen Strauß weiße Rosen und eine Flasche Chardonnay in der Hand. Sie führte ihn in die Wohnung, und er gab ihr einen Kuß auf die Wange.

»Du siehst gut aus«, sagte sie und sah ihn an. Sein dunkles Haar war wie üblich zu einem Pferdeschwanz gebunden. Er trug eine verwaschene Jeans und ein altmodisches Hemd mit schmalen Streifen in Blau und Dunkelrot.

»Das gleiche kann man von dir behaupten«, antwortete er und betrachtete ihren hübschen schwarzen Minirock sowie das hochgeschlossene Spitzentop. Ihre Kleidung wurde teilweise durch eine lange, gestreifte Schürze überdeckt.

»In zwanzig Minuten ist das Abendessen fertig«, informierte sie ihn und nahm den Wein und die Blumen entgegen. »Wunderschön.« Sie atmete den köstlichen Rosenduft ein. »Laß sie mich in eine Vase stellen, dann gieße ich dir ein Glas Wein ein.«

»Nein, laß nur, das mache ich schon.« Simon folgte ihr in die kleine Küche auf der Suche nach Weingläsern und einem Korkenzieher.

»Du solltest hier nicht reinschauen«, sagte Grace. »Dann ist es keine Überraschung mehr.« In Wirklichkeit war das spezielle Dessert sicher im Kühlschrank versteckt, aber sie dachte, es könnte nichts schaden, wenn sie ein wenig Spannung erzeugte.

»Überraschung?«

»Ich probiere ein altes Familienrezept an dir aus«, erwiderte sie. »Mein Onkel Alexander meinte, diese Speisenfolge verfehlt nie ihre Wirkung.«

Simon reichte ihr ein Glas Wein. »War er Koch?«

Grace suchte nach passenden Worten, um ihren Onkel zu beschreiben. »Nein, er war so etwas wie ein Playboy, vermute ich. Köstliche Gerichte gehörten zu den zahlreichen Sinnesfreuden in seinem Leben – wie ein hervorragender Weinjahrgang, gute Musik oder auch Sex. Jetzt geh und setz dich hin. Ich rufe dich zu Tisch, wenn alles bereit ist.«

Sie hatte den Tisch im Wohnzimmer mit mehr Sorgfalt als für gewöhnliche Abendgäste gedeckt. Das Tischtuch bestand aus belgischer Spitze, ein Geschenk einer alten Tante, und die Gläser waren ihr bestes Kristall, Familienerbstücke, die sie wenig benutzte. Die Vase mit Rosen stellte sie zwischen ein Paar Kerzen in die Mitte des Tischs. Alles war raffiniert für die Verführung inszeniert.

Während Simon seine Aufmerksamkeit ihrer CD-Sammlung widmete, verteilte sie Lagen aus rosafarbener, weicher Lachscreme auf den Tellern, garnierte sie mit Gurkenscheiben und legte kleine dreieckige, mit Butter bestrichene Toaststücke dazu. Dann zog sie ihre Schürze über den Kopf und hängte sie an einen Haken hinter der Küchentür. Als sie mit den Tellern in der Hand das Wohnzimmer betrat, lauschte Simon einem weichen, romantischen Klavierstück von einer CD mit Instrumentalmusik.

»Sieht gut aus«, sagte er, als sie ihn mit einem Wink aufforderte, sich an den Tisch zu setzen. Er sah zu, wie sie die Kerzen entzündete, und stand auf, um die Deckenbeleuchtung auszuschalten. »Also, was hast du gemacht, seit wir uns das letztemal sahen?«

Laß mich nachdenken, dachte sie. Ich hatte das Erlebnis zu dritt im Jacuzzi, lernte Domina zu sein und mich zu unterwerfen, vollzog den Liebesakt mit einer anderen Frau und tobte mich bei verrückten Sexspielen in einem Wäldchen im ländlichen Kent aus. »Ach, dies und das«, sagte sie leichthin. »Aber meistens gearbeitet. Und du?«

Simon stöhnte. »Es gelang mir, daß der Schule verboten wurde, jemals wieder Stratford-upon-Avon zu besuchen.«

Grace hielt mit einer Gabel Lachs auf halbem Weg zu ihrem Mund inne und warf ihm einen ungläubigen Blick zu. »Im Ernst?«

»Ja, es war nicht wirklich meine Schuld, sondern die unserer Abschlußklasse. Wir sahen *Macbeth* in einer Aufführung der Royal Shakespeare Company. Später bekamen meine Leute mit, daß die Mitglieder des Ensembles auf dem Rasen Fußball spielten. Alle stürmten hin, um sich Autogramme zu holen, und bei dem Geschiebe und

Gedränge brachten sie es fertig, den Schauspieler, der den Macbeth spielte, in den Fluß zu schubsen. Das Ergebnis war, daß wir keine Schüler mehr nach Stratford bringen dürfen.«

»Eine spaßige Geschichte.« Grace lachte. »Das muß ich meiner Freundin Suki erzählen. Sie tanzt in der neuen Andrew-Lloyd-Webber-Show, die demnächst im West End Premiere hat. Ich werde sie warnen, daß sie sich krank schreiben lassen soll, falls mal irgend jemand von eurer Schule Karten vorbestellt.«

Simon hatte seinen Teller leer gegessen. »Das war lekker«, sagte er.

»Als Hauptgang folgt Hühnchen«, erklärte sie. »Ich muß sagen, ich bin froh, daß du nicht Vegetarier bist, sonst würde das Essen von Onkel Alexander keine Wirkung zeigen.«

»Du sprichst von nichts anderem als von dem Rezept deines Onkels«, meinte Simon, als Grace das Hauptgericht vor ihm aufbaute. »Was ist denn so besonders daran? Ist ein Aphrodisiakum darin eingebacken oder so was Ähnliches?«

»Nicht daß ich wüßte«, antwortete Grace. »Laß dir den Salat schmecken. Ich glaube, das Besondere an diesen Speisen ist, daß sie leicht sind und man sich nicht zu voll und schwerfällig fühlt, um nach dem Essen die Liebe zu pflegen.« Sie füllte sein halbleeres Weinglas. »Außerdem weiß ich nicht, ob Aphrodisiaka überhaupt wirken. Man sagt ja, daß Austern anregen, aber ich verstehe nicht, warum. Sie sind so scheußlich glibberig.«

»Ach, das sind sie nur äußerlich.« Simon häufte Salat auf seinen Teller. »Es heißt, sie ähneln einer Frau, so feucht und weich ... Und sie sollen auch wie eine Frau schmecken.«

»Niemals hat mir ein Mann gesagt, daß ich wie eine Auster schmecke.«

»Der Grund dafür ist, daß noch nicht jeder Mann das

Vergnügen hatte«, antwortete Simon. Ihre Blicke trafen sich, und das flackernde Kerzenlicht spiegelte sich in ihren dunklen, erweiterten Pupillen. Er hob sein Glas an die Lippen, sah Grace direkt in die Augen und nahm einen tiefen Schluck. »Vielleicht kommt das ja noch.«

»Vielleicht«, erwiderte sie rätselhaft. »Erzähl mir mehr über Aphrodisiaka, Simon.«

»Viel weiß ich nicht darüber. Ich weiß, daß man Spargel dazuzählt. Aber ich weiß nicht, warum. Liegt es am Geschmack? Oder daran, wie es aussieht, wenn man zuschaut, wie sich derjenige, mit dem man ißt, hinterher die Butter von den Fingern leckt?« Er trank seinen Wein schlückchenweise und nachdenklich. »Ach ja, und Schokolade gehört dazu. Jan, mein Kollege für Spanisch, behauptet, daß eine Tafel Schokolade zu essen besser ist als Sex.«

»Schokolade beim Sex zu essen ist noch besser.« Grace dachte über ein paar ausgefeilte Möglichkeiten nach.

»Das habe ich noch nicht ausprobiert«, bekannte Simon. Er wandte seine Aufmerksamkeit wieder dem Hühnchen in feiner Kräutersauce, den Kartoffeln und der zerlassenen Butter zu. »Das ist ein Traum, wirklich großartig. Du mußt mir das Rezept geben. Ich nehme an, dein Onkel hätte nichts zu beanstanden.« Er stieß einen Seufzer der Zufriedenheit aus, als er sein letztes Salatblatt aufspießte. »Ist es unhöflich zu fragen, ob es ein Dessert gibt?« wollte er wissen und legte sein Besteck auf den leeren Teller.

»Überhaupt nicht.« Grace' Lippen kräuselten sich zu einem verruchten Lächeln. »Tatsächlich hat mir Onkel Alexander gerade in dieser Hinsicht ein sehr spezielles Rezept anvertraut.« Sie beugte sich näher an Simon heran, schob ihre Unterarme zusammen, die auf der Tischplatte ruhten, und gestattete ihm einen Blick auf ihre Brustansätze. »Es nennt sich ›Etons Allerlei‹. Möchtest du wissen, woraus es besteht?« Simon nickte neugierig.

»Du nimmst zerkleinertes Schaumgebäck, frisch geschlagene Sahne, reife Erdbeeren und ein Gläschen Brandy, rührst alles zusammen – und verteilst es auf einer reichlichen Portion Englischlehrer. Danach wird serviert. Wie hört sich das an?«

Simons Augen blickten in Grace'. »Sehr gut, aber ich kann mir noch nicht genau vorstellen, wie die Meisterköchin das alles präpariert«, stichelte er.

»Warte nur ab, das zeige ich dir schon. Ich würde dich ja bitten, dich schon mal auszuziehen, aber dann entginge mir möglicherweise etwas.«

Es dauerte einige Minuten, bis sie die Sahne steif geschlagen hatte. Dann gab sie die Erdbeeren, das Schaumgebäck und den Brandy dazu. Sie tauchte ihren Finger in die Mischung, kostete und schnalzte mit der Zunge, weil es hervorragend schmeckte. Sie nahm ein sauberes Handtuch aus einer Schublade und trug es mit den Dessertschalen ins Wohnzimmer.

»Fertig.« Sie breitete das Handtuch auf dem Fußboden aus. »Jetzt kannst du dich ausziehen ...«

Voller Begeisterung tat Simon, wie ihm gesagt wurde. Er zog seine Schuhe aus und stieß sie weg, danach entledigte er sich seiner Socken. Dann zog er sein Hemd aus, warf es auf den Boden und öffnete seinen Gürtel. Grace sah zu, wie er den Reißverschluß seiner Jeans herunterzog und sie über seine Hüften und Beine streifte. Schließlich stand er nur noch in weißen Boxershorts aus Baumwolle vor ihr. Die Spitze seines Gliedes ragte aus dem Schlitz als Zeichen seiner freudigen Erwartung hervor. Er würde bei jedem von ihr geplanten Spiel mitmachen.

»Leg dich hin.«

»Was ist damit?« Simon deutete auf seine Boxershorts.

»Die bleibt das Vorrecht der Köchin.« Grace wartete, bis er es sich auf dem Handtuch bequem gemacht hatte, dann kniete sie sich neben ihn.

»Hast du nicht etwas vergessen?« fragte Simon. »Falls

du kleckerst – was ich sehr hoffe –, bist du ein bißchen zuviel angezogen.«

»Wenn du darauf bestehst ...« Grace ließ einen theatralischen Seufzer hören, zog den Reißverschluß ihres Rocks auf und schob ihn langsam über ihre Beine nach unten. »Zufrieden?«

Simon blickte lüstern auf ihre bestrumpften Beine. Ihr kleines Spitzentop reichte nur bis an die Taille, so daß er einen ausgiebigen Blick auf das schwarze Seidenhöschen werfen konnte. Er zupfte hoffnungsvoll an dessen Bund. »Noch nicht ganz.«

»Vielleicht später, wenn du artig bist«, erwiderte Grace neckisch. Sie bemerkte, daß ihre Brustwarzen abstanden und gegen ihr Top drückten. Auch er konnte es sehen, das wußte sie. Beim erstenmal mit ihm war sie froh gewesen, daß er die Führung übernommen hatte. Sie war sich ihrer sexuellen Anziehungskraft noch nicht sicher gewesen. Aber seitdem war ihr Selbstvertrauen mit jedem Monat gestiegen. Diesmal wollte sie den Spieß umdrehen und das Gefühl genießen, alles zu steuern.

Sie nahm einen gefüllten Teelöffel aus der Schale mit ›Etons Allerlei‹. »Wo sollen wir beginnen?« überlegte sie laut und ließ einen Fingernagel seinen festen, glatten Brustkorb entlanggleiten. »Vorsicht, Simon, das kommt direkt aus dem Kühlschrank.« Er zuckte ein wenig zusammen, als sie etwas von dem Dessert auf seine linke Brustwarze träufelte, doch sie vermutete, daß es mehr mit seiner Erregung als mit der Kälte der geschlagenen Sahne zusammenhing. Ein anderer Klecks folgte auf seiner rechten Brustwarze. Er hob leicht den Kopf und blinzelte auf seine Brust hinunter, verwundert über ihren Einfallsreichtum.

»Gefällt es dir? Warte, das ist erst der Anfang.« Sie summte vor sich hin und zeichnete eine gerade Spur von seiner Brust bis zum Bauch hinunter. Als sie den Bund seiner Shorts erreichte, hielt sie inne und setzte die Schale ab. Simon beobachtete, wie sie die Shorts über seine Hüften und an den Beinen hinunterzog. Dann hob sie seine Füße leicht an, um sie ihm ganz auszuziehen. Sein steifer Penis ragte aus dem Gewirr dunkler, weicher Haare bis zum Bauchnabel empor. Grace lächelte. »Du hattest recht mit deiner Vermutung, daß es eine ziemliche Kleckerei geben wird«, sagte sie, ehe sie eine Ladung Creme großzügig auf seinem Schambein verteilte.

Sein hochaufgerichtetes Glied war ein einladendes Ziel zur Dekoration, aber sie beabsichtigte, es bis zuletzt aufzusparen. Sie plazierte einen zweiten Teelöffel Dessert auf seinen prallen Hoden. Einiges davon tropfte zwischen seine Gesäßbacken und lief in Richtung seines dunklen, faltigen Anus. Simon zuckte erneut zusammen, als er die klebrige Substanz so nah an seinem verbotenen Loch fühlte.

»Fast fertig«, sagte Grace, schöpfte noch etwas mehr von dem erdbeergefüllten Dessert heraus und sah ihn mit einem geheimnisvollen, sexy Blick an. »Ich bin sicher, daß du schon weißt, wofür das folgende Löffelchen bestimmt ist, nicht wahr?«

Er erwiderte nichts, aber sie bemerkte, daß er erwartungsvoll schneller atmete. Mit einer raschen Bewegung aus dem Handgelenk bestrich sie die ganze Länge seines Penis, bevor sie einen allerletzten Löffel auf der Spitze seiner Eichel ablud, die sich keck aus der Vorhaut geschoben hatte.

Sie lehnte sich auf den Knien zurück, um ihr Kunstwerk zu bewundern, dann schlug sie sich mit der flachen Hand an die Stirn. »Ich habe etwas vergessen.« Sie sprang auf, holte das restliche Dessert aus der Küche und den vertrauten Fotoapparat aus dem Schlafzimmer.

»Ich muß nur noch die I-Tüpfelchen auftragen«, sagte sie, als sie zurückkam. Sorgfältig plazierte sie jeweils eine Erdbeerscheibe auf den Sahnehäufchen auf seinen Brustwarzen, eine auf der leichten Einbuchtung seines Bauchnabels und einen ganzen Fächer auf dem Rand seiner Schambehaarung. »Das Auge ißt mit, nicht wahr, Simon?« Sie nahm die Kamera zur Hand.

»Allmählich verstehe ich«, sagte er, als die Kamera aufblitzte und ein viereckiges Foto herauskam. »Wieder Bilder. Das hat vermutlich mit dem Rechtsanwalt zu tun, der mich schon nach unserem letzten Treffen anrief? Was wird hier eigentlich gespielt, Grace?«

»Ich erzähle es dir später«, entgegnete sie. »Mittlerweile habe ich von der anstrengenden Arbeit Appetit bekommen.« Sie neigte ihren Kopf und aß eine auf seiner Brustwarze klebende Erdbeerscheibe auf: »Mmm.« Als nächstes leckte sie die sahnige Mischung ab, die noch daran haftete, und ließ sich das süße Schaumgebäck und den leichten Nachgeschmack des Brandys schmecken.

»Das ist wirklich lecker, Simon«, sagte sie. »Vielleicht lasse ich dich probieren, wenn du artig bist.«

Sie wandte ihre Aufmerksamkeit wieder seiner Brustwarze zu und leckte sie sauber, bevor sie sich der anderen widmete. Zärtlich biß sie in den kleinen Hügel. Er zuckte zusammen – vor Lust, wie sie vermutete. Dann richtete er sich auf und griff nach ihren Brüsten, die sich deutlich unter dem Top abzeichneten. Durch seine Bewegung beschmierten Sahne und Schaumgebäck das Spitzengewebe.

»Oh, das war dumm von mir«, sagte er. »Du mußt das Top ausziehen, bevor es ganz ruiniert ist.«

Mit einem gespielten Seufzer des Mißfallens öffnete sie den Reißverschluß, zog das Top über den Kopf und enthüllte ihre Brüste seinen Blicken. Sie nahm sie in ihre hohlen Hände, glitt mit den Daumen über ihre erregten Brustwarzen und beobachtete, wie sich sein Penis zur Antwort höher aufbäumte. Ihre Scheide war angeschwollen und feucht. Sie war im Begriff, selbst an ihren schwarzen Slip zu greifen, und wußte, daß Simon dasselbe Bedürfnis verspürte, aber diese Freude mußte noch ein wenig warten. Schließlich galt es, zuerst einen nackten, mit Sahne bestrichenen Mann zu bedienen.

Um das Dessert besser von seiner Brust lecken zu können, nahm sie eine bewußt provokative Stellung ein. Sie setzte sich mit gespreizten Beinen rittlings so auf ihn, daß sich ihr Geschlechtsteil nur wenige Zentimeter von seinem Gesicht entfernt befand. Während ihre Zunge seinen Körper entlangglitt, versuchte er, seinen Mund nahe genug heranzubringen, um sie zu lecken. Aber sie wölbte ihren Rücken und ihr Becken so hoch hinauf, daß es ihm unmöglich wurde.

Ihr Kopf bewegte sich weiter nach unten, dorthin, wo seine Erektion bebend auf sie wartete. Absichtlich vermied sie den Schaft. Sie leckte zuerst seine Vorhaut sauber, bevor sie sich seinen Hoden widmete. Über dem schwach alkoholischen Aroma von ›Etons Allerlei‹ roch sie seinen männlichen, moschusartigen Duft, der sich verstärkte, als sie die Furche zwischen seinen Pobacken entlangleckte. Als ihre Zungenspitze seine Analöffnung berührte, stöhnte er auf.

»Grace, das ist schön.« Er seufzte, und sie leckte das restliche Sahnedessert um seinen After herum ab. Damit blieb nur noch die Säuberung seines Penis übrig. Als sie sich über ihn beugte, um die Eichelspitze in den Mund zu nehmen, verspürte sie plötzlich ein kaltes Gefühl zwischen den Beinen.

»Simon, was tust du?« Es verschlug ihr den Atem. Sie fühlte, wie die Vorderseite ihres Slips mit mehr feuchter Klebrigkeit als von ihrer eigenen Flüssigkeit an sie gedrückt wurde. Ganz in ihre Arbeit vertieft, hatte sie nicht bemerkt, wie Simon nach der Dessertschale gegriffen und eine Handvoll der Mischung herausgenommen hatte. Er schmierte sie ihr zwischen die Beine.

»Wozu …«, begann sie, aber als sie versuchte, sich aufzurichten und Simon anzusehen, umschlang er kraftvoll ihre Taille und zog ihr den mit Sahne durchweichten Slip herunter. Sie blickte in gespieltem Schrecken hinter sich und sah, wie er ein zweites Mal nach der Schale langte. Diesmal rieb er das breiige Gemisch dick auf ihr nacktes Geschlechtsteil. Simons Finger waren überall, während sie sich seinem starken Griff entziehen wollte.

»Du hast doch gesagt, daß es lecker ist, und ich will es auch mal probieren.« Simon zog sie auf sein Gesicht. Seine lange, kräftige Zunge begann, die Sahne von ihren Schamlippen zu lecken. Grace ergab sich in ihr erotisches Schicksal, neigte den Kopf und kostete von dem Dessert, das sein Glied schmückte. Zuerst umspielte sie langsam mit ihrer Zunge seine Erektion, dann leckte sie gewissenhaft alle Spuren von Sahne, Erdbeeren und Schaumgebäck von der Unterseite seiner dunkelroten Eichel. Während sein Mund ihre Scheide drängend bearbeitete, nahm sie seinen Schaft immer tiefer in den Mund, hin- und hergerissen zwischen dem Wunsch, Lust zu erfahren und Lust zu bereiten.

Er schob ihre Gesäßbacken weit auseinander, um besser an die Sahne zu gelangen, die sich dazwischen verteilt hatte. Jetzt war es an ihr zu erleben, wie eine Zunge ihre Analöffnung leckte, und das Gefühl wurde dadurch verstärkt, daß Simon begann, ihren Kitzler zwischen seinen Fingern zu reiben. Im Gegenzug streichelte sie seine Hoden, nahm sie in die hohle Hand und wog sie in ihrer samtigen Weichheit. Mit aufreizender Langsamkeit erforschten und reinigten sie mit ihren Mündern zentimeterweise die Sexualorgane des anderen.

Grace' Zunge wirbelte in kleinen, unbarmherzigen Kreisen über Simons Eichel, als sie fühlte, wie seine Hoden zu zucken begannen. Mit den Fingern ertastete sie den Strom seines aufsteigenden Samens und wartete auf die folgende Eruption. Als es ihm kam, unterbrach er sein Lecken. Sie schluckte sein zähflüssiges Sperma und schmeckte dessen salzigen, bitteren Geschmack zusammen mit dem letzten, süßen Rest der Nachspeise, mit der sie ihn eingerieben hatte.

Dann zog er sie tief auf sein Gesicht nieder. Sein Atem ging keuchend an der Öffnung ihrer Vagina, während sie sein Herz kräftig unter sich schlagen fühlte. Der warme Atem erregte sie, so daß sie ihren Orgasmus bald heranfluten fühlte.

In der Dessertschale war noch ein wenig Sahne zurückgeblieben. Sie nahm etwas davon und rieb sie zwischen ihre Brüste, während Simon sie leckte. Die Kühle war auf ihrer heißen Haut eine Wohltat. Ihre Klitoris zuckte heftig und schwoll an, während Simons Zunge daran spielte. In ihrem Unterbauch bündelte sich die Lust, als sie ihre Brustwarzen rieb. Schließlich konnte sie es nicht länger zurückhalten. Ihre Oberschenkel umklammerten seinen Kopf, und Ekstasewellen strömten von ihren Unterleib durch ihren gesamten Körper.

Erschöpft rollte sie von Simon herunter und blieb ausgestreckt neben ihm auf dem Teppich liegen.

»Ich kann nicht beschreiben, wie du schmeckst«, sagte er. »Es läßt sich nicht feststellen, ob es Auster ist oder nicht.« Er sah auf ihre mit Sahne bestrichenen Brüste. »Bei mir ist alles hübsch sauber, aber du bist noch ganz bekleckert.« Sein Mund machte sich an ihren Brüsten zu schaffen, und er begann, sie abzulutschen.

»Ich habe eine bessere Idee«, sagte Grace. »Laß uns duschen gehen.«

Sie führte ihn an der Hand ins Badezimmer, drehte den Duschkopf in der Badewanne auf und ließ das Wasser eine angenehm warme Temperatur erreichen. Dann forderte sie ihn auf, in die Wanne zu steigen und sich unter den Wasserstrahl zu stellen. Sie löste das Band von seinem Pferdeschwanz und sah, wie sich sein Haar in einem dunklen Schwall um seine Schultern ergoß. Er nahm die Brille ab und legte sie vorsichtig auf das Handwaschbecken. Nachdem sie einen Klecks Duschgel in ihre Hand gedrückt hatte, begann sie, Schaum auf seiner Brust zu verteilen. Er folgte rasch der Eingebung, die ihm befahl, seine eingeseiften Hände auf ihre Brüste zu legen, und knetete das weiche, nasse Fleisch. Zärtlich wuschen sie sich gegenseitig, schmiegten sich unter den nadelfeinen Wasserstrahlen eng aneinander. Als Grace herunterlangte, um seinen Penis einzuseifen, wurde sie mit der Entdeckung belohnt, daß er beinahe schon wieder eine volle Erektion hatte.

Simons Finger legten sich zwischen ihre Beine, anfangs, um sie zu waschen, aber dann, als Grace sinnlich schnurrte, begannen sie in langsamen, trägen Bewegungen auf ihrem Kitzler zu kreisen. Sie wollte ihn jetzt in sich fühlen, nahm den Schaft und ließ ihn in ihr weit geöffnetes, schlüpfriges Loch gleiten. Er glitt in einer einzigen, fließenden Bewegung in ihre heiße, erwartungsfrohe Scheide, nahm sie in die Arme und preßte sie gegen die kalte geflieste Wand. Sie umschloß mit beiden Beinen fest seine Hüften und umklammerte seinen Hals, während er in ihr vor und zurück stieß. Sie küßten sich hungrig, mit offenen Mündern, wodurch ihr Verlangen noch stieg. Das Wasser perlte an ihnen herunter. Sie koordinierten Simons Stoßbewegungen, die mit steigender Erregung an Intensität zunahmen. Grace' Rücken und ihr Gesäß schlugen klatschend an die Wand, und sie schrie auf, als ihr Höhepunkt nahte.

»Hör nicht auf«, bat sie. »Bitte, hör nicht auf.«

Als Antwort legte er sich mächtig stoßend ins Zeug, seine Hüften zuckten vor und zurück, während er den Kampf gegen seinen Orgasmus verlor. Dann erlebten sie einen gleichzeitigen Höhepunkt, der sie in langen Wellen durchflutete. Grace hing noch für einen Moment an ihm, bevor sich Simon aus ihr zurückzog und sie vorsichtig wieder auf die Fliesen stellte. Sie griff hinter sich und stellte das Wasser ab. Er küßte sie weich auf die Stirn.

»Komm, wir trocknen uns ab, und dann machen wir uns einen Kaffee.« Sie lächelte, als sie ein Handtuch nahm und es ihm um die Schultern legte. »Wer weiß, vielleicht finden wir noch Verwendung für die Pfefferminzschokolade, an die nicht einmal Onkel Alexander gedacht hat ...«

Zehntes Kapitel

Der gelbe Klebezettel mit der großen, geschwungenen Handschrift, der am Computerbildschirm von Grace haftete, stammte von Mark. ›Dein Rechtsanwalt hat angerufen‹, stand darauf. ›Er verlangt nach dir.‹ Sie legte den braunen Pappteller nieder, auf dem sich ein Sandwich mit Hühnersalat befand, dessen Mayonnaise durchzusikkern begann. Dann griff sie zum Telefonhörer.

»Warum hast du an meinem Schreibtisch herumgelungert, Ritchie?« murmelte Grace zu sich selbst, während sie die Telefonnummer von Butterworth, Lambert und Butterworth in ihrem Adreßbuch nachschlug und anschließend wartete, daß am anderen Ende jemand abhob. »Kannst du sonst niemandem auf den Wecker gehen ... Ähm, guten Morgen, könnte ich bitte Dominic Butterworth sprechen? Hier ist Grace Callender. Er hat mich gebeten zurückzurufen.«

»Grace.« Dominics wohlerzogene Stimme drang weich an ihr Ohr. »Vielen Dank für den prompten Rückruf.«

»Kein Problem. Ich habe mir nur ein Sandwich geholt. Man hat mir eine ziemlich unvollständige Nachricht hinterlassen ...« Grace sah auf den Haftzettel in ihrer Hand, knüllte ihn zusammen und warf ihn in den Papierkorb. »Deshalb weiß ich nicht genau, worum es geht.«

»Einerseits um ein Kontaktgespräch, wenn Sie mir diesen schrecklichen Ausdruck verzeihen, und andererseits möchte ich Sie um einen kleinen Gefallen bitten. Ich habe Ihre nächste Aufgabe bereits erhalten, aber ich brauche einige Fotos von Ihnen, um alles ins Rollen zu bringen.«

»Fotos?« Grace stocherte an einer Ecke ihres Sandwichs herum, leckte sich etwas Mayonnaise von den Fingern. »Habe ich Ihnen in den letzten Monaten nicht genug Foto geschickt?«

»Natürlich«, antwortete Dominic. »Und ich muß zugeben, daß die letzte Sendung, die ich von Ihnen erhielt, mir Erdbeeren und Sahne in einem vollkommen neuen Licht erscheinen ließ. Aber ich benötige einige dezentere Schnappschüsse von Ihnen, ein Porträt und eine lebensgroße Aufnahme in einem Badeanzug, falls Sie so schon einmal fotografiert wurden.«

»Das sollte kein Problem sein. Ich sehe heute abend nach und schicke sie Ihnen dann per Post.«

»Ich hätte eine andere Idee. Warum übergeben Sie mir die Fotos nicht persönlich? Ich treffe mich morgen abend in Ilford mit einem Freund, der gerade sein juristisches Examen bestanden hat. Wir könnten uns vorher auf einen Drink sehen.«

»Nicht schlecht, ich habe nichts anderes vor.« Insgeheim dachte Grace, es könnte nicht schaden, den steifen Rechtsanwalt einmal in ungezwungener Atmosphäre zu erleben. Obwohl sie vermutete, daß er eher zu den Mineralwassertypen und ruhigen Gesprächspartnern gehörte als zu den frauenraubenden Partylöwen.

»Ich erwarte Sie gegen halb acht bei *Doherty's*.« Dominic beendete das Telefongespräch und ließ Grace nachdenklich zurück. Wozu benötigte er so spezielle Fotos? Was hatte sich ihr exzentrischer Onkel diesmal ausgedacht?

Ihre alten Fotos bewahrte sie in einem Karton unter dem Bett auf. Darunter befanden sich auch ein Stoß Briefe, die mit einem rosafarbenen Band verschnürt waren, Glückwunschkarten, die sie erhalten hatte, als sie ihre Wohnung bezog, und verschiedene Aufgebotsbestellungen zu Hochzeiten von Freunden. Hin und wieder holte sie die Alben hervor, wenn Rachel oder eine andere Universitätsfreundin abends vorbeikam, um sich an den Erinnerungen alter Tage zu laben. Grace amüsierte jedesmal, wenn sie die alten Bilder zur Hand nahm, wie kultiviert und reif sie und ihre Kommilitoninnen im Alter von neunzehn oder zwanzig Jahren auszusehen geglaubt hatten und wie linkisch und unreif sie in Wirklichkeit auf den studentischen Partys und universitären Anlässen in die Kamera blickten. Sie vergaß für einen Moment den Zweck ihrer Beschäftigung und wunderte sich über Fotos von Abenden, an die sie sich kaum erinnern konnte. Auf einem Bild war sie für eine Verkleidungsparty als Vampir kostümiert, auf einem anderen hatte sie ihr dunkles Haar streng zurückgekämmt und ihre Wangen mit violettem Rouge bemalt, und auf einem dritten umarmte sie ihren ersten festen Freund, Brian Hancock. Hatte sie ihre Jungfräulichkeit wirklich an Brian verloren? Wie hatte sie sich unsterblich in einen Mann verlieben können, der blondierte Strähnen in seinem ausgefransten Haar trug und die Ärmel seiner stahlblauen Jakke bis zu den Ellbogen hochschob? Wie lange war das alles schon her? Sie legte das Album wieder in den Karton zurück.

Zehn Jahre lang hatte sie das Auf und Ab der Liebe zu der merkwürdigen Spezies Mann ausgehalten. Brian war vermutlich längst verheiratet, hatte zwei Kinder, fuhr einen Volvo und ging seinem Job in einer Steuerberatungskanzlei nach. Sie dagegen ...

Sie sollte Fotos von sich für Dominic heraussuchen, nicht ihre Zeit mit alten Erinnerungen verschwenden. In einem Album mit den Schnappschüssen des letzten Urlaubs, den sie und David miteinander verbracht hatten, fand sie, was sie suchte. Ein Foto zeigte sie in einem Straßencafé von Albufeira, die linke Hand im Haar, vor sich auf dem Tisch einen zweifelhaft aussehenden Cocktail. Auf einem anderen trug sie einen schwarzen, zweiteiligen Badeanzug, ein freizügiges Oberteil und einen hoch ansetzenden Slip. Genau das richtige, dachte sie, und holte die Fotos unter dem durchsichtigen Plastik hervor. Aufnahmen, wie der Rechtsanwalt sie bestellt hatte. Erst als sie den Karton voller Lebenserinnerungen wieder unter das Bett schob, erkannte sie, daß sie Bilder, die sie zusammen mit David zeigten, jetzt ohne Verbitterung oder Schmerz betrachten konnte. Er war nichts anderes mehr als eine Erinnerung.

Dominic Butterworth saß schon an einem Ecktisch, als Grace die Tür zum *Doherty's* aufstieß. Er winkte, und sie steuerte auf ihn zu.

»Hallo.« Sie lächelte. Er deutete auf einen freien Stuhl neben sich. Die Musik war wie üblich ohrenbetäubend laut, auf dem Fernsehschirm flimmerten die spannendsten Momente eines Tennismatches, und ein Pärchen am Nachbartisch stritt lautstark über etwas Banales. Grace fragte sich, warum in Gottes Namen Dominic sich an einem Ort wie diesem mit ihr traf. Vielleicht war das Lokal von seinem Büro aus leicht zu erreichen, aber es stellte kaum den geeigneten Rahmen für ein ruhiges geselliges Beisammensein oder für eine geschäftliche Unterredung dar.

»Was möchten Sie trinken?« fragte er.

»Weißwein und Soda, bitte.« Grace dachte an das erste Treffen mit Simon Lord an gleicher Stelle zurück. Wenn sie sich richtig erinnerte, hatte Dominic damals am selben Tisch gesessen, und sie überlegte, ob der ›Freund‹, den er angeblich treffen wollte, dasselbe süße blonde Mädchen war, mit dem sie ihn damals gesehen hatte. Sie zog ihre Jacke aus und hängte sie über die Stuhllehne, während Dominic, der aufgestanden war, ihr Getränk holte.

»Wie geht es Ihnen?« fragte er, als er wieder am Tisch saß.

»Ich kann nicht klagen.« Grace nahm einen Schluck von ihrer Weinschorle. »Ich muß sagen, daß ich großen

Spaß dabei hatte, die Fotos aufzustöbern. Unter anderen fand ich all die peinlichen Aufnahmen aus meiner Studentinnenzeit – die ich Ihnen natürlich nicht zeige – und diese hier.« Sie nahm einen weißen Umschlag aus ihrer Handtasche und reichte ihn ihm. Ein Grinsen breitete sich auf seinem Gesicht aus, als er den Inhalt betrachtete. »Was ist daran so lächerlich? Ich dachte, die Fotos entsprechen Ihren Vorstellungen.«

»Ja, aber ich denke, es ist das erstemal, daß ich Fotos von Ihnen sehe, auf denen Sie bekleidet sind.« Er stieß mit seinem Bierglas mit ihr an. »Verzeihung, das ist mir nur so rausgerutscht. Haben Sie je als Model gearbeitet?«

»Hat man Ihnen schon mal erzählt, was für eine blöde Masche das ist?« entgegnete Grace scharf. »Wenn Sie die bei mir ausprobieren wollen, vergessen Sie's.«

»Es ist keine Masche. Die Frage ist von großer Bedeutung für Ihre nächste Aufgabe. Sie werden nämlich Fotos mit Max Chapman machen. Ist Ihnen der Name ein Begriff?«

»Ja, ich glaube schon.« Max Chapman hatte, soweit Grace wußte, viele Titelfotos für erotische Frauenromane geschossen, die augenblicklich sehr populär waren. Sie strotzten nicht gerade vor Sinnlichkeit, damit Frauen, wenn sie die Bücher kauften oder in öffentlichen Verkehrsmitteln lasen, das Erröten erspart wurde. Aber jedes Jahr fanden die gelungensten dieser Aufnahmen – diejenigen, die für die Bücherregale zu anrüchig waren – Eingang in einen Bestseller-Kalender.

»Ich werde diese Aufnahmen hier an Max schicken, und dann können wir einen Termin vereinbaren.«

»Sonst nichts?« Grace blieb skeptisch. Alles, was sie über die Welt der Models wußte, deutete darauf hin, daß die Mehrheit der hoffnungsvollen Anwärterinnen es nie durch die Vordertür eines Fotostudios schaffte.

»Als erotisches Model ist es etwas anders.« Dominic nippte an seinem Bier. »Man braucht keine eins achtzig zu sein und darf auch mehr als ein Besenstiel wiegen. Man muß nur gut aussehen – womit Sie, glaube ich, kein Problem haben – und etwas mehr sehen lassen als auf dem Laufsteg.«

»Ich hätte wissen sollen, worauf es hinausläuft.« Grace seufzte.

»Keine Sorge, Grace. Diesmal ist eine Menge Vorarbeit geleistet worden. Max wird Sie um nichts bitten, womit Sie nicht einverstanden wären. Ich versichere Ihnen, die Aufnahmen werden geschmackvoll, aber dennoch sensationell.«

Grace sah von ihrem Glas auf. »Also schön, Sie haben mich überredet. Im Vergleich zu dem, was ich in den letzten Monaten hinter mich gebracht habe, hört es sich in der Tat harmlos an.« Die blaßblauen Augen des Rechtsanwalts nahmen einen unergründlichen Ausdruck an. »Was ist, Dominic, verschweigen Sie mir etwas?« fragte sie scharf.

Sie erfuhr nicht, ob er ihr eine Antwort geben wollte, denn in diesem Moment trat ein breitschultriger Mann mit dunklem, lockigem Haar und frischer Gesichtsfarbe an ihren Tisch und schlug ihm auf die Schulter.

»Hallo, Dom, wie geht's?«

»Nick!« Dominic drehte sich halb um und begrüßte seinen Freund. »Gut, alter Junge. Setz dich. Ich ziehe los und sehe nach, ob sie noch Champagner haben. Drei Gläser?« Er sah Grace an.

»Nun, ich ...« Grace erkannte, daß sie keine Ausrede parat hatte, um den beiden Männern ein gemeinsames Glas abzuschlagen. In Wahrheit war sie nicht sicher, ob sie enttäuscht oder erleichtert darauf reagierte, daß Dominics prüfungsgestreßter, aber erfolgreicher Freund sich doch als Mann entpuppte. Falls ihr Rechtsanwalt eine Ehefrau oder eine Freundin hatte, hätte Grace sie gern kennengelernt.

»Sind Sie eine Klientin von Dominic?« erkundigte sich

Nick, indem er einen Stuhl an den Tisch zog und Platz nahm.

»Ja. Mir wurde durch meinen Onkel ein kompliziertes Erbe hinterlassen, und Dominic regelt das für mich.«

»Schade. Ich hatte gehofft, daß es sich um eine schön komplizierte Scheidung handelt. Anscheinend zieht Dom immer die langweiligen Jobs an Land.« Nick grinste.

Wenn du wüßtest, dachte Grace. Dominic kam mit drei Gläsern und einer Flasche Champagner in einem Eiskübel zurück.

Er füllte die Gläser und lud Grace ein, mit ihm auf einen Trinkspruch anzustoßen. »Auf Nick und eine lange und erfolgreiche Karriere bei Gericht.«

Nick sah neugierig auf den Briefumschlag, den Dominic auf dem Tisch liegengelassen hatte. Grace' Foto im Bikini ragte aus der offenen Klappe. »Dom, gibt es etwas, das ich wissen sollte?« fragte er. »Ich meine, soll ich gratulieren?«

»Wer erzählt es ihm?« fragte Dominic, an Grace gewandt, und steckte den Umschlag mit einem schiefen Grinsen weg.

Grace leerte ihr Glas Champagner in einem Zug. »Erstatten Sie ihm ruhig Bericht. Geben Sie ihm meinetwegen einen Exklusivbericht. Es war nett, Sie kennenzulernen, Nick, aber ich muß jetzt gehen. Ich habe mich schließlich auf einen Model-Auftrag vorzubereiten.«

Max Chapmans Atelier befand sich in einem umgebauten ehemaligen viktorianischen Schulgebäude in Clapham, nicht weit von Marks Wohnung entfernt. Das Shooting war für Sonntag nachmittag festgelegt worden, da der Fotograf offensichtlich sehr von Grace' Schnappschüssen beeindruckt war. Als sie Mark davon erzählt hatte, hoffte sie insgeheim, daß er sie einladen würde, entweder vorher oder nachher bei ihm vorbeizukommen. Hinterher wäre günstiger, hatte sie gedacht, dann könnte sie ihm alle Einzelheiten mitteilen und beschreiben, wie man sich fühlte, wenn man seinen Körper vor Max' Linse zur Schau stellte. Zu ihrer Enttäuschung war jedoch keine Einladung erfolgt. Mark war zum Sonntagsessen von Lydia und ihrem Vater nach Kensington eingeladen worden, um die letzten Vorbereitungen für die Hochzeit zu besprechen. Der Termin war auf Anfang November festgelegt, und Grace hatte schon die Einladung erhalten. Sie hing an der Pinnwand aus Kork in ihrer Küche, doch mußte sie ihr Kommen noch formell bestätigen. Sie hatte sich vorgenommen, die Antwort zu schreiben, sobald diese Aufgabe erledigt war. Zuerst kam sie selbst, dann die Hochzeit.

Die kleinen Büros, die unterdessen die Schule als Standort nutzten, waren heute praktisch verwaist. Nur ein einziges Auto, ein zerbeulter Landrover mit GB-Kennzeichen an der Stoßstange, stand auf dem Parkplatz. Vermutlich gehörte er Max Chapman. Offenbar mußte niemand außer dem Fotografen sonntags arbeiten, oder vielleicht schätzte Max auch nur die Ruhe, wenn er um diese Zeit arbeitete.

Der Gedanke verflog schnell, als Grace die letzten Steinstufen zum Atelier erklomm und die schwere Metalltür aufstieß. Eine junge Mitarbeiterin mit hennarotem Kurzhaarschnitt saß hinter einem Schreibtisch und blätterte in einem Exemplar von *Vogue.* Sie sah auf. »Sie müssen Grace sein, sofern Sie sich nicht verirrt haben.«

»Nein, ich bin Grace.«

»Wunderbar. Ich bin Gilly, die Maskenbildnerin für heute. Max räumt gerade das Atelier auf. In ein paar Minuten ist es fertig, dann nehme ich Sie mit rein.«

»Gut.« Grace setzte sich auf ein großes, weiches Sofa aus grauem Leder, das im Anmeldungsbereich des Ateliers stand. Ein Couchtisch mit durchsichtiger Glasplatte stand davor, darauf lagen eine Auswahl von Hochglanzmagazinen und ein Buch mit Fotos berühmter Persönlichkeiten aus dem *Rolling Stone*. Die Wände waren mit einigen von Max' Arbeiten geschmückt, meistens großformatigen Drucken von Titelseitenfotos, dazwischen eine Serie von Fotos halbnackter Sportler. Diese Bilder fand Grace teilweise faszinierend: körnige Schwarzweißaufnahmen, die die Athletik und Muskulatur der Sportler unterstrichen. Vielleicht konnte sie anregen, daß Max Chapman mit Roxy Schaeffer zusammenarbeitete. Die Kundinnen des Sexgeschäfts der Amerikanerin würden zweifellos hohe Geldsummen für diese sexuell stimulierenden Drucke knackiger, attraktiver Männer bezahlen.

Sie grübelte noch über ihre Absicht nach, als sie Gilly rufen hörte. »Grace, bitte kommen Sie ins Atelier.«

Sie folgte der Maskenbildnerin in einen großen, hohen Saal, der dem Fotografen als Atelier diente. Max Chapman war in eine Motorradfahrerjacke aus schwarzem Leder und eine Levi's 501 gekleidet. Er stand mit dem Rücken zu den beiden Frauen und justierte ein dreifüßiges Kamerastativ. Max war kein allzu häufiger Name, dachte Grace. Wofür stand die Abkürzung? Maxwell? Maxim? Maximillian? Dann drehte sich die Gestalt um. Sie sah in weit auseinanderstehende blaue Augen, akzentuiert durch dunkle Schminke, die unter einem kurzen dunkelbraunen Pony hervorblitzten. Dazu erblickte sie die leichte Schwellung einer Brust unter dem enganliegenden weißen T-Shirt. Grace stellte fest, daß die Abkürzung nur für Maxine stehen konnte.

Falls Grace' Verblüffung zu bemerken war, kommentierte Max sie nicht. Dominic hatte nicht erwähnt, daß es sich bei dem bekannten ›Fotografen‹ um eine Frau handelte, und Grace war einfach davon ausgegangen, daß sie für einen Mann posieren sollte. Vielleicht senkte es die Hemmschwelle, wenn eine Frau die Nacktaufnahmen machte.

»Grace, ich freue mich, Sie kennenzulernen.« Max

sprach mit starkem Ostlondoner Akzent und drückte ihr kräftig die Hand. »Gilly wird Ihnen ein erstes Make-up auflegen, und dann können Sie sich umziehen. Ich habe mir schon überlegt, wie Sie aussehen sollen. Haben Sie die Unterwäsche mitgebracht, um die ich Sie bat?«

Grace nickte. Während sie in einem hohen Sessel vor einem gut ausgeleuchteten Spiegel Platz nahm, schob Max eine Kassette in ein Abspielgerät. Die Klänge eines barocken Streichorchesters ertönten in dem Atelier.

»Vivaldi«, kommentierte Max. »Die beste Musik der Welt, um dabei zu arbeiten. Manche Leute staunen darüber, sie erwarten, daß ich irgend etwas Schräges oder Techno-Müll auflege.«

Grace entspannte sich, während sie der Musik lauschte und den unablässigen Strom von Max' munterem Geplauder in sich aufnahm. Inzwischen hatte Gilly mit einem feuchten Schwamm sorgfältig eine blasse Schicht aus Grundschminke auf ihr Gesicht aufgetragen.

»Mir gefallen die Fotos, die draußen hängen«, sagte Grace. »Die von den Sportlern.«

»Vielen Dank. Ich hatte viel Spaß bei den Aufnahmen, besonders bei dem Foto von Delroy Groves, dem Vierhundertmeterläufer. Er war ein großartiger Kerl. Gilly und ich lachten uns während der Sitzung halb tot. Auch Anders Jensen hat einen fantastischen Körper. Kennen Sie ihn, den schwedischen Fußballer? Der Mann hat einfach wundervolle Oberschenkel.«

Grace mußte lächeln. Sie dachte an James Donovan und seine Fußballerbeine. Bei dem Gedanken fiel ihr Blick auf ihr Spiegelbild. Inzwischen sahen ihre Augen unter Gillys Make-up dunkler und verführerischer aus als sonst, und gerade widmete sich die geschickte Maskenbildnerin ihren Lippen. Sie trug mit einem Pinsel Scharlachrot auf und verlieh dabei Grace' vollem, geschwungenem Mund eine Sinnlichkeit, die er in Wirklichkeit so nicht besaß.

»Sind wir soweit?« fragte Max, während Gilly eine Deckschicht aus durchsichtigem Puder aufstäubte. »Großartig. Grace, Sie sehen fantastisch aus. Würden Sie bitte hinter diesen Wandschirm gehen und sich für mich umkleiden?«

Grace kam ihrer Bitte nach und zog schnell ihr T-Shirt, die Jeans und den Slip aus. Die von Max als Arbeitskleidung angeordnete Damenunterwäsche war aus Spitze und sehr frivol: ein weißer, trägerloser Büstenhalter mit passendem Tanga, Strapse, fleischfarbene Strümpfe und ein weißes Strumpfband. Darüber hinaus sollte sie ein weißes, enganliegendes Devoré-Kleid tragen, das ihr bis zu den Fußknöcheln fiel und so geschnitten war, daß es ihre Schulter frei ließ und ihre Brustansätze enthüllte. Weiße Spitzenhandschuhe und weiße, mit Satin überzogene hochhackige Schuhe vervollständigten die Ausstattung – das jedenfalls dachte Grace, als sie hinter dem Wandschirm hervorkam.

»Wundervoll«, meinte Max. »Gilly, würdest du ihr bitte den Schleier anlegen?«

Gilly kam mit einem zarten, hauchdünnen Netz auf Grace zu und befestigte es in ihrem Haar. Grace betrachtete sich noch einmal im Spiegel und sah eine Braut vor sich, ihr Kleid eine verlockende Kombination aus Unschuld und Sinnlichkeit.

»Diese Fotos sind für ein Buch mit dem Titel *Die glückliche Braut* bestellt«, erklärte Max. »Der Verlag braucht für das Umschlagfoto etwas Hübsches, das dem Inhalt des Buches entspricht.«

Dieser verdammte Dominic, dachte Grace. Nicht nur, daß er ihr das Geschlecht des Fotografen vorenthalten hatte, er hatte auch nicht erwähnt, daß das Ergebnis der Fotositzung auf dem Schutzumschlag eines Buchs zu finden sein würde.

»Ich schieße jetzt ein paar Fotos, während Sie nur geradeaus blicken«, erklärte Max. »Seien Sie ganz entspannt. Später bringen wir eine etwas schamlosere Note hinein.«

Grace nickte. Sie stellte sich vor der Kulisse auf, die Max für die Aufnahmen gewählt hatte: ein Spaliergitter mit künstlichen weißen Rosen, das vor einer ebenso künstlichen Natursteinwand stand. Als weitere Dekoration gab es eine rustikal nachempfundene Bank, auf die sie sich später wohl zu setzen hatte.

»Gut.« Max hielt einen Belichtungsmesser an Grace' Gesicht und las die Werte ab. Dann ergriff sie eine Polaroidkamera und machte das erste Versuchsfoto. »Sieht gut aus, Grace«, verkündete sie, nachdem sich das Foto entwickelt hatte. »Okay, so mache ich es. Sind Sie einverstanden?« Grace signalisierte mit nervösem Lächeln ihr Einverständnis. »Wunderbar.«

Max stellte sich hinter die Kamera auf dem dreibeinigen Stativ. »Ich möchte, daß Sie sich vorstellen, wie Sie durch den Mittelgang einer Kirche schreiten, um gleich den tollsten Kerl zu heiraten, den Sie sich vorstellen können. Er sieht nicht nur gut aus, sondern ist auch noch intelligent, reich und im Bett eine ganz heiße Nummer. Sie sind glücklich, nein, mehr als glücklich. Sie sind hingerissen.«

Grace zeigte ein strahlendes Lächeln, da sie Max' Monolog belustigte. Ehe sie sich versah, hatte die Fotografin eine Serie von Fotos geschossen.

»Das ging ja problemlos«, stellte Max fest. »Jetzt gehen wir's ein bißchen frecher an. Würden Sie sich leicht vorbeugen und Ihren Rock hochziehen, bis ich das Strumpfband sehen kann? Und schauen Sie weiter direkt in die Kamera.«

Grace befolgte ihre Instruktionen und begann, sich während der Sitzung entspannt zu fühlen. Max arbeitete wie eine Marionettenspielerin. Sie manipulierte ihr Amateurmodel so geschickt in die professionellen Posen hinein, daß niemand zu erkennen vermochte, wie sie die Fäden zog. Grace vermutete, daß eines der Strumpfband-fotos dasjenige sein würde, das der Verlag für den Einband auswählte, besonders als Max sie ermutigte, den Rock so hoch zu ziehen, daß auch die Zierborten der Strümpfe sichtbar wurden. Dann ging die Fotografin zu den Zensurfotos über.

»Wir beginnen damit, daß Sie das Kleid über Ihre Schulter hinunterziehen«, sagte sie. »Bitte setzen Sie sich auf die Bank, und öffnen Sie den Reißverschluß des Kleides so weit, daß ich den ganzen Büstenhalter sehen kann.« Grace kam dem Wunsch nach, aber Max war mit dem Ergebnis nicht ganz zufrieden. »Gilly, kannst du ihr bitte helfen?« Die Maskenbildnerin, die mit verschränkten Armen an der Wand lehnte und die Einstellungen beobachtet hatte, kam herbei. Sie drapierte das Kleid so, daß es kunstvoller um Grace' Körper fiel, und Max drückte ab. »Gut, lassen wir jetzt das Kleid ganz weg«, sagte Max. Während Grace ihr Brautkleid auszog, nahm Max einen Fünfpfundschein aus ihrer Jeanstasche und reichte ihn Gilly. »Würdest du losgehen und uns Kaffee besorgen?« fragte sie und fügte dann für Grace hinzu: »Normalerweise machen wir unseren eigenen, aber die Kaffeemaschine ist kaputt, und den ekelhaften Pulverkaffee mag ich nicht. Gilly, geh doch in den Laden am Lavender Hill, du weißt schon, welchen ich meine. Bring mir Cappuccino und eine Packung dänische Kekse. Das gleiche für Sie, Grace? Gut. Wenn es keine dänischen gibt, tun's auch schwedische – sofern sie schlanke Oberschenkel haben.«

Sie lachte leise, dann wandte sie sich wieder Grace zu, die geduldig in Unterwäsche, Handschuhen und Schleier auf der Bank saß. »Sehr schön«, sagte sie, indem sie einen abschätzenden Blick auf Grace' Körper warf. »Beginnen wir mit ein paar Fotos, bei denen Sie den Schleier vor dem Gesicht haben.« Sie kam näher, um mit einer sonderbar intimen Geste die Falten des Schleiers in Ordnung zu bringen. Grace atmete dabei ihr Parfüm ein, eine Mischung aus altem Leder und Gewürzen – ein ziemlich männlicher Duft.

Nach einigen Aufnahmen bat Max Grace, den Schleier abzunehmen. »Ja, bestens. Los, Grace machen Sie mich an. Stellen Sie sich vor, ich bin Ihr Ehemann, der reiche Sexbolzen, und Sie sind in den Flitterwochen mit mir allein in einer großen Hotelsuite. Strahlen Sie Sex aus!«

Grace befolgte die Anweisung, indem sie einige kokette Posen einnahm und mit einem Schmollmund in die Kamera blickte. Durch die nächsten Worte der Fotografin wurde sie gestoppt.

»Jetzt ziehen Sie den Büstenhalter aus.«

Grace zögerte kurz. Dominic hatte sie darauf aufmerksam gemacht, daß das von ihr erwartet wurde, aber die Atmosphäre im Atelier hatte sich seit dem Weggang von Gilly in kaum merklicher, seltsamer Weise verändert. Sie fühlte sich einen Moment lang zu verlegen, um Max' Kamera mehr von ihrem Körper zu enthüllen. Schließlich atmete sie tief ein und öffnete den schulterfreien Büstenhalter.

»Reizend«, murmelte Max gedankenverloren. »Schön, bedecken Sie Ihre Brüste mit den Händen.« Grace tat es und war überrascht, daß sich ihre Brustwarzen aufrichteten, als sie den feinen Stoff der Spitzenhandschuhe berührten. Wie in Trance kam sie Max' Aufforderung nach, ihre Hände zu heben und mit dem Schleier zu spielen. Nur verschwommen nahm sie wahr, daß sie mit der Bewegung ihre Brüste anhob und ihre steifen Brustwarzen noch ausdrucksvoller hervorstanden.

»Ja, gut.« Max holte Atem. »Normalerweise halte ich Eiswürfel bereit, um diesen Effekt zu erzielen. Sie haben Freude daran, Grace? Ich frage mich, was wir zu sehen bekommen, wenn ich Sie bitte, den Slip auszuziehen. Möchten Sie ihn ablegen?«

Dominic hatte gesagt, daß sie zu nichts verpflichtet

sei, das sie nicht wolle. Grace hatte deshalb gehofft, diese Aufgabe ohne Nacktaufnahmen zu bestehen, aber Max war nicht ganz im Unrecht: Es machte ihr Spaß. Die plötzliche Weichheit in der Stimme der Fotografin und die Art und Weise, wie das Kameraauge ihren Körper liebkosend umspielte, schienen ihre natürliche Sexualität freizusetzen.

Als sie sich wieder auf die Bank setzte, hatte sie ihren Tanga ausgezogen und ließ ihn auf den Boden fallen.

»Legen Sie Ihre Hände vor Ihr Geschlecht«, wies Max sie an. Sie hatte die Kamera von dem dreibeinigen Stativ abgeschraubt und war im Begriff, Nahaufnahmen zu machen. Während sie gekonnt die Scharfstellung vornahm, zielte sie auf Grace' dunkel geschminkte, mit Begehren gefüllte Augen, den roten Mund, die aufragenden, erregten Brustwarzen und die weißen Handschuhspitzen, die den dunklen Haarwuchs ihres Venushügels vor Blicken schützten.

»Öffnen Sie Ihre Beine für mich ... bitte.« Grace war von der Dringlichkeit in Max' Stimme überrascht. Der Tonfall, da war sie sicher, war nicht mehr länger der der professionellen Fotografin Max Chapman, sondern der von Maxine, der Frau.

Trotz der Scherze, die sie über Athleten und reiche, gutaussehende Wüstlinge machte, stand Maxine in Wahrheit auf Frauen.

Wenn Grace ihre Beine öffnete, barg sie kein Geheimnis mehr vor Max und ihrer Linse. Wußte Dominic auch von der sexuellen Ausrichtung der Fotografin, hatte er ihr auch das verschwiegen? Kein Wunder, daß er gelächelt hatte, als sie sagte, die neue Aufgabe erscheine ihr harmlos. Für den Bruchteil einer Sekunde trafen sich Grace' und Max' Blicke. Sie sah in die Seele der Fotografin. Entschlossen nahm sie die Hände von ihrem Venushügel und öffnete zwanglos die Beine.

»Fantastisch.« Max seufzte. Ehrfurchtsvoll schoß sie

das erste Bild. Dann legte sie vorsichtig die Kamera auf den Boden. Grace wagte kaum zu atmen, als Max sich ihr näherte und einen Kuß auf ihren geschminkten, roten Mund drückte.

»Du zerstörst mein Make-up«, flüsterte sie.

»Ist mir egal«, antwortete Max. »Das wird das Foto, das ich nachher von dir mache. Wenn dein Make-up verschmiert ist und dein ganzer Körper vor Erregung glüht.«

»Nachher?« Grace spielte die Unwissende, doch wußte sie ganz genau, worauf die Fotografin anspielte.

»Ja, nachher.« Ihr Kuß wurde anhaltender, fordernder, so daß Grace außer Atem geriet. »Du bist nicht verheiratet, oder?« fragte Max. Grace schüttelte den Kopf, überrascht über die Wendung, die das Gespräch nahm. »Dann wird ein Mann das Vergnügen haben, dich tatsächlich so vor sich zu sehen. Du wirst ihm deinen Körper versprechen, und er wird dich beim Wort nehmen. Vielleicht bittet er dich, den Schleier anzubehalten. Er paßt gut zu deinem dunklen Haar.«

»Und die Handschuhe?« fragte Grace.

»Er wird sie dir lassen, wenn er das Gefühl von Spitze auf seiner Haut liebt wie ich.«

Die falsche Steinbank war gerade groß genug, um ihnen beiden Platz zu bieten, als Max ihren geschmeidigen Körper an Grace drängte. Sie schüttelte die Lederjacke von ihren Schultern, und Grace sah ihre kleinen, harten Brustwarzen, die sich dunkel unter ihrem weißen T-Shirt abzeichneten. Max' Hände griffen in den Schleier, und sie küßte Grace weiterhin auf den Mund. Grace zog das enganliegende T-Shirt aus Max' Hosenbund. Sie ließ ihre Hände über den Körper der Fotografin gleiten und staunte über ihre Muskulatur. Sie arbeitete offensichtlich so hart im Fitneßstudio wie Lydia Mulligan, aber während Marks Verlobte Züge purer Weiblichkeit an den Tag legte, besaß Max einen von Natur aus jungenhaften

Körper. Sie hatte ihn so stark und unnachgiebig geformt wie den eines Mannes. Nie zuvor hatte Grace einen solchen Körper erlebt.

Max' feuchter Mund glitt an Grace' Hals entlang, und Grace strich ihre Haare und den Schleier zur Seite, so daß sie sich ihm ganz widmen konnte. Durch die Bewegung schoben sich ihre Brüste verlockend in die Höhe, und Max ergriff die Gelegenheit, um sie in ihre hohlen Hände zu nehmen und die Brustwarzen zwischen ihren Zeigefingern und Daumen zu rollen. Die jeansbekleideten Oberschenkel der Fotografin drängten zwischen Grace' Schenkel und drückten sie weit auseinander. Grace spürte die kühle Luft des Ateliers an ihrer feuchten, bereitwilligen Vulva.

Grace zog Max das T-Shirt aus. Die Fotografin hob entgegenkommend ihre Arme, um es ihr zu erleichtern. Ihre Oberarmmuskeln waren stark entwickelt, ihre Brüste kleiner als Grace'. Sie hoben sich beinahe kaum von ihrer Brust ab. Der ungewöhnliche, aber keineswegs unattraktive Anblick verleitete Grace, ihren Kopf zu neigen, um versuchsweise eine ihrer Brustwarzen in den Mund zu nehmen. Sie saugte leicht daran und hinterließ Spuren ihres roten Lippenstifts auf den Höfen.

»Oh, ja.« Max stöhnte. »Mach weiter, Grace, benutz deine Zähne ein wenig.« Fast merkte Grace nicht, wie Max sie auf den Fußboden des Ateliers zog, bis die kühlen, polierten Fußbodendielen ihren Rücken berührten.

Max knöpfte ihre Jeans auf. Es hätte Grace nicht gewundert, wenn die Fotografin Männer-Boxershorts getragen hätte, aber es kam ein überraschend weibliches, rotes Spitzenhöschen zum Vorschein.

»Ich sagte dir doch, daß ich es liebe, Spitze auf der Haut zu fühlen«, flüsterte Max.

Grace streifte ihre Schuhe ab. Sie fühlte Max' harten, durchtrainierten Körper über sich. Ganz natürlich schlang sie ihre bestrumpften Beine um Max' Hüften, während sie sich küßten und einander mit Zärtlichkeiten verwöhnten. Max gab keine weiteren Instruktionen. Sie war viel zu beschäftigt, die süßen Stellen von Grace' Körper zu erforschen, die ein Stöhnen oder Keuchen hervorriefen, wenn man sie küßte oder streichelte. Ihr Schambein fest auf das von Grace gepreßt, begann sie zart ihre Hüften zu wiegen und entwickelte eine Reibung, die das Nervengeflecht stimulierte, das in Grace' Klitoris endete.

Plötzlich brannte Grace darauf, Max vollkommen nackt zu sehen. Sie zog an dem roten Höschen und enthüllte eine hübsche kleine Vagina, an der die meisten Haare so abrasiert waren, daß nur ein schmaler verbliebener Pfeil auf die Furche ihres Geschlechtsteils zeigte.

»Der Pfeil weist dir die Richtung«, flüsterte Max.

Sie erhob sich kurz auf die Knie, so daß Grace ihren kunstvoll rasierten Venushügel betrachten konnte. Grace streckte versuchsweise einen Finger aus und streichelte die Hautfalte entlang. Als sie ihren Finger zurückzog, glänzte er von den Säften der anderen Frau.

»Wie du mir, so ich dir«, sagte Max. Grace fragte sich kurz, was damit gemeint sein konnte, bevor sie fühlte, wie Finger ihr Geschlechtsteil streichelten. Max hatte stumpfe, quadratische Fingerkuppen, und ihre Nägel waren sehr kurz geschnitten. Sie wanderten die Konturen von Grace' angeschwollenen Schamlippen entlang, dann steckte sie ihren Daumen tief in Grace' Vagina und begann mit dem Mittelfinger, ihre Klitoris zu stimulieren. Das war nicht, was Grace erwartet hatte, aber sie reagierte auf die reibende Bewegung an ihrer geschwollenen Klitoris und auf den Druck des Daumens an den Nervenenden am Eingang ihrer Scheide. Als Max' scharfe Zähne ihre Brustwarzen ergriffen, stieß sie einen überraschten Wonneschrei aus.

»Gefällt es dir?« fragte Max unnötigerweise.

Grace war unfähig zu antworten, da sich ihre Sinne

den Gefühlen ergaben, die die Fotografin in ihrem Körper hervorrief. Schließlich drängte sie ihre Hand zwischen ihre Körper und suchte nach Max' Spalte. Sie wollte ihre Handschuhe ausziehen, behielt sie aber an, da sie sich vorstellte, daß Max auch gerne Spitze auf ihren intimsten Stellen fühlte. Sie küßten sich mit offenen Mündern. Grace hatte Max' Klitoris gefunden und begann, sie zu streicheln. Die Musik lief immer noch. Der langsame, getragene Rhythmus bildete einen Kontrapunkt zu dem leidenschaftlichen Tempo, das Max' Hand in Grace' Vagina anschlug. Als Grace fühlte, daß die Fotografin kurz vor dem Orgasmus stand, nahm sie die harte Kuppe ihrer Klitoris zwischen Zeigefinger und Daumen und preßte sie sanft.

»Fester«, bat Max. Sie hielt die Augen geschlossen, ihr Atem ging stoßweise. Ein leichter Schweißfilm glänzte auf den harten Konturen ihrer Brust und des Bauchs. Grace erhöhte den Druck leicht. Sie rollte den kleinen Knopf zwischen ihren spitzenbedeckten Fingern, bis Max den Kopf zurückwarf und ihren Höhepunkt in das leere Atelier hinausschrie.

»Willst du auch kommen, Grace?« fragte sie dann und rieb ihre Fingerspitze über Grace' Klitoris. Sie ließ ein leises Lachen hören, denn ihre Frage bedurfte keiner Antwort. Die andere Frau in leidenschaftlicher Ekstase zu sehen hatte Grace' Orgasmus den letzten Anstoß gegeben. Sie griff nach Max' Hand, preßte sie fest auf ihr Geschlechtsteil, erschauerte und kam.

Sie lagen beide lang ausgestreckt auf dem Fußboden des Ateliers, und Max streichelte Grace' Haar. Sie nahm den Schleier fort, der ihr in der Erregung ins Gesicht gefallen war. »Toll, das war ein richtiger Dynamitknall!« sagte sie.

Grace drehte den Kopf und lächelte, blickte in Max' große blaue Augen. »Würdest du mich wieder nehmen?« fragte sie.

»Ich würde nicht sagen, daß ich dich genommen habe«, antworte Max. »Du wolltest es genauso wie ich.«

»Nein, ich meine, würdest du mich wieder als Model nehmen?«

»Ach so. Klar. Du hast Talent für diese Art Arbeit, Grace, ohne Frage.« Sie griff nach ihrem T-Shirt und zog es an. »Gilly hat gemerkt, daß etwas im Busch ist, aber sie ist an meine Spiele gewöhnt. Ich hatte gehofft, daß sie auch Gefallen daran findet, aber bis jetzt hatte ich mit ihr kein Glück. Das wäre doch was, oder?«

Als Grace ihren Tanga aufhob und sich anschickte, wieder etwas respektabler auszusehen, erschien Gilly mit dem Kaffee in der Tür, wie durch Max' Worte herbeigerufen.

»Alles in Ordnung hier?«

Max lächelte, nahm die Plastiktassen aus ihren Händen und verteilte sie. »O ja, Grace war richtig gut unter meiner professionellen Anleitung, nicht wahr, Grace?«

»Das war ich bestimmt«, antwortete Grace. Obwohl Dominic sich über die Aufgabe ziemlich bedeckt gehalten hatte, war doch alles überraschend erfreulich abgelaufen. Sie freute sich darauf, Mark am folgenden Tag im Büro davon zu erzählen. Vielleicht würde er an der Ironie Gefallen finden, daß man sie gebeten hatte, sich als Braut zu verkleiden, während er seine Pflichten als Bräutigam wahrnahm. Sie vergegenwärtigte sich, daß sie neun Aufgaben gemeistert hatte und nur noch drei übrigblieben. Drei Viertel des Weges zu einer viertel Million Pfund waren zurückgelegt. Vermutlich war sie weniger die glückliche Braut als vielmehr die glückliche Geliebte. Sie lächelte und biß in ihren dänischen Keks.

Elftes Kapitel

»Flugtickets?« fragte Mark, während er beobachtete, wie Grace einen großen Umschlag aufschlitzte. »Ich hab's. Deine nächste Aufgabe – falls du sie annimmst – besteht darin, in den *Mile High Club* aufgenommen zu werden.«

»Nicht ganz«, erwiderte Grace. Ihre Augen überflogen schnell das den Flugscheinen beigelegte Begleitschreiben.

»Schade.« Mark lehnte sich in seinem Stuhl zurück und legte die Füße auf den Schreibtisch. »Ich kann mir gut vorstellen, wie du und ein dynamischer Geschäftsmann es hoch oben in der Luft treiben, um sich danach nie wiederzusehen. Deine Hand gleitet unter seine Dekke, während er bei laufendem Bordfilm zu schlafen versucht. Du streichelst ihn, bis er hart wird, dann beugst du dich hinunter und machst es ihm mit dem Mund ... Oder vielleicht du und eine Stewardeß. Sie zerrt dich hinter den Vorhang, wo sie ihre Duty-free-Wägelchen beladen, zieht dir den Slip aus und versohlt dir den Hintern, weil du das Essen in den Plastikschalen der Fluggesellschaft verschmäht hast.«

»Mark Ritchie, kannst du für eine Minute deine merkwürdigen lesbischen Fantasien vergessen?« erwiderte Grace scharf. »Es hat nichts mit Sex im Flugzeug zu tun. Ich reise übers Wochenende nach Amsterdam.«

»Oh, ich verstehe. Du hast die Fotos gemacht, und jetzt drehst du ein Video. Bekomme ich eine Kopie, wenn es fertig ist? Nur so als Erinnerung, verstehst du?« Mark grinste.

»Sollte ich eine Hauptrolle in einem Video spielen – was ich nicht tun werde –, kann ich mir nur schwer vorstellen, daß Lydia dir erlaubt, es anzusehen.« Grace schob die Flugtickets und den Begleitbrief in den Umschlag zurück. »Denk nach, Mark. Wofür ist Amsterdam berühmt?«

»Hm, für seine Tulpen, die Grachten, Meisjes in Holzklumpen, die in Windmühlen leben ...«, begann Mark.

»Sehr witzig.« Grace nahm ein Gummiband vom Schreibtisch und schnipste es auf ihn.

»Außerdem gibt es dort die Rotlichtmeile.«

»Genau. Und du siehst vor dir das neueste Schaufenstermädchen.«

»Du meinst ...« Er starrte sie mit offenem Mund an.

»Richtig. Ich habe dir immer gesagt, daß du dir mich nicht leisten kannst. Und bevor du es mit deinen Essensgutscheinen versuchst – hier läuft nur was gegen Bargeld. Holländische Gulden, sonst nichts.«

Mark sah auf seine Armbanduhr. »Wann schließt die Wechselstube am Oxford Circus?«

Grace dachte, daß es an der Zeit war, ihrem Glück einen Schubs zu versetzen, obwohl sie die Antwort auf ihre folgende Frage schon kannte. »Mark, fändest du ein Wochenende in Amsterdam nicht toll?«

»Schon, Grace, aber ...«

»Du brauchst nicht weiterzureden. Lydia läßt dich mit einem leichten Mädchen wie mir nicht weg.« Grace sah ihn in gespielter Enttäuschung an. »Weißt du, du stehst wirklich unter dem Pantoffel. Ich werde dich über den Lichtkasten in der Grafikabteilung halten und nach Fingerabdrücken suchen.«

»Nein, es hat nichts mit Lydia zu tun. Aber am Wochenende findet ein Motorrad-Oldtimer-Rennen in Castle Donington statt, und ich verbringe das Wochenende mit den Jungs dort. Wie du siehst, liegst du falsch.« Er grinste, und seine jungenhaften Züge versprühten teuflischen Charme. »Du kannst mich trotzdem über den Lichtkasten halten, wenn du willst.«

Grace schüttelte den Kopf. »Jetzt nicht. Ich bin seit

mehr als fünf Minuten von meinen Schreibtisch weg, und Maureen wird schon einen Suchtrupp ausgesandt haben. Ich wage gar nicht, daran zu denken, was passiert, wenn man mich findet.«

»Verstehe. Übrigens, warum fragst du nicht Rachel? Sie wird sicher gern die Reise mit dir unternehmen. Wahrscheinlich schnarcht sie auch nicht so laut wie ich.«

Als sie die Grafikabteilung verließ, um Mark nicht länger bei der Arbeit zu stören, versank Grace wieder in ihrer Fantasiewelt, in der sie keine übereifrigen Chefinnen oder eifersüchtige Verlobte von einem schnellen Abenteuer mit ihrem besten Freund im Kopierraum zurückhielten. Sie wollte seine Oberschenkel mit ihrem Knie aufstemmen, den Reißverschluß seiner Jeans herunterziehen und ... Aber Mark hatte recht, sagte sie sich und riß sich schließlich von ihren lüsternen Bildern los. Rachel würde sich bestimmt über ein Wochenende in Amsterdam freuen. Andererseits, wer würde das nicht, wenn er während der freien Tage nicht auf so bizarre Weise arbeiten mußte, wie es Alexander Callender festgelegt hatte?

Wie Grace erwartet hatte, nahm Rachel die Gelegenheit wahr, um dem wissenschaftlichen Betrieb für ein Wochenende zu entfliehen. Am Freitag nachmittag trafen sie sich in der Schalterhalle von Terminal 4 am Flughafen Heathrow. Beide hatten nur je eine leichte Reisetasche dabei, die man als Handgepäck mit an Bord des Flugzeugs nehmen konnte. So vermieden sie langes Warten beim Check-in und vor dem Gepäckband im Flughafen Schiphol. Die Fahrkarten für die kurze Bahnfahrt ins Zentrum von Amsterdam waren mitgeliefert worden, und die beiden Frauen waren guter Dinge, als sie vor dem Abflug ein wenig in den Duty-free-Shops stöberten.

»Ich habe mit Suki gesprochen«, sagte Grace, während sich Rachel aus einer Probierflasche Parfüm aufspritzte. »Sie war schon etliche Male in Amsterdam und hat mich gebeten, eine der großen Flaschen Genever mitzubringen, die man dort kaufen kann. Außerdem hat sie gefragt, ob wir ihr einen riesigen Laib Käse mitbringen können. Sie ließ nicht durchblicken, wozu sie ihn braucht.«

»Wer Suki kennt, darf sich so seine Gedanken machen.« Rachel hielt Grace ihr Handgelenk vor das Gesicht und ließ sie schnuppern. »Wie findest du das?«

Grace rümpfte die Nase. »Du riechst wie das Empfangszimmer einer Nutte. Vielleicht sollte ich etwas davon mitnehmen, um mich morgen in Stimmung zu bringen.«

Rachels Antwort wurde durch die Aufforderung abgeschnitten, an Bord zu gehen. Sie kehrten zum Flugsteig zurück und warteten, bis eine Handvoll Geschäftsreisender der ersten Klasse an Bord ging. Grace betrachtete die männlichen Mitreisenden und fragte sich im stillen, wen davon sie nach Marks Vorschlag für eine Verführung in der Luft auswählen würde. Vielleicht den großen Mann mit den dunklen, zersausten Haaren, der die abfliegenden Flugzeuge beobachtete? Oder den sommersprossigen Studententypen, der auf einen Rucksack aufpaßte, dessen Gewicht den Träger bei weitem aufwog?

»Woran denkst du?« fragte Rachel und stieß Grace an, die plötzlich bemerkte, daß sie als beinahe letzte Passagiere noch in der Abflughalle warteten.

»Entschuldigung, ich war mit der Talentsuche beschäftigt«, antwortete Grace. »Es hatte mit einem Vorschlag Marks zu tun. Wer ist der sexuell attraktivste Mann im Flugzeug? So etwas in der Richtung.«

»Ich würde auf den Piloten setzen.« Rachel zeigte auf den vornehmen Mann, der im Cockpit verschwand, als sie die schmale Kabine des Flugzeugs betraten. »Sag ihm, er soll dich mit in die Kanzel nehmen und dir seinen Joystick zeigen.«

Der Flug verlief schnell und glatt. Bald fanden sich die beiden Frauen auf dem Kopfsteinpflaster vor dem Amsterdamer Hauptbahnhof wieder. In einem Stadtplan, den Dominic aufmerksamerweise ihren Reiseunterlagen beigefügt hatte, suchten sie den Weg zu ihrem Hotel.

Das Hotel van Rijn lag in der Herengracht, an einem ruhigen, von Bäumen gesäumten Kanal, und war in einem fünfzehnminütigen Fußweg vom Bahnhof aus zu erreichen. Das typische, schmale holländische Giebelgebäude besaß keinen Fahrstuhl, statt dessen schwindelerregende steile, enge Treppen. Ihr Zimmer war hübsch mit Damastvorhängen und goldgerahmten Spiegeln eingerichtet. Eine Landkarte von Alt-Amsterdam hing über dem großen Doppelbett.

»Wie sehen deine Pläne für heute abend aus?« fragte Rachel und warf ihre Reisetasche auf das Bett.

»Zuerst erledige ich einen Anruf und finde heraus, was ich morgen tun muß«, antwortete Grace. »Dann schmeißen wir uns in Schale und stürzen uns ins Getümmel der Stadt. Ich habe von James die Adressen von ein paar guten Lokalen bekommen.«

»Bis morgens früh um drei auf dem Tisch tanzen?« erkundigte sich Rachel.

Grace schüttelte den Kopf. »Gut essen, guter Wein und kaum andere Touristen – so stelle ich mir den Abend vor.«

»Während du anrufst, stelle ich mich unter die Dusche«, verkündete Rachel. Sie wühlte in ihrer Reisetasche und kramte ihren Kulturbeutel sowie frische Unterwäsche hervor. Dann ging sie ins Badezimmer. Grace holte die erforderlichen Unterlagen aus ihrer Handtasche hervor und griff zum Telefon. Sie wählte die Nummer und wartete.

»Hallo, könnte ich bitte mit Thea van Hooydonk sprechen?«

»Am Apparat«, sagte eine tiefe, leicht heisere Stimme.

»Hier ist Grace Callender. Ich rufe wegen des Jobs im Schaufenster an.«

»Ah, ja. Ihre Redaktion sprach mit mir.« Grace schluckte. Wie hatte Maureen Wind von dieser verrückten Geschichte bekommen? »Wie war doch gleich der Name? Butterworth?« Thea van Hooydonk betonte die letzte Silbe des ungewohnten englischen Namens. »Er erzählte mir, daß Sie Journalistin sind und eine Reportage über die Amsterdamer Rotlichtszene schreiben. Ich bin schon öfter interviewt worden und habe viele Journalisten durch die Stadt geführt, aber es hat noch nie jemand den Wunsch geäußert, so … ähm, tief in die Materie einzusteigen.«

»Ich bin für meine Gründlichkeit bekannt«, antwortete Grace, beeindruckt von Dominics Geschichte. Sie mußte zugeben, daß seine Erklärung überzeugender klang als die Wahrheit.

»Kommen Sie morgen gegen Mittag. Ich habe ein kleines Büro in der Warmoesstraat. Dort berate ich meine Mädchen, wie sie sich schützen können.«

»Ich werde dort sein.« Grace legte den Hörer auf. Erst jetzt kam ihr ganz zu Bewußtsein, was sie im Begriff stand zu tun. Die Scherze mit Mark hatten geholfen zu verdrängen, daß sie in einer vielbesuchten Straße hinter einem Schaufenster sitzen mußte, um sich als Sexobjekt zu verkaufen.

»Bist du soweit?« fragte Rachel und unterbrach ihre Gedanken. Sie kam mit noch feuchten, offenen und glänzenden Haaren ins Schlafzimmer. Um ihren kurvenreichen Körper hatte sie ein Handtuch geschlungen.

»Rachel, ich glaube nicht, daß ich es diesmal schaffe«, sagte Grace plötzlich matt. »Ich habe meine Grenzen erreicht.«

»Du bekommst kalte Füsse«, meinte Rachel. »Das kann ich verstehen.«

Grace fuhr sich mit fahrigen Händen durch ihr Haar.

»Ich muß daran denken, was Lydia damals auf der Verlobungsfeier zu mir sagte. Erinnerst du dich? Sie warf mir vor, ich wäre nichts anderes als eine Prostituierte, weil ich Sex nur zu dem Zweck hätte, um dafür am Ende Geld zu bekommen. Und jetzt gehe ich tatsächlich los, um mich zu verkaufen.«

Rachel setzte sich auf das Bett und legte einen Arm um Grace' Schultern. Sie lehnte sich weich und warm an Grace, die das schwache Erdbeeraroma ihres Duschgels roch. »Vergiß Lydia, sie weiß nicht, wovon sie spricht. Für sie gibt es nur einen Weg, das Leben zu leben, und das ist auf ihre Art.« Sie drückte Grace liebevoll an sich. »Mehr Sorgen mache ich mir um Mark. Ich wette, daß sie ihm höchstens einmal pro Woche Sex erlaubt, dazu in Missionarsstellung und bei ausgeschaltetem Licht.« Ein Grinsen zeichnete sich in ihrem Gesicht ab. »Ich frage mich, ob Mark schon mal die Neigung verspürt hat, eine Prostituierte aufzusuchen.«

»Bestimmt nicht«, sagte Grace. »Er ist nicht der Typ dafür.«

»Aber wer ist der Typ dafür?« erwiderte Rachel. »Du sorgst dich, weil du befürchtest, daß du Sex mit einem schmuddeligen alten Mann haben mußt, der keine andere Möglichkeit mehr hat. Doch ich wette, in einer Touristenstadt wie hier gibt es eine Menge komischer Käuze, die sich danach verzehren, mit einer Prostituierten zu schlafen. In ihrer Heimatstadt würden sie es nicht wagen, aber hier ist es ein echtes Abenteuer. Ich stelle mir schon manchmal vor, meinen Körper zu verkaufen.«

»Wirklich?«

»Ja. Dabei denke ich immer an einen Mann, den das Verlangen nach mir so wahnsinnig macht, daß er mir Geld dafür geben will, es zu stillen. Es ist einfach eine Vorstellung, die mir manchmal hilft. Jetzt laß den Kopf nicht hängen, Mädchen. Wir sind im Sündenbabel Europas, und ich möchte nicht den ganzen Abend hier sitzen und Trübsal blasen, während wir uns eine schöne Zeit machen könnten. Nimm eine Dusche, schmeiß dich in deine Partyklamotten, und dann geht's los. Sehen wir uns die Schuppen an, die James dir empfohlen hat.«

Amsterdam bei Nacht war ein Erlebnis. Grace und Rachel schlenderten am Kanal entlang, hinunter zum Damplatz, wo ein langhaariger, barbrüstiger Feuerschlucker seine Vorführungen darbot. Grelle Lichter und weiße Neonreklamen leuchteten über den langen Reihen ungewöhnlicher Geschäfte und Schnellimbißbuden auf dem Damrak, doch die beiden Frauen wandten sich einer kleinen Seitenstraße zu, die abseits der überfüllten Bars und Restaurants lag.

Als sie die schwere Holztür aufstießen, die in den Schankraum führte, war Grace einen Moment lang enttäuscht. So, wie sie James kannte, hatte sie etwas Raffinierteres erwartet. Es war eine jener als ›Weiße Cafés‹ bekannten Bars, in denen niederländische Yuppies saßen und in eleganter Umgebung teures Bier tranken. Die Kneipe war allerdings eher schäbig und überfüllt mit jungen, fast ausschließlich niederländischen Gästen. Die meisten sahen wie Studenten aus. Der Fußboden war schmutzig und mit Zigarettenkippen übersät, an den holzgetäfelten Wänden hingen alte Plakate von Rockkonzerten und Theatervorstellungen. Anschläge warnten die Besucher, daß Drogen hier verboten waren.

»Man kommt sich vor wie im Studentenviertel«, sagte Rachel. »Komm, ich kaufe dir etwas niederländischen Mutmacher.«

Als sie schließlich auf hohen Stühlen an der Bar saßen und die mit einer gestreiften Schürze bekleidete Kellnerin beobachteten, die ein volles Tablett mit Gerichten an einen Tisch trug, begann sich Grace zu entspannen. An die Wand hinter der Theke war mit Kreide ein Gericht geschrieben, zum größten Teil auf niederländisch, aber

Rachel fragte bereits den Barkeeper nach seiner Empfehlung. Die Fleischbällchen, die sie daraufhin bestellte, waren sättigend und schmackhaft. Auf einen weiteren Rat des Barmanns hin rundeten die beiden das Essen mit Bessen Genever ab, der, wie sich herausstellte, das niederländische Äquivalent zum englischen Schlehenlikör war. Rachel erhob ihr Schnapsglas zu einem Trinkspruch.

»Auf deinen Onkel, der uns nach Amsterdam fahren ließ, und auf James, der uns hierherschickte.« Sie stießen an. »Und auf dich. Viel Glück für morgen.«

»Danke.« Grace nahm einen Schluck. »An dieses Zeug könnte ich mich gewöhnen.«

»Nicht heute abend«, erwiderte Rachel streng. »Ich will nicht, daß du mit einem Katzenjammer in diesem Schaufenster sitzt.« Sie grinste listig. »Aber ich habe Ferien und kann machen, was ich will. Wenn der süße Kerl, der uns seit fünfzehn Minuten vom anderen Ende der Bar aus beobachtet, einen Versuch unternimmt, habe ich nichts dagegen.« Sie machte den Barmann auf sich aufmerksam. »Piet, noch eine Runde Bessen für meine Freundin und mich, und sag dem jungen Mann mit den Locken dort in der Ecke, daß er haben kann, was er will – sofern es ihm um mich geht.«

Am folgenden Morgen nahmen die beiden Frauen ein gemütliches Frühstück ein. Sie saßen am Tisch hinter dem großen Panoramafenster des Hotelrestaurants und beobachteten die Schiffe, die langsam auf dem Kanal vorbeifuhren. Das Frühstück war auf typisch niederländische Art zubereitet. Es gab einen großen Brotkorb, Hörnchen und Feingebäck, ein paar Scheiben Gouda, mageren Schinken und viel Kaffee mit Milch, dem besonders Rachel dankbar zusprach. Sie war an diesem Morgen mit hämmernden Kopfschmerzen aufgewacht. Drei oder vier fremde Telefonnummern steckten, auf verschiedene Papierfetzen gekritzelt, in ihren Jackentaschen, außerdem ein Angebot von Piet, dem Barkeeper, daß sie auf ein Wochenende wiederkommen solle.

»Was machst du in der Zeit, während ich arbeite?« fragte Grace, als sich Rachel ihre dritte Tasse Kaffee einschenkte.

»Ich wollte schon immer das Anne-Frank-Haus besuchen«, antwortete sie. »Wahrscheinlich werde ich anschließend total deprimiert sein, mich in ein Kaffeehaus setzen und ein riesiges Stück Cremetorte in mich hineinschaufeln.«

»Sei vorsichtig.« Grace lächelte. »Das Zeug, das sie dem Kuchen in einigen Coffee-Shops beimischen, kann dich wenig fröhlich sonstwo erwachen lassen.«

Sie holten ihre Mäntel aus dem Schlafzimmer und gingen auf die Straße hinaus. Ein leichter Wind kräuselte das Wasser auf dem Kanal. Abgesehen von dem gelegentlichen Klingeln vorbeifahrender Radler lag der kopfsteingepflasterte Fußweg der Herengracht friedlich im herbstlichen Sonnenschein. Sie sahen sich noch gemeinsam die Schaufenster einiger Geschäfte an, ehe sie am Damplatz in verschiedene Richtungen auseinandergingen. Rachel besuchte die engen Dachstuben, wo sich Anne Frank und ihre Familie versteckt hatten, und Grace nahm die Verabredung mit Thea van Hooydonk in ihrem Büro in der Warmoesstraat wahr. Die Straße unmittelbar am Rand der Rotlichtmeile war eine enge Seitengasse, doch gab es eine Menge faszinierender kleiner Geschäfte, die Grace' Aufmerksamkeit erregten. Winzige Hippieläden, vollgestopft mit Kristall und Wasserpfeifen, drängten sich zu beiden Seiten an eine Fetischboutique, deren an Schaufensterpuppen zur Schau gestellte PVC-Röcke und Netzstrümpfe sie an Roxy Schaeffers ›Venus‹ in einer etwas freimütigeren Spielart erinnerten.

Die von Thea genannte Adresse war ein durchschnittliches Gebäude, versteckt zwischen einer Kunstgalerie, die in ihren Schaufenstern eine Sammlung von grellbunten, abstrakten Malereien ausstellte, und einem Kondomshop.

Grace drückte auf den Knopf der Türsprechanlage und wartete auf eine Reaktion. »Hallo, hier ist Grace Callender. Ich möchte zu Thea van Hooydonk.«

»Kommen Sie herein, Grace, ich bin im ersten Stock.«

Grace stieß die Tür auf und ging die Treppe hinauf. Thea van Hooydonks kleines Büro war in Taubengrau gehalten. Die Wände schmückten Cartoons von lächelnden Kondomen, die in englischer und niederländischer Sprache für Safer Sex warben. Thea saß hinter einem modernen grauen Aluminiumschreibtisch und erhob sich, als Grace eintrat. Sie streckte ihr die Hand entgegen.

»Hallo. Es freut mich, Sie kennenzulernen.« Grace konnte ihre Überraschung nur schwer verbergen. Thea sah absolut nicht aus wie eine Puffmutter. Sie hatte eine Frau mittleren Alters erwartet, die in einem unförmigen Baumwollkleid herumlief, oder eine hochhackige Dominakönigin mit zentimeterdick aufgetragenem Make-up. Aber in ihrem elegant geschnittenen schwarzen Hosenanzug und mit dem hellblonden, in hübscher Chignonmanier aufgesteckten Haar wirkte Thea van Hooydonk von Kopf bis Fuß wie eine kultivierte Geschäftsfrau. Hätte Grace wirklich einen Artikel über ihre Erfahrungen schreiben wollen, wären ihre Vorurteile schon jetzt dahin gewesen.

»Erzählen Sie mir, warum Sie das Leben eines Schaufenstermädchens so genau kennenlernen möchten, Grace.« Thea lud sie mit einer Geste ein, sich zu setzen.

Grace dachte schnell nach. »Nun, ich weiß nicht, wieviel Ihnen Dominic, ähm ... mein Redakteur erzählt hat, aber die Reportage ist Teil einer Serie über jeweils einen Tag im Leben von Menschen aus der Sexindustrie. Die Prostitution in England unterscheidet sich von der hiesigen so sehr, daß ich glaube, es wird eine fesselnde Geschichte für die Leser dabei herausspringen, wenn ich wirklich tief hineinblicke und selbst einige Erfahrungen sammle.«

Sie nahm einen kleinen Taschenrecorder aus ihrer Handtasche und stellte ihn zwischen sie auf den Tisch. Thea sollte glauben, daß die Aufnahme für Grace' Reportage war. Sie brauchte nicht zu wissen, daß sie nur dem speziellen Beweis diente, zu dem Grace bei dieser Aufgabe verpflichtet war.

»Erzählen Sie mir bitte zuerst ein wenig über sich«, bat Grace. Sie erfuhr, daß Thea mit achtzehn Jahren mit der Arbeit im Schaufenster begonnen hatte, sich aber nach sechs Jahren entschloß, damit aufzuhören, um anderen Mädchen zu helfen, indem sie ihnen mit Rat und Tat zur Seite stand.

»Amsterdam ist für ein praktizierendes Mädchen eine der sichersten Städte der Welt«, erklärte Thea. »Alles ist unter Kontrolle und geregelt, aber manchmal braucht man jemanden, mit dem man spricht, verstehen Sie? Jemand, der die Arbeit selbst gemacht hat und Bescheid weiß. Die Mädchen, die mich aufsuchen, sind nicht nur meine Angestellten, sondern auch meine Freundinnen.«

Nach dem ›Interview‹ geleitete Thea Grace aus dem Büro in die Hauptstraße, wo die Schaufenstermädchen ihren Dienst verrichteten. Es war noch zu früh für die abendlichen Touristenscharen. Ein Müllaster rollte langsam vorbei, stoppte gelegentlich, um zwei Männern Gelegenheit zu geben, Abfall einzusammeln und den Bürgersteig mit Wasser zu säubern. Es gab auf der gesamten Länge der Straße Dutzende von Schaufenstern, die alle besetzt waren. In einem hörte ein Mädchen Musik aus einem kleinen tragbaren Radio und tanzte in absonderlichen Wendungen zu dem Beat, während die Frau hinter einem anderen Fenster versunken strickte. Hier und dort waren die Vorhänge heruntergelassen, ein Zeichen dafür, daß die Mädchen dahinter beschäftigt waren.

Alle Frauen wirkten sehr attraktiv, viele von ihnen sahen orientalisch aus. Die meisten trugen nur Unterwäsche, und ihre reizvollen Kurven wurden von den winzigen BHs und Tangas aus Spitze kaum verhüllt. Grace fragte sich, wie die Passanten auf ihre Arbeitskleidung aus rotem Satinmieder und Slip reagieren würden, die ihre helle englische Haut noch unterstrich.

Thea öffnete eine Tür und führte sie in eines der Gebäude. »Sie sind im ersten Stock, folgen Sie mir«, sagte sie. Als sie die Treppen hinaufgingen, begegnete ihnen ein blondes Mädchen, das nicht älter als neunzehn Jahre sein konnte.

»Hallo, Thea!« Sie lächelte. »Wer ist deine Freundin?«

»Das ist Grace. Sie leiht sich kurz ein Fenster aus, weil sie einen Artikel über unsere Arbeit schreibt.«

Das Mädchen berührte Grace leicht an der Schulter. »Viel Glück«, flüsterte sie, ehe sie weiterging.

Grace wurde in einen kleinen Raum geleitet. Es gab ein einzelnes Bett mit einem kleinen Tischchen daneben, einen Stuhl und ein Waschbecken. »Hier ist es«, sagte Thea. »Sie können sich umziehen und fertigmachen. Ich erwarte Sie im Büro, wenn Sie Ihre Erfahrungen gesammelt haben.«

Sie schloß die Tür hinter sich. Grace stellte sich einen Augenblick ans Fenster und beobachtete, wie sie davonging, ehe sie den dicken Vorhang zuzog und ihre Kleidung ablegte. Als sie im Mieder dastand, öffnete sie die Vorhänge wieder und hielt nach ihrem ersten Freier Ausschau.

Sie glaubte, Stunden dazusitzen, während sie den Vorbeigehenden zulächelte, in ihrem Bauch Schmetterlinge tanzten und sie sich wünschte, ein Buch mitgebracht zu haben. In Wirklichkeit vergingen nicht mehr als zwanzig Minuten, bis ein grauhaariger Mann kurz innehielt, als er sie bemerkte. Er ging ungefähr fünfzig Schritte weiter und machte dann kehrt. Er winkte ihr und formte unhörbar die Worte: »Bist du frei?« Grace nickte.

»Komm rauf«, rief sie und wartete dann, bis es klopfte. Sie öffnete die Türe einen Spalt und sah ihn nervös draußen stehen.

Sie blickten sich an, beide unsicher, was zu sagen war. Dann erinnerte Grace sich und rasselte die Angebote der Dienste herunter, die Thea ihr genannt hatte. Die Mädchen hielten sich daran, es gab Festpreise in Gulden.

»Das hört sich akzeptabel an.« Er hatte eine tiefe Stimme, und sein Niederländisch klang kehlig. »Ich möchte einfach normalen Sex, glaube ich.«

»Glaubst du?« erwiderte Grace. »Heißt das, du bist nicht sicher?«

»Es ist das erste Mal, daß ich das tue«, sagte er.

»Für mich ist das Spiel auch neu«, gab Grace zu.

»Wie heißt du?«

Grace fragte sich, ob sie lügen sollte, dann entschied sie sich dagegen. Instinktiv fühlte sie, daß sie diesen Mann mochte. Er war beträchtlich älter als der Kunde, auf den sie gehofft hatte – vielleicht im Alter ihres Vaters –, aber sein Gesicht war ehrlich. Seine sanften, blauen Augen und seine kräftige Nase, gepaart mit seiner Nervosität, waren eher gewinnend als abstoßend.

»Ich heiße Grace.«

»Gus«, sagte er.

»Komm rein, Gus, dann reden wir darüber.«

Er ging zum Bett, setzte sich und rieb aufgeregt die Hände an seinen Oberschenkeln. Grace trat ans Fenster und zog den Vorhang fest zu. Sie fragte sich, was er von ihr verlangte.

»Ich weiß noch immer nicht, was ich hier suche«, begann er schließlich. »Ich bin verheiratet.«

»Das ist nicht ungewöhnlich«, antwortete Grace.

»Es ist aber nicht so, wie du denkst. Ich betrüge meine Frau nicht. Um ehrlich zu sein, sie hat mich hierhergeschickt. Ich liebe sie sehr, aber sie ist krank, und es wird nicht besser mit ihr. Die Tabletten, die sie nimmt, beeinträchtigen ihr Verlangen nach Sex. Sie gibt sich Mühe, mich zufriedenzustellen, aber sie weiß, daß ich nicht glücklich bin. Deshalb hat sie gesagt, ich soll ein Schaufenstermädchen besuchen, das mir gibt, was sie mir nicht geben kann. Ich habe lange darüber nachgedacht. Sie hat gesagt, ich habe ihren Segen, also habe ich endlich den Mut gefaßt, herzukommen.«

»Offensichtlich ist sie eine sehr verständnisvolle Frau«, meinte Grace. »Hab keine Angst, ich werde gut auf dich aufpassen. Komm, ziehen wir dich aus.«

Geduldig stand er da, während Grace ihn schnell entkleidete. Sie legte Jacke, Hose, Hemd und die Unterwäsche über die Stuhllehne und streichelte dabei gelegentlich seinen Körper. Sein Penis war, wie sie sah, von ansehnlicher Größe, aber er hing traurig schlaff zwischen seinen Schenkeln. Die Nervosität hatte ihn offenbar impotent gemacht, aber sie glaubte, eine Lösung für das Problem zu kennen.

Sie ergriff den Saum ihres Mieders und hob es bis zu ihren Achseln hoch, so daß ihre kleinen, festen Brüste sichtbar wurden. »Gefallen sie dir, Gus?« fragte sie leise. Er nickte stumm. »Möchtest du sie berühren?«

Versuchsweise streckte er eine Hand aus und streichelte mit den Fingern leicht über ihre Brüste. Plötzlich wurde er kühner und nahm sie in seine hohlen Hände, drückte sie und rieb die Brustwarzenhöfe mit seinen Daumen. Grace sah nach unten und bemerkte, daß seine Erektion in Gang kam.

Während er weiter ihre Brüste knetete, legte sie die Hände auf ihren Slip. »Möchtest du mehr sehen, Gus?« fragte sie verführerisch.

»Bitte.« Sein Wunsch klang beinahe demütig. Sie nahm eine seiner Hände und drückte sie gegen ihren satinverhüllten Venushügel. Er benötigte keine weitere

Hilfestellung, sondern zog ihren Slip mit einer schnellen Bewegung herunter. Sein Blick haftete an dem dunklen Haarwuchs zwischen ihren Oberschenkeln.

»Du darfst mich anfassen, wenn du möchtest«, sagte sie. Zart streichelte er mit einer Hand über die weichen Locken ihrer Scham. Dann glitt er tiefer bis an die Hautfalte ihrer Scheide. Allmählich gewann sein Penis an Länge und richtete sich auf. Die Erregung schien ihn zu packen.

»Komm mit.« Grace führte ihn zum Bett und legte sich rücklings darauf. Er setzte sich auf die Bettkante neben sie, immer noch unsicher, wie es weiterging. Langsam spreizte Grace ihre Beine und gönnte ihm einen Blick auf das Ziel seiner Sehnsucht. Seine Hände spielten leicht an den Innenseiten ihrer Schenkel entlang, nach oben, dann bis zu ihren Knien und wieder zurück. Jedesmal bewegten sie sich ein wenig näher an ihr Geschlechtsteil heran, bis die Erregung auch sie ergriff. Ihre Brustwarzen versteiften sich gegen ihr Mieder, und es sammelte sich etwas Feuchtigkeit zwischen ihren Schenkeln.

Sie sah Gus aus halbgeschlossenen Augen an. Trotz seines Alters war er ein gutaussehender Mann. Seine Haut war straff und sein Körper sportlich gestählt. Es war nicht schwierig, mit einem Mann wie ihm der Liebe zu huldigen.

Seine Hände erreichten das Ende ihrer Schenkel, und er nahm sie nicht mehr weg. Statt dessen öffnete er ihre Oberschenkel etwas weiter und blickte auf ihre Vulva, deren fleischige Windungen und Hautlappen sich ihm klaffend enthüllten.

»Ich habe dich ausgesucht«, flüsterte er, »weil du mich an meine Frau erinnerst, wie ich sie das erstemal sah. Sie hatte auch dunkles Haar und ein schönes Lächeln. Hier unten bist du anders gebaut als meine Frau, aber du bist auch schön.« Er strich mit den Fingern an ihren geschwollenen äußeren Schamlippen entlang und erzeugte in ihr einen lustvollen Schauder.

Sie wollte, daß er weitermachte, sehnte sich nach einer Berührung im Herzstück ihrer Weiblichkeit, aber sie wußte, daß es bei diesem Spiel Regeln gab. Auf dem kleinen Tischchen stand eine Schale mit Kondomen, die in helle Folie eingewickelt waren wie Bonbons. Sie nahm eines heraus und riß die Verpackung auf. »Ich glaube du bist jetzt soweit.« Seine Erektion war ausreichend stark, so daß sie das Kondom überstülpen konnte, also versiegelte sie sein Glied mit dem Gummischutz.

Sie legte sich hin, begierig darauf, daß Gus dort weitermachte, wo er aufgehört hatte. Doch statt dessen drehte er sie um und hob sie auf ihre Hände und Knie. Sie hielt sich an den eisernen Stäben des Bettes fest, in der Erwartung, daß er von hinten in sie stieß, und war überrascht, seine Zunge zu fühlen, die die ganze Länge ihres Schlitzes leckte.

»Oh«, entfuhr es ihr. »Ich dachte, du wolltest ganz normalen Sex.«

»Wollte ich auch«, gab er zu, »aber als ich dich so knien sah, so feucht und so einladend, konnte ich nicht widerstehen. Entschuldige, ich bezahle extra dafür.«

»Ich habe nicht an Geld gedacht«, antworte Grace wahrheitsgemäß und seufzte vor Wonne, als er ihre Pobacken weit auseinander drückte und ihre nasse Öffnung leckte. Seine Zunge glitt mit schnellen Bewegungen auf und ab, und sein Gesicht grub sich tief in ihr feuchtes rosa Fleisch, während er die verborgene Knospe ihrer Klitoris suchte. Als seine feste Zungenspitze sie dort berührte, drängte sie ihm ihren Hintern entgegen, in dem Wunsch, er möge sie bis zum Höhepunkt lecken, der bereits in ihr aufzuwallen begann. Sein Nasenrükken berührte wiederholt ihren Kitzler, während er den Eingang ihrer Vagina wild mit dem Mund bearbeitete. Ein tiefes Stöhnen entwand sich ihrer Kehle.

Gerade als sie glaubte, daß seine Lippen und seine Zunge ihr alle Wonnen zukommen lassen wollten, zog er sich zurück. Sie blickte ihn über die Schulter an und sah, daß er sie anlächelte. Sein Gesicht glänzte von ihrem Saft. Ohne zu zögern, kniete er sich hinter sie und nahm seinen latexumhüllten Penis fest in eine Hand. Mit der anderen teilte er ihre Schamlippen und drängte in sie. Sein mächtiges Glied massierte ihre inneren Scheidenwände, und Grace kam ihm entgegen, um es ganz in sich aufzunehmen. Gus stieß zu, was das Zeug hielt. Sie klammerte sich am Kopfteil des Bettes fest, und seine Hände schoben sich vor, um ihre brennenden Brustwarzen durch das Satinmieder hindurch zu reizen. Sie wünschte, es gäbe einen Spiegel an der Wand, damit sie sehen konnte, wie Gus sie vögelte. Sie wollte wissen, wie es aussah, wenn sein Körper gegen ihren klatschte. Ihre Haare fielen ihr in die Augen, während er noch heftiger zustieß. Sie hob ihren Hintern höher in die Luft, unfähig zu kommen, und suchte schlängelnd nach einem Stoßwinkel, der ihre Klitoris besser stimulierte. Als er ihre Frustration bemerkte, verlegte er seine Aufmerksamkeit von ihren Brüsten auf ihre Klitoris und rieb mit seinen Daumen fest über die kleine, fleischige Knospe. Grace nahm eine Hand vom Bettgestell, lockerte ihr Mieder und kniff sich in die Brustwarze. Mit einem Schrei gab sie sich dem über sie hinflutenden Orgasmus hin.

Sie fühlte, wie Gus das Tempo verlangsamte, während sie von Gefühlswellen geschüttelt wurde. Dann begann er, sie mit erneuter Energie zu stoßen. Obwohl es bei ihm länger gedauert hatte als bei einem jüngeren Mann, bis sein Glied hart geworden war, gefiel es ihr, daß er auch während ihres Höhepunktes durchzuhalten verstand. Bald darauf stöhnte auch er und ergoß seinen Samen in das Kondom. Grace erlebte noch einen zweiten Höhepunkt, und ihr Körper war vollkommen befriedigt.

Wäre Gus nicht ein Kunde gewesen, hätte sie gern eine Zeitlang bei ihm gelegen, um zu schmusen und mehr über ihn zu erfahren. Aber Dienst war Dienst, und so erhob sie sich, wenn auch ungern. Sie beobachtete, wie er seine Kleider von der Stuhllehne nahm und sich anzog.

Ehe er ging, zählte er ihr das Geld in die Hand. »Vielen Dank«, sagte er. »Du warst jeden Gulden wert.«

Grace zog eine Ecke des Vorhangs zurück und sah ihn auf der Straße in Richtung Damplatz davonschlendern. Sie bemerkte den Schwung in seinen Schritten und fühlte plötzlich einen Anflug von Stolz, weil sie ihm so viel Freude bereitet hatte. Die zeitweise verdrängte Inhaberin des Schaufensters konnte ihren Arbeitsplatz wieder einnehmen, und Thea van Hooydonk bekäme die Gulden, die Grace erarbeitet hatte. Sie fragte sich, was Lydia Mulligan sagen würde, wenn sie sähe, wie sie jetzt ihre sexy Unterwäsche verstaute und sich auf die Rückkehr in den Alltag vorbereitete. Jeder hat Talent, um irgend etwas zu verkaufen, sagte sie sich, und wenn deines im Bereich Sex liegt, warum sollst du daraus kein Kapital schlagen? Wenn das Ergebnis ein frohes Lächeln war, das wahrscheinlich jetzt noch Gus' Gesicht erhellte, war die Befriedigung doppelt tief.

Sie zog den Vorhang ganz auf, verließ das Zimmer und schritt pfeifend in die warme Septembersonne hinaus.

Zwölftes Kapitel

»Ja, richtig, ich möchte wissen, ob Sie noch freie Stellen für Stripteasetänzerinnen haben.« Grace spielte mit der blassen rosa Visitenkarte, auf der die silbergeprägte Adresse einer Agentur für exotische Tänzerinnen in Londons Südwesten aufgedruckt war. Auf der Rückseite hatte Dominic in seiner akkuraten Handschrift notiert: ›Nur ein Auftritt erforderlich, Grace.‹

Die Visitenkarte war wegen eines unerwarteten Streiks bei der Post beinahe nicht angekommen. Wäre nicht die Tatsache gewesen, daß sie seit gut vierzehn Tagen keine Postsendungen mehr erhalten hatte, dann hätte Grace vermutet, daß sie mit ihrer letzten Aufgabe durchgerasselt war, obwohl Madame Thea ihr eine ausgesprochen gute Referenz in Aussicht gestellt hatte. Schließlich war doch noch ein Schreiben von Butterworth, Lambert und Butterworth eingetroffen. Doch der Termin lag gefährlich nah am Monatsende, und es blieb kaum Zeit, um eventuell andere Absprachen zu treffen, falls ihr die Agentur, deren Adresse sie erhalten hatte, einen Korb gab.

»Ich nehme an, daß Sie auf diesem Arbeitsgebiet Erfahrung besitzen?« Die Stimme der Frau am anderen Ende der Leitung klang zögernd. Sie nahm zweifellos häufiger Anrufe von Bewerberinnen entgegen.

»O ja, jede Menge«, log Grace. »Ich arbeitete für eine Agentur in Birmingham, aber sie hat zugemacht. Ich hatte mich sowieso schon entschieden umzuziehen, und so kam ich nach London. Sie wurden mir durch eines der Mädchen empfohlen, mit denen ich arbeitete.«

»Sprechen Sie mit Barry. Er ist der Boß, aber momentan auf Teneriffa. Rufen Sie nächste Woche etwa um diese Zeit noch einmal an, dann ist er wieder da ...«

»Hören Sie«, sagte Grace und verfiel in einen leicht bittenden Ton, »um Ihnen die Wahrheit zu sagen, ich brauche dringend Arbeit. Ich kann meine Miete nicht bezahlen, und mein Vermieter hat gedroht, daß er mich rausschmeißt, wenn er nicht bis Ende der Woche Geld sieht. Geben Sie mir die Chance zu einem einmaligen Auftritt, dann werden Sie sehen, was ich kann. Wenn ich nicht gut genug bin, sparen Sie sich die Mühe eines Vorstellungsgesprächs und des ganzen Vorgeplänkels.«

Am anderen Ende herrschte Schweigen, das nur von Papierrascheln durchbrochen wurde. Schließlich sprach die Frau wieder. »Ich sollte das eigentlich nicht tun, aber Sie haben Glück. Eines unserer Mädchen ist krank, und ich suche jemanden für einen Auftritt morgen abend in Tooting. Es ist nicht allzu schwierig, nur üblicher Striptease und dabei einem Bräutigam ein bißchen Theater vorspielen, Sie kennen das. Er kennt sich wohl ein wenig aus, und seine Freunde sagen, er braucht etwas Anspruchsvolles.«

»Ich kann sehr überzeugend wirken«, versicherte Grace. »Geben Sie mir die Chance, Sie werden es nicht bereuen.« Rasch notierte sie Zeit und Ort und versprach der Frau noch einmal, sie nicht zu enttäuschen. Wider Erwarten hatte sie durch ihren Bluff eine Auftrittsmöglichkeit erhalten, und wieder einmal schien es unvermeidlich, sich mit einem Kopfsprung in die Aufgabe zu stürzen, noch ehe sie die Pros und Kontras richtig abwägen konnte. Aber, fragte sie sich, entkleidete sie sich nicht jeden Abend? Was sollte daran schwieriger sein, wenn Musik spielte und ein Publikum zusah?

Die *Manhattan Wine Bar* lag einige Minuten zu Fuß vom U-Bahnhof Tooting Broadway entfernt. Die Fassade lag in grellem blauem und pinkfarbenem Neonlicht zwischen einer Reihe von verdunkelten Fenstern. Ein anhaltender Nieselregen fiel vom Himmel, so daß Grace auf das einladende Licht und die Wärme zuhastete. Am Haupteingang, wo auf einer schwarzen Schiefertafel normalerweise die Tagesgerichte oder die Live-Attraktion des Abends mit Kreide angeschrieben waren, stand: ›Heute geschlossene Gesellschaft‹. Grace ging die wenigen Stufen wieder hinunter und klopfte am Personaleingang. Ein Mann Mitte Vierzig in einem weißen Oberhemd und mit pfauenblauer Krawatte, offenbar der Manager, geleitete sie hinein.

»Sie sind die Stripperin, nicht wahr?« Grace nickte. »Gut, hier entlang. Sie können sich im Hinterzimmer umziehen. Passen Sie auf die Lattenkisten mit den Getränken auf, damit Sie sich nicht die Strümpfe zerreißen.«

Der Raum, den er ihr zuwies, ließ sie frösteln. Er hatte eine niedrige Decke, und Kisten mit alkoholfreien Getränken und Spirituosen standen an einer Wand. Die Umkleidemöglichkeit beschränkte sich auf einen halbblinden Spiegel über einem kleinen Tisch. Davor stand ein weißgestrichener Stuhl.

»Sie könnten auch die Damentoilette benutzen«, erklärte der Mann. »Aber sie befindet sich gleich neben der Herrentoilette, und der Bräutigam könnte Sie sehen. Er weiß nichts von der Show, die nur für ihn läuft. Die Agentur hat Sie doch informiert, nicht wahr?«

»Ja. Einfacher Striptease und den Glücklichen ein bißchen in die Mangel nehmen. Auf seinem Schoß sitzen und mit dem Po wackeln, so in der Richtung.« Grace versuchte, Erfahrung herauszukehren, als brächte sie derartige Vorstellungen jeden Abend über die Bühne. »Ach ja, und ich soll darauf bestehen, das Geld bar zu bekommen, das ist bei ihnen immer so.«

»Natürlich.« Der Mann nahm ein Bündel Zehnpfundscheine aus der Tasche und zählte einen kleinen Stoß davon in Grace' Hand. Selbst wenn man einkalkulierte, daß die Agentur eine Vermittlungsgebühr erhielt, wurden die ungefähr dreißig Minuten gut honoriert. »Haben Sie eine Musikkassette mitgebracht?« fragte er.

»Natürlich.« Grace kramte in ihrer Handtasche nach der Kassette mit passender Musik, die sie am Abend zuvor aufgenommen hatte.

»Danke.« Er beäugte die ordentliche Schrift auf dem Etikett. »Übrigens, wie lautet Ihr Künstlername?«

»Ähm ...« Blitzschnell dachte sie nach. »Dominique«, verkündete sie dann in Erinnerung an den Mann, der dafür gesorgt hatte, daß sie am heutigen Abend hier auftrat. »Dominique La Plante.«

Der Manager warf ihr einen schnellen Blick zu. »Na ja, sie sehen auch aus wie eine Dominique.« Dann murmelte er noch, daß sie in fünfzehn Minuten dran sei, und ließ sie allein.

Grace holte ihre Arbeitskleidung aus der mitgebrachten Sporttasche. Rasch schlüpfte sie aus ihren Jeans und dem weiten Pullover und zog ihre Interpretation von ›etwas Klassischem‹ an. Sie hatte die Ausstattung während der Mittagspause in einem Secondhandladen in der Nähe ihres Büros entdeckt. Es handelte sich um ein bis zum Boden reichendes blutrotes Kleid aus Satin mit einem Schlitz, der sich praktisch über die ganze Länge ihrer Beine erstreckte. Darunter trug sie einen trägerlosen schwarzen Büstenhalter, der ihrer maßvollen Büste eine eindrucksvolle Brust bescherte, und einen schwarzen Spitzentanga. Hauchdünne schwarze Strümpfe, ein Strumpfhalter und schwarze, ellbogenlange Handschuhe vervollständigten die Aufmachung. Ihr Make-up war absichtlich üppig aufgetragen, mit deutlichen Rougeschattierungen, um die Wangenknochen hervorzuheben, und einem scharlachrot geschminkten Mund, passend zur Farbe ihres Kleides. Als sie mit ihrer äußeren Erscheinung zufrieden war, setzte sie ihr noch das I-Tüpfelchen auf in Form einer zierlichen Maske aus Metallblättchen, damit niemand sie erkannte.

Mit einem Klopfen an der Tür wurde ihr das Signal für den Auftritt gegeben, und sie schlüpfte in ihre Schuhe mit den hohen Pfennigabsätzen. In einem widerhallenden Stakkato schritt sie den Korridor zu der großen Bar hinunter. Es gab eine ausreichend erhöhte Fläche, die als Bühne diente. Sie blieb noch im Schatten verborgen, während der Manager sich darauf vorbereitete, sie anzusagen.

»Wer ist übrigens der Auserkorene heute abend?« fragte sie ihn.

»Dort drüben«, antwortete er und zeigte auf einen Mann. »Der da in der Ecke sitzt, mit den blonden Haaren.«

Sie sah in die Richtung, in die der ausgestreckte Zeigefinger wies. Es gab nur einen blonden Mann an dem Tisch, der gemeint sein konnte – und diesen Mann hätte sie überall erkannt. Er nahm einen kräftigen Schluck aus einer Flasche mit deutschem Bier, seine geknotete Krawatte war gelockert, und der oberste Knopf seines Hemds stand offen.

Es war Mark.

Er hatte in den letzten Tagen über sein bevorstehendes letztes Junggesellenvergnügen in einem Restaurant gesprochen, aber Grace war nervös gewesen, weil die Antwort auf ihre letzte Aufgabe ausgeblieben war, und so hatte sie kaum Aufmerksamkeit für ihn übrig. Auch wenn sie das Datum gekannt hätte, wäre sie nie auf den Gedanken gekommen, daß er heute abend hier sein könnte, denn der Verlauf des Abends war von seinem besten Freund, der die Organisation übernommen hatte, geheimgehalten worden. Natürlich hatte Lydia darauf bestanden, diesen traditionellen Abend lange vor der Hochzeit zu veranstalten. So bestand keine Gefahr, daß er am Morgen der Trauung in einem Zug in Richtung der schottischen Highlands aufwachen oder sich nackt und auf der Battersea Bridge angekettet wiederfinden würde. Doch das Schicksal hatte sich gegen ihn verschworen und eine potentielle Katastrophe für ihn in petto, wenn er herausfände, wer für ihn strippte.

Bevor Grace die möglichen Folgen der Situation voll bewußt wurden, machte der Manager seine Ankündigung. »Und hier ist sie, die sehr spezielle Unterhaltung des Abends. Meine Herren, ich stelle Ihnen Dominique La Plante vor.«

Lebhafter Beifall von den etwa zwölf anwesenden Männern brandete auf, als Grace auf die Bühne trat. Sie täuschte mehr Selbstvertrauen vor, als sie tatsächlich empfand. Mark drehte sich halb in seinem Stuhl um, wollte sehen, was vor sich ging. Als er sie wahrnahm und begriff, daß es sich um seine Überraschung handelte, änderte sich seine Miene von erschreckt in verlegen, um schließlich den Ausdruck von Belustigung anzunehmen. Grace dankte ihren Sternen, daß sie keine Polizistin oder eine andere typische Stripnummer spielen mußte. Hinter ihrer Maske würde Mark sie nicht erkennen.

Musik drang aus den Boxen. Es war die tiefe, sexy Stimme Madonnas, die eindringlich Worte verführerischer, unerwiderter sinnlicher Begierde vortrug. Der Rhythmus veranlaßte Grace, mit ihren Hüften Bewegungen wie beim Liebesakt zu vollführen, während sie in dem behelfsmäßigen Scheinwerferlicht tanzte. Als sie ihren linken Handschuh in die rechte Hand nahm und ihn Finger für Finger abzustreifen begann, hörte man ein paar bewundernde Pfiffe und Begeisterungsschreie. Sie ließ den Handschuh achtlos auf den Boden fallen und wiederholte dieselbe Prozedur mit dem zweiten.

Als nächstes zog sie mit aufreizender Langsamkeit den Reißverschluß ihres Kleides herunter. Sie schlenderte träge an der Vorderkante der kleinen Bühne entlang, mit jedem Schritt dem ausschließlich männlichen Publikum ihre schlanken, bestrumpften Beine enthüllend. Die meisten Partygäste saßen jetzt mit gespannter Aufmerksamkeit auf ihren Stühlen, in beinahe schweigender Erwartung dessen, was sich abspielen würde. Unter dem nahezu unhörbaren Rascheln von Satin legte sie auch ihr enganliegendes, scharlachrotes Kleid ab. Sie ließ es liegen, wo es hinfiel.

Die Atmosphäre in der Bar war in freudige Erwartung umgeschlagen. Grace fühlte, welche Macht sie besaß, da sie wußte, daß sie die ungeteilte Aufmerksamkeit der Männer auf sich zog. Ihre anfängliche Nervosität war verschwunden, und tief in ihrem Bauch baute sich sexuelle Hitze auf. Als sie dieses plötzliche Gefühl wahrnahm, faßten ihre Hände nach ihrem Büstenhalter und glitten an ihrem Körper herunter. Sie stieß die Schuhe von sich, löste einen Strumpf von dem Clip des Strumpfhalters und begann, ihn ihren Oberschenkel hinunterzurollen. Als der Strumpf das Bein nicht mehr bedeckte, drapierte sie ihn kurz über ihren Unterarm und spielte mit dem hauchdünnen Nylongewebe.

Sie zog den zweiten Strumpf aus und schwenkte ihn nahe vor den Gesichtern der Männer an den vorderen Tischen vor der Bühne. Einer wollte ihn ergreifen, aber sie zog ihn geschickt außer Reichweite. Nachdem sie sich ihres Strumpfhalters entledigt hatte, stolzierte sie damit herum wie mit einer Trophäe. Sie reizte den Appetit der Männer, die wußten, daß es ihnen trotzdem nicht erlaubt war, sie zu berühren.

Dieses Privileg war nur dem Bräutigam allein vorbehalten, und der Gedanke daran ließ die Hitze ihrer Erregung noch um ein paar Grad steigen.

Als die Aufmerksamkeit und die Augen der Männer voll auf das neckische Spiel mit dem Strumpfgürtel gerichtet waren, schlüpfte sie wieder in ihre Schuhe, weil sie befürchtete, sich auf dem Holzfußboden Splitter einzuziehen. Sie blickte zu Mark hinüber, um seine Reaktion zu testen. Er hatte seine Flasche abgestellt, die Hände unter dem Kinn verschränkt und beobachtete jede ihrer Bewegungen. Sein Tischnachbar, ein junger Mann von italienischem Aussehen mit pomadisiertem schwarzem Haar, den Grace aus der Anzeigenabteilung des *Career Girl* kannte, stieß ihn an und flüsterte ihm etwas ins Ohr. Mark winkte zerstreut ab.

Schaut nur zu, dachte Grace, tänzelte über die Bühne und streichelte dabei ihre Brüste. Dann griff sie hinter sich, um mit dem Verschluß des Büstenhalters zu spielen. Nur undeutlich nahm sie das Crescendo der Musik wahr. Sie riß mit einer raschen Bewegung den Büstenhalter herunter, so daß die Männer mit offenen Mündern auf ihre kecken Brüste starrten. Die Brustwarzen standen stolz aus den dunkelrosa Höfen empor, und als sie sie berührte, durchwallte sie ein sinnlicher Schauder.

Einige Männer an dem Tisch direkt vor ihr glotzten sie in unverhohlen sexueller Absicht an, aber sie würdigte sie keines Blickes. Jetzt spielte sie ihre Rolle nur noch für einen Mann, ob er sich dessen bewußt war oder nicht. Grace drehte dem Publikum den Rücken zu, um ihm zu zeigen, daß ihr winziger String-Tanga ihre straffen Gesäßbacken vollkommen nackt ließ. Vornübergebeugt stützte sie die Hände auf ihre Knie und wackelte mit ihrem Hinterteil. Dabei stellte sie sich vor, wie Marks Augen auf das dünne Dreieck aus Spitze gerichtet waren, das ihre Scham bedeckte. Als sie das Spitzengewebe zwischen ihren Beinen rieb, merkte sie, daß ihre Schamlippen feucht und stark geschwollen waren.

Schließlich drehte sie eine Pirouette und hakte ihre Daumen in den Bund des Tangas. Das war der Moment, dem die Männer entgegengefiebert hatten. Sie hatte den Wunsch nach endgültiger Enthüllung während der letzten langen, aufreizenden Minuten kontinuierlich in ihnen aufgebaut. Jetzt atmete sie einmal tief ein und zog das hauchdünne Teil nur wenige Zentimeter von ihrem Unterkörper ab, weit genug, um die ersten Locken ihres hübsch zurechtgestutzten Schamhaares sehen zu lassen. Dann ließ sie den Gummibund in die Ausgangslage zurückschnellen. Das erzeugte kaum hörbare Seufzer der Enttäuschung. Beim nächsten Anlauf nahm sie den Tanga fort, ohne noch einmal innezuhalten. Sie zog das durchfeuchtete Stoffdreieck aus und hielt es über ihren Kopf.

Donnernder Applaus und Gejohle setzten ein, aber Grace war noch nicht am Ende. In der Gewißheit, daß sie sich Marks ungeteilter Aufmerksamkeit sicher war, tanzte sie langsam und sinnlich weiter. Ihre Hüften beschrieben eine Acht, ihre Hände waren am Hinterkopf verschränkt. Spitz reckten sich ihre Brüste dem Publikum entgegen.

Nach einigen Minuten stieg sie vorsichtig von der Bühne und steuerte zwischen den Tischen auf Mark zu. Sie fühlte eine Hand, die ihr Gesäß tätschelte, als sie vorüberschwebte, aber sie ignorierte die plumpe Berührung. Als ein anderer die Hand ausstreckte, um sie in die Brustwarze zu kneifen, trat sie geschickt einen Schritt zur Seite.

Alle Augen folgten ihr, bis sie Mark erreichte. Sie baute sich vor ihm auf und zerzauste sein Haar. »Hallo.« So gut sie konnte, wählte sie einen tieferen, heisereren Tonfall, als ihre Stimme normalerweise besaß.

»Ähm ... hallo.« Marks Kopf glich einer reifen roten Tomate. Seine Augen befanden sich in Höhe ihrer Brüste, und obwohl er versuchte, ihr in die Augen zu sehen, war die Ablenkung für ihn doch allzu verführerisch.

»Man hat mir gesagt, daß Sie heute abend der Glückliche sind.«

»Ich bin jetzt gewiß glücklicher als zu dem Zeitpunkt, als ich hier hereinkam«, gab Mark zu.

Der junge Italiener – Roberto hieß er, erinnerte sich Grace – lehnte sich vor. Er war bereits leicht angetrunken und flüsterte Mark zu: »Los, gib ihr einen Kuß. Sie ist schön.«

Mark zögerte. »Wenn du dich nach der Heirat nicht danebenbenehmen willst«, fuhr Roberto fort, »dann ist das hier die letzte Chance, es davor noch mal zu tun. Wenn du sie nicht nimmst, Mark, nehme ich sie.«

Grace schüttelte den Kopf. »Ich bedaure, Kleiner, aber heute abend bin ich für alle außer dem Bräutigam tabu.«

»Das ist jammerschade.« Roberto seufzte und heftete seine dunkelbraunen, feuchten Augen auf sie. »Komm nachher zu mir, dann gebe ich dir meine Telefonnummer.«

Ja, und ich verpasse dir den Schock deines Lebens, dachte Grace. Sie lehnte sich näher an Mark, dessen Aufmerksamkeit immer noch ihren Brüsten galt. »Komm, sei nicht schüchtern.« Sie gab ihm einen kurzen Kuß auf die Lippen, ähnlich den vielen freundschaftlichen Küssen, die sie ihm in der Vergangenheit schon gegeben hatte. Er lächelte und küßte sie zurück. »Das ist besser«, flüsterte Grace. »Das ist viel ...« Die Wildheit seines zweiten Kusses nahm ihr den Atem. Er preßte seine Zunge zwischen ihre Lippen und ergriff Besitz von ihrem Mund.

Lauter Beifall erklang von Marks Freunden an den Nachbartischen. Der zurückhaltende Bursche kam endlich aus der Reserve. Die anderen billigten sein Verhalten offensichtlich. Mark zog sie auf seinen Schoß, und sie küßten sich innig. Seine Hände griffen unter ihre Brüste, und beinahe abwesend rieben seine Daumen ihre Brustwarzen. Sie konnte sein Glied fühlen, das durch die plötzliche Erregung hart wurde. Sie fühlte es unter sich wachsen. Wie oft hatte sie darüber nachgedacht, ob er sie begehrte ... Jetzt wußte sie, daß er sie begehrte – oder besser ihr Alter ego Dominique, die Stripteasetänzerin.

Die Musik aus den Boxen endete abrupt. Als Grace das Band für ihre Aufführung zusammengestellt hatte, dachte sie, daß ein Titel von Prince, ›Let's Pretend We're Married‹, eine geeignete Auswahl darstellte, um ihren

Auftritt zu beenden. Jetzt saß sie nackt auf dem Schoß von Mark und fühlte das anschwellende Versprechen seiner Erektion, die gegen ihr Gesäß drückte. Sie hätte in Tränen ausbrechen können, weil sie die bittere Ironie der Situation erkannte. Dieser Mann, ihr bester Freund, der sie mit seinen heißen, eindringlichen Küssen und durch den Druck seiner Hände auf ihre schwellenden Brüste erregte, war einer anderen Frau versprochen. Bald war die Hochzeit. Er würde mit Lydia verheiratet sein, und Grace mußte der Tatsache ins Auge sehen, daß sie ihn dann für immer verloren hatte – bevor sie ihn überhaupt besessen hatte.

Marks nächste Worte holten sie in die Wirklichkeit zurück. »Gibt es hier eine Möglichkeit, wohin wir uns zurückziehen können?« fragte er.

»Ich ... äh ...« Das hatte Grace nicht erwartet. Ein bißchen Anreizen, ein bißchen mit den Hüften wackeln, der innige Kuß vielleicht, aber sie hätte niemals gedacht, daß Mark so erregt auf sie reagieren würde. »Es gibt hinten den Raum, wo ich mich umgekleidet habe«, stotterte sie schließlich. »Was hast du vor?«

»Okay ...« Seine Atem drang warm an ihr Ohr, als er seine Stimme senkte. »In meiner Fantasie schwebte mir schon immer vor, daß mir einmal eine Stripperin einen bläst, und ... normalerweise würde ich dich nicht darum bitten, aber du erinnerst mich an eine Frau, die ich kenne.«

»Wirklich?« Grace berührte instinktiv ihr Gesicht, um zu überprüfen, ob sich die Ziermaske verschoben hatte. Sie machte eine aufreizende Bewegung daraus, indem sie ihre Finger hinter dem Kopf verschränkte und einen Schmollmund zog. »Ich bin nicht dieser Mädchentyp, weißt du. Ich blase auch nicht jedem einen, aber ... bei dir mache ich eine Ausnahme. Du bist ein Klassemann. Du bist anders als die anderen. Das gefällt mir.« Sie lächelte verschwörerisch. »Komm.«

Sie hielt nicht einmal an, um ihre abgeworfenen Kleidungsstücke aufzuheben. Sie hatten ihren Zweck erfüllt, und sie konnte sie später einsammeln. In einer galanten Gebärde zog Mark sein Jackett aus und legte es um ihre Schultern. Es bedeckte ihren nackten Oberkörper und der Saum ihr Gesäß. Gemeinsam gingen sie über die Bühne. Man hörte Pfiffe und Hochrufe von Marks Freunden und einen Ausruf: »Steck ihr einen Gruß von mir mit rein!« Grace hoffte, daß niemand sehen konnte, daß ihre Wangen flammend erröteten. Sie sollten ruhig denken, daß sie die scharfe Stripteasetänzerin war, als die sie sich ausgab. Einen Bräutigam als Abendüberraschung bei einer Männerparty in ein Hinterzimmer zu entführen, um ihm einen zu blasen, war für ein Tanzmädchen wie ›Dominique‹ normal. Wenn sie gewußt hätten, daß sie in Wirklichkeit eine enge Freundin und Arbeitskollegin war, wäre ihre Reaktion vollkommen anders ausgefallen. Das galt auch für Mark …

Die Sachen von Grace hingen auf einem Haken hinter der Tür. Glücklicherweise waren ihre Jeans, ihr Pullover und ihre Lederjacke alltägliche Dutzendware, so daß Mark, wenn er sie gesehen hätte, nicht auf den Gedanken gekommen wäre, daß es Grace' Kleidung war.

Sie verschloß die Tür hinter sich, eingedenk möglicher Störungen. Dann führte sie Mark zu dem kleinen Holzstuhl und zog seine Jacke aus.

Er schüttelte den Kopf. »Behalte sie an, es gefällt mir so«, sagte er. »Ich denke, du siehst damit etwas verrückt aus.«

»Ich glaube, du solltest mehr ausziehen«, erwiderte Grace leidenschaftlich und drückte ihren Finger auf seine Lippen. »Wir sind nicht zum Reden hier, weißt du.« Ihre Münder trafen sich wieder, jetzt in einem langen Zungenkuß, der einen pochenden Pulsschlag tief zwischen ihren Beinen auslöste. Sie konnte den feinen Zitronengeruch von Marks Rasierwasser riechen, der sich mit dem kaum bemerkbaren Moschusgeruch seines Körpers mischte.

Gerade als Grace glaubte, sie würde zerschmelzen, unterbrach Mark den Kuß. »Wir sind auch nicht zum Knutschen hergekommen«, neckte er sie.

»Alles zu seiner Zeit«, antwortete Grace. »Ich denke, ich werde deine Vorfreude verlängern, indem ich dir ein Beispiel gebe, wozu diese Zunge fähig ist.« Sie nahm sein linkes Ohr in den Mund und begann, es zu liebkosen, dann kniff sie mit ihren Zähnen in das empfindliche Ohrläppchen. Er lachte leise, weil ihn die Berührung kitzelte, und zog sich zurück, aber Grace setzte ihren Angriff fort.

»He, das macht mich wirklich schwach«, flüsterte Mark. Als wollte sie prüfen, ob das stimmte, streckte Grace die Hand aus und berührte durch den Stoff seiner Hose sein Glied. Steif lag es an einem Schenkel, und als sie es streichelte, konnte Mark ein Stöhnen nicht unterdrücken.

Ein zufriedenes Lächeln leuchtete in Grace' Gesicht auf, als sie die Aufmerksamkeit wieder auf seinen Hals wandte. Sie biß nur zart in die Haut, um keinen Knutschfleck zu hinterlassen. Als sie sich seiner Halsgrube näherte, warf Mark den Kopf zurück und schloß seine Augen vor sexueller Erregung und Wonne. Knopf für Knopf öffnete Grace sein Hemd, drückte einen Kuß nach dem anderen auf seine Brust und auf den leichten blonden Haarflaum auf seinen Brustmuskeln, die sie enthüllte. Die Brustwarzen von Mark waren klein, dunkel und fest. Sie nahm einen Nippel zwischen ihre Zähne. Ohne Vorwarnung biß sie fest hinein. Er schrie auf, doch tief unter dem scharfen Schmerz empfand er Lust. Als sie das Oberhemd aufgeknöpft hatte, zog Grace es über seine Schultern und ließ ihre Hände über seinen glatten Rücken laufen, während sie mit ihrer Zunge weiter an seinen Brustwarzen spielte.

Mark war vollkommen passiv, als der Ansturm ihrer Zunge erfolgte. Die Macht, die sie über ihn hatte, und das Wissen, daß er keine Ahnung hatte, wer sie war, machte sie feuchter, als sie jemals gewesen war.

Sein schwarzer Ledergürtel war von feiner Machart und ließ den tadellosen Geschmack von Lydia erkennen. Grace öffnete ihn und zog ihn langsam aus den Schlaufen seiner Hosen heraus.

»Ein schöner Gürtel«, bemerkte sie, während sie das weiche Leder hin- und herbog. »Ich kenne da verschiedene Anwendungsmöglichkeiten. Vielleicht könnte ich deine Arme an die Stuhllehne fesseln, um zu verhindern, daß dein Schwanz mich berührt, wonach du dich, wie ich weiß, so sehnst. Oder vielleicht könnte ich ihn auch gebrauchen, um dir ein paar rote Streifen auf deinen sexy Hintern zu verpassen. Dann schicke ich dich mit meinem Markenzeichen zu deiner Verlobten zurück.«

»Was du willst«, sagte Mark. Seine Pupillen weiteten sich vor Begierde hinter seinen Brillengläsern. »Bitte, laß mich nur kommen.«

Grace konnte es nicht länger ertragen, ihn zu reizen, weil sie seine offenkundige Unterwerfung immer mehr erregte. Ihre Muschi glich einem Glutofen, der sich danach sehnte, auf Marks Glied zu sinken und ihn zu reiten, bis sie beide kamen. Aber sie hatte versprochen, ihm einen zu blasen, und wollte ihn nicht enttäuschen. Sie ließ den Gürtel auf den Fußboden fallen, zog den Reißverschluß seines Hosenschlitzes unendlich langsam auf und schob die Hose von seinen Hüften. Darunter trug er seidene Boxershorts in Mitternachtsblau. Wieder Lydia, dachte Grace. Überall stieß sie auf ihre Spuren. Sie wollte ihn mit ihren Duftmarken an seine Verlobte zurückschicken. Der Geruch ihrer Säfte sollte ihm anhaften, damit er sich daran erinnerte, wie sie schmeckte. Sie wollte diesen Abend so tief in sein Bewußtsein brennen, daß er ihn niemals vergessen würde.

Die Spitze von Marks Penis schaute durch den Schlitz der seidenen Boxershorts. Grace fuhr mit einem Finger darüber und wischte den Tropfen klarer Flüssigkeit weg, der dort keck aufgetaucht war. Sie zog an der dünnen Shorts, und er hob entgegenkommend die Hüften, damit sie sie herunterziehen konnte. Sein Kegel stand wie ein einziges Prachtstück da: hoch aufgerichtet und prall, die Vorhaut schon gesprengt, die empfindliche Purpureichel darunter entblättert.

»Wundervoll«, flüsterte Grace beinahe ehrfürchtig. Dann brachte sie ihr Gesicht so nahe an Marks Glied heran, daß er ihren warmen Atem an seiner Eichel spüren konnte.

»Bitte ... bitte leck mich«, sagte Mark.

»Sei nicht so ungeduldig«, tadelte Grace, um den Moment der Macht auszukosten. Sie nahm seinen prallen, samtigen Schaft fest in ihre Faust. Dann neigte sie ihren Kopf und nahm die äußerste Spitze seines Ständers zwischen ihre scharlachroten Lippen. Sie tat so, als würde sie mit dem Mund tiefer gleiten, zog sich dann aber wieder zurück. Mark stöhnte enttäuscht und wechselte die Position, um seinen Penis weiter in ihren Mund zu schieben.

»Na, Herr Ehemann in spe«, spottete Grace, während ihre Finger raffiniert an seinem pulsierenden Schaft spielten, »was würde deine Verlobte sagen, wenn sie wüßte, daß du eine Fremde bittest, dir einen zu blasen?«

»Ich weiß es nicht«, antwortete Mark, die Stimme heiser vor Begierde, »und es kümmert mich auch nicht.«

Grace lächelte wieder. Schließlich gab sie seinem Wunsch nach. Ihr weicher, feuchter Mund umkreiste seine Eichel. Wiederholt wischte sie mit ihrer Zungenspitze über sein weinendes Liebesauge. Mark schmeckte salzig-frisch, und sie leckte seine Säfte wie eine Katze Sahne. Zentimeter für Zentimeter ließ sie seinen Penis in ihren Mund gleiten. Ihre Hände wanderten inzwischen über die straffen Innenseiten seiner Schenkel und tasteten sich immer näher an seine Liebesbälle heran.

Mark ließ unzusammenhängende Wonnelaute erklingen, während Grace seinen Penis verwöhnte und ihre Zunge eigensinnige Spielchen auf der Unterseite seines Gliedes vollführte. Da ihre Vagina nicht vergessen werden wollte, drückte sie ihren Venushügel fest gegen das Knie von Mark, um es als Werkzeug zur Masturbation zu benutzen. Ihr einziger Wunsch war, sein pralles Glied tief in sich zu spüren und ihre Klitoris stimuliert zu haben, wenn sich ihre Körper vereinten. Doch an der Art und Weise, wie sich seine Hüften bewegten, konnte sie erkennen, daß es nicht mehr lange dauerte, bis er seinen Samen in ihren Mund spritzte.

Er packte ihre Haare und hielt sie in dem Bemühen fest, seinen Penis tiefer in ihren Mund zu treiben. Grace ließ sich die Gangart nicht diktieren und zuckte mit dem Kopf zurück. Dabei wurde der dünne, elastische Verschluß ihrer Maske zerrissen, und über Mark ergoß sich ein Regen von Metallplättchen. Mit weit aufgerissenen Augen starrte er auf Grace, die auf die Füße sprang und sein Jackett fest um sich zog.

»Grace«, flüsterte er erstaunt. »Was zum ...?«

»Es tut mir leid«, antwortete sie. »Das ist meine letzte Aufgabe. Eine Stripperin zu sein, ich meine, keine zu sein. Als ich herkam, wußte ich nicht, daß ich mich für dich ausziehen sollte. Ich habe auch nicht erwartet, daß wir ...« Ihre Stimme verebbte, und Tränen flossen aus ihren Augen. Sie wartete auf eine Äußerung von Mark, mit der er seinen Ärger oder, schlimmer, seinen Abscheu ausdrücken würde. »Ich nehme meine Sachen und gehe.«

»Nein, tu das nicht.« Mark zog sie an sich. Er bettete ihren Kopf auf seinen Schoß. »Geh nicht, Grace. Nicht auf diese Weise.«

Sie fühlte etwas Hartes und Glattes an ihrer Wange

und stellte fest, daß es sein steifes Glied war. Sie wollte danach greifen und es berühren, ließ es dann aber aus Angst.

Mark streichelte ihr Haar. Die Bewegungen wirkten hypnotisierend und beruhigend. »Grace, ich möchte zu Ende bringen, womit wir angefangen haben.«

Sie schaute ihn wieder an. »Bist du mir nicht böse?«

»Warum sollte ich? Du hast mich so geblasen, wie ich es nie in meinem Leben bekommen habe.«

»Meinst du das ehrlich?«

»Bei diesen Dingen würde ich nicht lügen.« Marks Stimme war weich und aufrichtig. »Du bist unglaublich. Du bist wirklich toll. Es gibt nur eines, das ich mehr will, als daß du mir einen bläst. Ich möchte dich vögeln.«

Jetzt streichelte Grace seinen Penis. Sie spürte, wie empfänglich er dafür war und daß er sich unter ihrer zärtlichen Liebkosung weiter ausdehnte. Mark nahm das Jackett von ihren Schultern, und ihre Brüste lagen bloß.

»Du hast so süße kleine Brüste«, seufzte er. »Komm.«

Sie kam bereitwillig in seine Umarmung und setzte sich auf seinen Schoß. Mark beugte seinen Kopf zu ihren Brüsten, und seine Hände umfaßten und hoben das weiche Fleisch, so daß er bequem an ihre Brustwarzen gelangte. Der feuchte Druck seines Mundes rief einen beschleunigten Pulsschlag irgendwo am Eingang ihrer Muschi hervor. Sie öffnete ihre Beine weit und berührte ihr feuchtes, gefühlsgeplagtes Fleisch. Mark unterbrach seine Liebkosung mit dem Mund, um zuzusehen, wie Grace sich lüstern befriedigte.

»Ich kann es nicht glauben«, murmelte er. »Lydia würde mich niemals zusehen lassen.«

»Ja, aber bin ich Lydia?« antwortete Grace. Sie zog ihre Finger heraus, die von ihren Säften trieften, und führte den Kopf von Marks Penis an den Eingang ihrer Furche, so daß er ihre angeschwollenen Schamlippen teilte. Sie war mehr als bereit, ihn in sich aufzunehmen, doch mit einem Stoß saß sein Penis plötzlich tief in ihr. Er paßte perfekt, gehörte dorthin, und ihre Muskeln umspielten den willkommenen, heißen Ankömmling freudig.

Sie küßten sich mit offenen Mündern, während Grace auf Marks prallem Schaft vor- und zurückglitt. Wie oft hatte sie von diesem Moment geträumt, aber sie hatte sich nie vorstellen können, wie gut es sich anfühlen würde, wenn sein Glied sie pfählte. Sie bewegte sich zuerst langsam, um sich daran zu gewöhnen, dann gingen ihre Bewegungen in einen schnelleren, drängenderen Rhythmus über. Marks Hände waren überall, er streichelte und liebkoste ihren Rücken, ihren Bauch und ihre Brüste. Sie fühlte den warmen Druck, der sich in ihrem Schoß aufbaute, und als seine Finger ihre Klitoris leicht berührten, kam sie beinahe.

»Das ist es«, flüsterte sie. »Berühre mich dort, Mark. Genau ... dort.«

Bei Mark überwand sie alle Hemmungen, sie hatte keine Angst davor, ihm zu sagen, was ihr am meisten gefiel. Mit ihm war sie eins. Kein anderer Mann löste das in ihr aus. Schamlos spornte sie ihn an, in ihr den Orgasmus toben zu lassen und den Höhepunkt so zu gestalten, wie sie ihn nie zuvor erlebt hatte. Nur wenige weitere Berührungen ihrer gierig pulsierenden Knospe genügten, dann schrie sie ihre sexuelle Erfüllung in den kleinen, ungemütlichen Raum hinaus, während ihre Muskeln in freudvollen Krämpfen zuckten. Mark stieß nun wie ein Wilder zu und steuerte, den Kopf gegen ihre Brüste gepreßt, ebenfalls auf den Orgasmus zu. Ein letzter, gewaltiger Stoß aus seinen Lenden ließ ihn kommen. Er rief Grace' Namen, während sich seine Bewegungen verlangsamten und dann aufhörten.

Er hob den Kopf, um Grace anzusehen, die Augen voller Liebe. »Danke« war alles, was er sagte.

»Wir hätten das nicht tun sollen«, sagte sie offen und

versuchte, aus ihrem Gedächtnis zu verdrängen, wie wunderschön es gewesen war, mit ihm zu schlafen.

»Doch«, erwiderte er. »Wir hätten es schon viel früher tun sollen. Erinnere dich an deinen Geburtstag, als du mich batest, bei dir zu bleiben. Ich wollte es halb, und jetzt wünschte ich, ich hätte es getan.«

»Vielleicht war es gut, daß du gegangen bist«, sagte Grace und streichelte seine Wange zärtlich. »Sonst wäre es für mich noch schlimmer gewesen zu wissen, was Lydia hat – und was ich nicht habe.«

Die folgenden Worte von Mark überwältigten sie. »Grace ... ich liebe dich. Ich wußte es bis jetzt nicht, aber ich liebe dich. Ich möchte dich heiraten, nicht Lydia. Sonst mache ich einen schrecklichen Fehler.«

»Sag das nicht.« Grace konnte fühlen, wie Tränen in ihre Augen stiegen. Unter anderen Umständen wäre sie bei diesem Geständnis vor Freude überglücklich gewesen, aber jetzt schien es zu spät zu sein. »Heute in einer Woche wirst du glücklich verheiratet sein und dieses Gespräch vergessen haben.«

Mark schüttelte den Kopf. »Ich werde diesen Abend niemals vergessen. Ich werde es auch niemals bereuen. Ich habe versucht, mir eine Zeitlang einzureden, daß es richtig ist, Lydia zu heiraten, aber ich glaube, es ist falsch.«

»Natürlich ist es richtig. Sie ist reich, sie ist toll ...«

»Sie ist egoistisch und verwöhnt.« Mark schaute Grace verzweifelt an, die schließlich begriff, daß er es ernst meinte. »Und ich bin zu feige, um die Heirat abzusagen.«

»Du solltest dich lieber anziehen und zu deiner Party zurückgehen«, sagte Grace und versuchte, die Konsequenzen zu ignorieren, die seine Worte für sie hatten. »Deine Freunde werden erwarten, daß du mit einem blöden Grinsen zurückkommst und davon schwärmst, wie brillant es war.«

»Und was ist mit dir? Was willst du machen?«

»Ich? Ich pfeife darauf, die entzückende Dominique zu sein, ich verwandle mich wieder in die einfache, vertraute Grace und versuche, mit dem Rest meines Lebens klarzukommen.« Grace machte eine Pause. Da erinnerte sie sich an die Polaroidkamera in ihrer Handtasche. »Übrigens müssen wir ein paar Fotos schießen. Ich brauche einen Beweis für Dominic, damit ich meine letzte Aufgabe bekomme und auf die viertel Million Anspruch erheben kann.« Als sie dies so leichthin sagte, wurde ihr klar, wie geldgierig sie sich anhörte. Doch wenn sie Mark glauben machte, daß alles, was sie wollte, Geld war, konnte sie es vielleicht auch selbst glauben.

»Du hast das alles so gut gelöst«, sagte Mark. »Ich erinnere mich noch, wie nervös du warst, als du den ersten Brief bekommen hast. Und jetzt sieh dich an.«

»Ich hatte nicht gedacht, daß es so enden würde.« Sie umarmten sich wieder. Mark zog sie eng an seinen nackten Körper, und Grace wünschte tief in ihrem Inneren, den Rest ihres Lebens in seinen Armen zu verbringen. Aber das war nur ein Traum, und sie mußte ihn aus ihrem Gedächtnis streichen. Es blieb ihr noch eine letzte Aufgabe. Löse sie, dachte sie, dann versuche, die Hochzeit zu überstehen und ein Leben ohne Mark zu führen.

Als sie sich ankleidete und beobachtete, wie Mark wieder in sein Jackett schlüpfte, wurde ihr klar, daß dieses Leben unvergleichlich mühsamer sein würde als alle Aufgaben, die Onkel Alexander ihr gestellt hatte.

Dreizehntes Kapitel

Der Zug in Richtung Sheffield verließ den Bahnhof von Saint Pancras um neunzehn Uhr. Grace hatte sich mit Rachel und Suki für 18 Uhr 45 vor dem Buchverkaufsstand in der Bahnhofshalle verabredet. Um fünf vor sieben wählte sie Rachels Funktelefon an und sagte, daß sie nicht länger auf sie warten sollten. Vor drei Stunden hatte Maureen aus einem undefinierbaren Anfall von Gehässigkeit die Vorlage für die Weihnachtsverkaufsbeilage des *Career Girl* auf Grace' Tisch geworfen und ihr gesagt, daß es überarbeitet werden müsse, außerdem müßten zwei weitere Artikel geschrieben werden, die der Layouter, der Mark ersetzte, weil der seine Hochzeitsreise angetreten hatte, am Montag morgen brauche.

Grace legte Protest ein, da sie wußte, daß die Arbeit vor der Abfahrt des Zuges nicht mehr zu bewältigen war, aber Maureen bestand darauf. Dabei saß sie für den Rest des Nachmittags in ihrem Büro herum, blätterte müßig in einer Auswahl von Konkurrenzzeitschriften und telefonierte, um ihre Freizeitbeschäftigung am Wochenende zu regeln. Um zwanzig nach acht packte sie ihre Sachen und wünschte Grace kurz angebunden ein ›Guten Abend‹, um zu einer Veranstaltung zu gehen.

Im Büro allein gelassen, klappte Grace den Aktenordner zu, der den Zeitungsartikel enthielt, an dem sie gearbeitet hatte, und begann, einen Brief zu schreiben. Die Beilage würde pünktlich am Montag morgen auf dem Schreibtisch von Maureen liegen, aber auch ein mit sorgfältigen Worten verfaßtes Kündigungsschreiben. Auf eine gelegentliche Mittagsverabredung zu verzichten oder eine Stunde länger als gewöhnlich im Büro zu bleiben war eine Sache. Doch ihre Chefin hatte gewußt, daß sie mit ihren Freundinnen verreisen und sich in einem kleinen Hotel nahe der Kirche, wo Mark und Lydia heirateten, einquartieren wollte. Den ganzen Tag schon stand die Reisetasche mit der Kleidung für die Feier, anderen Übernachtungssachen und dem antiken Bilderrahmen aus Silber, den sie als Hochzeitsgeschenk gewählt hatte, deutlich sichtbar neben ihrem Schreibtisch. Maureens Verhalten schlug dem Faß den Boden aus. Ob Grace sich die Erbschaft nun verdienen und damit ihre finanzielle Zukunft sichern würde oder nicht: Sie ertrug es nicht länger, von ihrer Chefin ausgenutzt und so behandelt zu werden.

Wenn sie das *Career Girl* verließ, würde das auch die Angelegenheit zwischen ihr und Mark regeln, sagte sie sich, während sie darauf wartete, daß der Brief aus dem Drucker kam. Die Tage nach dem Männerabend waren für sie beide schwierig gewesen. Glücklicherweise hatten es die Arbeitsbelastung und die Tatsache, daß Mark am Donnerstag vor der Hochzeit nach Norden abgereist war, mit sich gebracht, daß sie kaum miteinander sprachen. Aber wenn sich die Gelegenheit bot, konnte Grace kaum die gequälten Blicke zwischen ihnen aushalten. Das letzte, was sie von ihm erwartet hatte, war eine Liebeserklärung. Doch da die Worte nun einmal ausgesprochen waren, konnte sie sie nicht vergessen. Mark war es ernst, das wußte sie, aber es blieb die Tatsache, daß er morgen Lydia heiraten würde.

Grace langte nach ihrer Tasche, um einen Füller für die Unterschrift herauszunehmen. Dabei berührten ihre Finger den Brief des Rechtsanwalts. Er hatte auf dem Fußabstreifer gelegen, als sie die Wohnung verlassen wollte, und da hatte sie ihn ungeöffnet in ihre Handtasche gesteckt. Jetzt machte sie ihn auf. Ein einziges Papierblatt flatterte heraus: keine Flugkarten, keine Stadtpläne, keine Anweisungen, keine Extras. Nur diese Worte: ›Die Aufgaben sind beinahe gelöst. Jetzt haben Sie viel dazugelernt und noch mehr erfahren. Das einzige was bleibt, ist, alles abzuwägen und Ihren Herzenswunsch geltend zu machen.‹

Sie las den Satz wieder und wieder. Sie hatte den Aufforderungen zu bizarren sexuellen Experimenten und hemmungsloser Wonne so intensiv gefrönt, daß sie beinahe enttäuscht war. ›Ihren Herzenswunsch geltend zu machen.‹ Grace schloß die Augen und wartete auf das Bild, das kommen sollte, um alles auf einen Schlag zu klären. Sie dachte an die lange Reihe von Menschen, die ihr bei ihren Aufgaben geholfen hatten. Simon, der erste, profitierte beim zweiten Mal von dem, was sie gelernt hatte. Dipak und Declan, die sich auf sexuelle Wonnen verstanden und als Gespann arbeiteten und ihr zu mehreren Orgasmen verhalfen; James, dessen überlegene Intelligenz seine sinnliche Freude am Liebesspiel übertünchte; die kurvenreiche Roxy und die jungenhafte Max, die ihr beide das Gefühl gaben, daß Liebe zwischen Frauen viel sinnlicher ist, als Worte sie beschreiben können. Gebieter John und Domina Paula mischten Freude und Schmerz, bis eins das andere aufhob, wobei der Schlag mit einer Hand einen viel intensiveren Orgasmus als die süßeste Zärtlichkeit auslösen kann ...

Doch alles, was vor ihrem Blick entstand, war das Gesicht von Mark, seine Augen, die in Ekstase halb geschlossen waren, als sein Glied in sie eindrang. Sie spürte erneut das Gefühl, als sie genommen und gefüllt wurde, ihr Körper ihn endlich besaß, wenn auch nur für kurze Zeit. Seine Gegenwart, seine Liebe, erkannte sie mit Erstaunen und mit schmerzhafter Deutlichkeit, das war es, was sie über alles in der Welt wünschte.

Die Fahrt nach Hause blieb nebelhaft und verschwommen. Irgendwie fand sie den Weg zur U-Bahn-Station, nahm die Bahn bis zu ihrer Haltestellte und lief durch die stillen Straßen zu ihrer Wohnung, aber sie konnte sich an nichts erinnern. Ihr Geist wurde von Gedanken bestürmt, die umsonst versuchten, sich zu formen. Sie funktionierte nur wie eine mechanische Puppe. Das einzige, was sie über alles wünschte, war etwas, das das Schicksal ihr nicht gewährte.

Sie brauchte jemanden zum Aussprechen, damit sich die Gedanken in ihrem Kopf klärten, aber ihre beiden engsten Vertauten waren auf dem Weg zu der Hochzeit. Sie langte zum Telefon und wählte beinahe aufs Geratewohl. Das Telefon von Simon Lord klingelte und klingelte, aber niemand hob ab. Sie gab auf. James Donovan hatte auf seinen Anrufbeantworter eine Nachricht gesprochen, die den Anrufern mitteilte, daß er sich in Dänemark befand. Obwohl er die Telefonnummer des Hotels in Kopenhagen nannte, in dem er zu erreichen war, wußte sie instinktiv, daß es keinen Sinn hatte, sie anzuwählen. Ausgerechnet dann, wenn sie ein freundliches und verständnisvolles Ohr brauchte, schien niemand da zu sein.

Doch es gab neben Suki, Mark und Rachel noch jemanden, der über alle Ereignisse des letzten Jahres im Bilde war. Besser als alle anderen kannte er die Einzelheiten, hatte gewußt, daß sie in einem mit Akten vollgestopften Büro ausgearbeitet wurden und dort warteten, bis Grace ihren 29. Geburtstag feierte.

Seine private Telefonnummer befand sich in ihrem Adreßbuch. Seine Sekretärin, Geraldine, hatte sie ihr gegeben, für den Fall, daß Grace ihn in einem Notfall konsultieren mußte. Und dies war ein Notfall. Sie wählte die Nummer und betete, daß er abnahm.

»Hallo?« Die Stimme klang distanziert und leicht ärgerlich wegen der Störung.

»Dominic, störe ich Sie?« fragte Grace zögernd.

»Überhaupt nicht.« Sein Tonfall lebte auf. »Ich habe vor dem Fernseher gedöst, und Sie haben mich aufgeweckt.«

»Tut mir leid. Ich sehne mich danach, eine freundliche Stimme zu hören.«

»Ist alles in Ordnung?«

»Nein, nicht wirklich.« Grace stellte bestürzt fest, daß sie in Tränen auszubrechen drohte. »Alles ist so kompliziert, und ich weiß nicht, was ich machen soll.«

»Möchten Sie, daß ich vorbeikomme? Ich kann das Auto nehmen und bin in zwanzig Minuten bei Ihnen.« Die Sorge in seiner Stimme war aufrichtig und unerwartet.

»Vielen Dank. Ich wäre Ihnen wirklich dankbar.«

Dominic legte auf. Grace ging in die Küche. Im Kühlschrank fand sie eine halbvolle Flasche trockenen Weißwein. Sie entkorkte die Flasche und goß sich ein Glas ein. Alkohol würde ihre Probleme nicht lösen, aber im Moment brauchte sie den wohltuenden Geschmack, der durch ihre Kehle floß, und die warme Glut, um ihre ruhelosen Gedanken zu betäuben.

Wenige Minuten später ertönte ein Summen in der Haussprechanlage. Grace, die halb liegend auf der Couch gewartet hatte, lief hin, um eine Antwort hineinzusprechen.

»Hallo Grace, hier ist Dominic.«

»Kommen Sie herauf. Ich wohne im zweiten Stock, linke Seite.« Sie ging ins Badezimmer und spritzte sich kaltes Wasser ins Gesicht, um ihre geröteten Augen und ihre tränenbenetzten Wangen zu verbergen. Dann öffnete sie die Türe.

Dominic bemerkte, daß sie geweint hatte, aber er sagte nichts. Er folgte ihr ins Wohnzimmer.

»Kommen Sie in die Küche. Ich werde Ihnen ein Glas Wein einschenken.« Sie war es so gewohnt, Dominic im Anzug zu sehen, daß sie sein Anblick in verwaschenen Jeans und grauem Rollkragenpullover überraschte. Er lehnte sich gegen die Wand und betrachtete die Ansichtskarten auf der Pinnwand neben der Tür, während sie ihm ein Glas Wein eingoß.

»Das ist ein schönes Bild von Ihnen«, sagte er.

Grace wandte den Kopf, um zu sehen, was seine Aufmerksamkeit erregt hatte, und fühlte einen Stich. Er betrachtete ein Foto von ihr und Mark. Es war während der letzten Weihnachtsparty im Büro gemacht worden. Sie saßen am Tisch, Grace mit einem schwarzen Cocktailkleid und Mark mit Abendjackett und Krawatte.

»Ich habe vergessen, daß es da hängt«, bekannte sie. »Das ist übrigens Mark Ritchie. Er ist mein Problem.«

»Wer ist er? Ein Exfreund?« Als Grace den Kopf schüttelte, sagte Dominic: »Es ist nur ... Sie sehen aus wie ein Ehepaar.«

»Ich wünschte, es wäre so.« Grace seufzte. »Setzen wir uns, dann werde ich es zu erklären versuchen.«

Grace ließ sich auf der Couch nieder und zog ihre Beine unter ihren Unterkörper. Sie holte tief Luft und begann. »Mark ist einer meiner besten Freunde. Ich arbeite mit ihm bei derselben Zeitung und habe ihn zum Verrücktwerden gern. Leider heiratet er dieses Mädchen, Lydia, die mich wegen meiner Erbschafts-Aufgaben nicht ausstehen kann. Sie glaubt, daß ich eine sexkranke Hure bin, weil ich es genieße, mit Menschen zu schlafen, die ich nicht kenne. Sie wissen ja, daß ich für meine letzte Aufgabe eine Stripperin spielen mußte. Ich will nicht ins Detail gehen, aber soviel sollen Sie wissen: Der Zufall wollte es, daß ich vor Mark Striptease machte, und das endete damit, daß er mir seine wirklichen Gefühle offenbarte. Und jetzt erhalte ich von Ihnen ein Schreiben, das mich auffordert, meinen Herzenswunsch zu verwirklichen. Ich habe nur einen: Mark. Er ist der einzige Mann, den ich haben will. Und wenn ich ihn nicht bekomme, heißt das, daß ich mit meiner letzten Aufgabe Schiffbruch erleide. Ich verliere das Erbe, und außerdem habe ich heute meinen Job hingeschmissen, und das alles zusammen ...«

Grace vergrub ihr Gesicht in den Händen, da sie Angst hatte, wieder zu weinen. Sie fühlte, wie sich ein Arm um ihre Schultern legte.

»O Grace ...« Dominic hielt sie fest, und sie atmete den weichen Moschusgeruch seines Rasierwassers ein. »Sie sind so weit gekommen. Denken Sie an die Prüfungen, die Sie bestanden haben. Sie können jetzt nicht aufgeben.«

»Ich weiß, aber ...«

»Wenn Sie ohne Mark nicht leben können, werden Sie einen Weg finden.« Er streichelte ihr nachdenklich über die Haare. »Sie sind in den vergangenen Monaten so einfallsreich gewesen. Ich bin stolz auf Sie, wenn Sie die Wahrheit hören wollen.«

»Wirklich?« Grace lehnte sich zurück und schaute ihn an.

Dominic faßte sie fest ins Auge. »Ja. Ich bin davon überzeugt, daß die meisten anderen längst die Flinte ins Korn geworfen hätten. Sie nicht. Sie sind einmalig, Grace.« Ihre Gesichter kamen sich so nahe, daß sie sich beinahe berührten. Dominic beugte sich leicht vor und küßte Grace auf die Lippen. Sie sahen sich einen Moment lang an und fühlten die feine Veränderung in der Atmosphäre. Dann küßten sie sich stärker, und Dominic ließ seine Zunge leicht über die Konturen von Grace' Mund gleiten.

Eine ferne Stimme warnte Grace, daß sie ihren Rechtsanwalt küßte, mit dem sie eigentlich nur in einem rein geschäftlichen Verhältnis zu verkehren habe. Doch ihr Körper sprach auf den gutaussehenden Dominic an, dessen eisige Zurückhaltung endlich weggeschmolzen war, um darunter einen heißblütigen Mann zum Vorschein kommen zu lassen.

»Was machen wir da?« flüsterte Grace, als sie schließlich Atem holten. »Stört das nicht unsere Geschäftsbeziehungen?«

»Das kümmert mich nicht«, antwortete Dominic und drückte ihr einen neuen Kuß auf den Mund. Seine Hand streichelte ihren Nacken und fand dabei eine empfindliche Stelle. Grace erschauerte und schmiegte sich an ihn.

Dominic entbot seinen Trost auf die süßeste Weise, und sie fühlte plötzlich Appetit darauf. Sie zog sein Hemd aus seinen Jeans und umarmte seinen nackten Oberkörper.

Dominic langte nach ihrer Bluse, knöpfte sie in beinahe wilder Hast auf und öffnete sie, um ihre Brüste zu sehen, die noch in ihrem weißen Spitzenbüstenhalter schlummerten. »Ich gebe zu, daß du meine schönste Klientin bist«, murmelte er, während er ihr die Bluse von den Schulter streifte und die Schalen ihres Büstenhalters nach unten schob, wodurch die weichen Busenberge hervortraten.

Hastig zog Dominic seine eigenen Sachen aus und schleuderte Jeans, Schuhe und Socken von sich auf den Boden. Als er bis auf den Slip nackt war, setzte er Grace auf seinen Schoß und erlöste sie von ihrem Büstenhalter. Mit freien Brüsten und bis an die Taille hochgeschobenem Rock saß sie breitbeinig auf ihm. Seine Hände waren überall. Er streichelte und liebkoste ihre Brüste, ihre Schultern und ihren Rücken. Sie drückte kleine, neckische Küsse auf das blasse, sommersprossige Fleisch seines Oberkörpers, und er begann, die Innenseiten ihrer Oberschenkel zu erkunden.

Grace ließ ein leises Stöhnen hören, als seine Finger leicht ihre Scheide durch die Strumpfhosen hindurch berührten. Dominic drückte das Gewebe in ihre feuchte Muschi, worauf es sich mit ihren innersten Säften vollsaugte. Sie faßte nach hinten und entledigte sich ihres Rockes, der nur störte, und rückte kurz von Dominic ab, um den Rock seinen Kleidungsstücken hinterherzuwerfen.

Dann fanden seine Hände wieder zu ihrem Geschlechtsteil. Er reizte ihren Kitzler durch das feuchte Spitzengewebe, und sie konnte fühlen, wie sie sich für ihn öffnete, und wünschte sich nichts weiter, als ihn in sich aufzunehmen. Keiner machte den Vorschlag, daß sie sich ins Schlafzimmer zurückzogen, denn jeder Moment war kostbar, um die Begierde ihrer brennenden Wollust zu löschen. Grace zog an Dominics Slip und befreite seinen Penis aus der baumwollenen Einschnürung.

Lang und prall machte das Glied auf sich aufmerksam. Dominic war bereit. Sie ließ ihn ihre Strumpfhosen abstreifen, bemerkte, wie sie sich an ihrem linken Knöchel verhedderten, aber sie kümmerte sich nicht darum. Alle kleinen und großen Probleme waren für die Dauer eines Schäferstündchens vergessen, und sie konnte nur noch an Sex denken. Ihr Körper brannte danach, und sie konnte sich Dominic nicht länger versagen. Sie ergriff seinen erigierten, glatten, samtigen Penis und schob ihn in sich. Es war der richtige Moment. Dominic stieß weiter in sie hinein.

Sie lag rücklings auf der Couch und ließ ihn seinen Penis ganz einführen, während sie ihre strumpfbedeckten Beine um seinen Rücken schlang, fühlte, wie er kurz gegen ihren Gebärmutterhals stupste. Ihre Hände brachten sein kurzes rotes Haar durcheinander, als er sich eifrig in ihr bewegte. Nachdem er sich für ein Tempo entschieden hatte, begann Grace, ihm mit ihren Hüften entgegenzukommen, und beantwortete so leidenschaftlich seine Bewegungen.

»O Gott, ist das gut«, seufzte sie. »Fick mich, Dominic. Besorg es mir.«

Grace' vulgäre Worte spornten ihn an, und er beschleunigte das Tempo. Er war so tief in sie eingedrungen, daß seine Hoden bei jedem Stoß ihre Gesäßbacken berührten. Sie genoß das Gefühl. Die Reibung ihres Venushügels an seinem Schambein brachte sie nahe an den Orgasmus heran. Grace schloß die Augen und gab sich dem süßen Wonneschmerz hin. Ihr Schrei, als sie kam, war aus tiefstem Herzen und urweltlich, beinahe tierisch in seiner Heftigkeit. Als ihre Muskeln Dominics Glied fest umschlossen, explodierte er auf ähnliche Weise. Mitgerissen von ihren Höhepunkten, klammerten sie sich aneinander wie Überlebende eines Schiffbruchs. Ihre Körper hoben und senkten sich, vor Schweiß glänzend.

Schließlich stemmte sich Dominic hoch. Er schaute auf Grace hinunter. Ihre Brüste blieben in Bewegung, als sich ihr Atem verlangsamte, ihre Haare waren zerwühlt, ihre Strümpfe hatten Löcher. »Du bist fantastisch«, erklärte er. »Mark Ritchie ist ein Glückskind, er kann sich sein Leben lang freuen, das ist mein einziger Kommentar.«

»Glaubst du wirklich, daß ich ihn von der Hochzeit abhalten kann?«

»Natürlich kannst du das.« Dominic streichelte ihren Bauch. »Sieh mal, du hast in der Öffentlichkeit gestrippt, du hast Aktfotos machen lassen, du hast dich in ein Schaufenster in Amsterdam gestellt ... Den Mann, den du liebst, seiner Verlobten vor der Nase wegzuschnappen wird im Vergleich dazu nur eine Bagatelle sein.« Dominic griff nach seiner Uhr, die er auf den Kaffeetisch gelegt hatte. »Wäre es unverschämt, wenn ich über Nacht bleibe?« fragte er. »Ich fahre dich morgen früh zum Bahnhof.«

»Kein Problem. Ich mache Kaffee und suche ein T-Shirt für dich. Ich glaube, es ist noch eins hinten im Schrank versteckt, wenn du mit der Tatsache leben kannst, daß es einem richtigen Scheißkerl gehörte.«

»Ah, *jetzt* sprichst du von einem Exfreund.« Dominic lächelte und sah Grace nach, die nackt in ihr Schlafzimmer ging. Er fühlte, wie sein Kopf schwer wurde. Prachtvoller Sex machte ihn immer schläfrig.

Als Grace mit einem alten, rot-weiß gestreiften T-Shirt von David zurückkehrte, schlief Dominic bereits fest auf der Couch.

Der Zug hatte schon eine halbe Stunde Verspätung, als er Derby erreichte. Grace saß in einem Waggon hinter dem Speisewagen und trommelte ruhelos mit den Fingern auf den Tisch. Die ältere Frau, die ihr gegenübersaß, ärgerte das sichtlich.

Warum heirateten Lydia und Mark nicht in Kensington und ersparten ihren Gästen eine Reise durch das halbe Land? Die Großeltern von Lydia lebten in einem kleinen Dorf einige Meilen von Sheffield entfernt, und Lydia hatte die malerische normannische Dorfkirche für die Trauung bestimmt.

Dominic hielt, was er versprach. Er war früh aufgestanden, vom Schlaf erfrischt, und so erwachte Grace bei dem Geruch von Schinken und Ei, der aus der Küche strömte. Es war lange her, daß ihr jemand das Frühstück bereitet hatte. Es schmeckte ihr sehr, und das Gespräch erfreute sie. Sie stellte fest, daß Dominic Butterworth sie an eine jüngere Ausgabe von James erinnerte. Sie besaßen dieselbe Intelligenz und einen trockenen Sinn für Humor, aber Dominic gab sich jede erdenkliche Mühe, die Ansprüche seines Berufes zu erfüllen, während James bei allem, was er tat, aus der Rolle fiel. Grace wünschte, sie hätte Dominic schon früher besser gekannt. Aber sie hatten ja noch viel Zeit, Freunde zu werden, wenn das alles vorüber war.

Dominic fuhr sie zum Bahnhof von Saint Pancras, stritt mit ihr, welche Zeitschrift sie für die Reise kaufen sollte, wünschte ihr viel Glück und gab ihr einen innigen Kuß. Dann winkte er ihr auf dem Bahnsteig nach. Außerhalb von Kettering ging der Triebwagen kaputt, und der Morgen war schon viel weniger perfekt.

Der Zug holperte los, um kurz darauf wieder stehenzubleiben. Grace seufzte. Die Stimme des Zugbegleiters ertönte aus der Sprechanlage, die Fahrgäste wurden gebeten, ihr Gepäck bereitzuhalten. Sie begriff, daß sie in Sheffield waren. Sie nahm ihre Gepäckstücke und schloß sich der Menge an, die den Zug verließ. Dann eilte sie über den Bahnsteig auf die wartenden Taxis zu. Wenn sie Glück hatte, würde sie rechtzeitig zu Beginn der Feier eintreffen.

Doch das Glück war ihr nicht hold. Das letzte Taxi aus der Reihe fuhr davon, als sie ins Sonnenlicht auf den Vorplatz trat, und es dauerte gute fünf Minuten, ehe das nächste kam. Als sie endlich dem Taxifahrer ihren Bestimmungsort genannt und es sich auf dem Rücksitz bequem gemacht hatte, fuhren sie los – um kurz darauf in einem Stau steckenzubleiben.

»Tut mir leid«, sagte der Fahrer. »Der Verkehr ist immer fürchterlich, wenn am Mittwoch Heimspiel ist.«

Grace schluckte die Tränen der Enttäuschung hinunter und verfluchte die mit gestreiften Schultertüchern und albernen Maskottchen ausgestatteten Fußballfans, die in überladenen Autos saßen. Das Taxi fuhr im Stop-and-go-Tempo durch die Stadt in Richtung der Pennin-Berge. Sie würde es nicht mehr rechtzeitig schaffen. Grace flehte darum, daß es nicht zu spät war.

Auf den gewundenen Bergstraßen gab es beinahe keinen Verkehr, und der Taxifahrer, der die Ungeduld von Grace spürte, holte Zeit auf. Die St.-Michael-Kirche lag auf einem bruchsteinumsäumten Platz, der sich über das Straßenniveau erhob, und war von verwitterten, mit Moos bedeckten, allmählich in die Erde einsinkenden Grabsteinen umgeben.

Unten an der Straße standen Autos, darunter ein Rolls-Royce aus den dreißiger Jahren, der, wie Grace annahm, das Hochzeitsauto war. Die kirchliche Trauung mußte schon beträchtlich fortgeschritten sein, dachte sie, als sie die schwere Holztür aufstieß, die in die Kirche führte. Sie trat in das kühle, dunkle Innere des Gebäudes.

Niemand drehte sich um, als sie eintrat, alle waren in die Trauungszeremonie vertieft. Die Kirche, die winzig war, faßte höchstens fünfzig Personen und war mit den Freunden und Verwandten des Paares brechend voll. Die ältere der zwei Brautjungfern, eine von Lydias Schulfreundinnen, hatte ein kleines Mädchens an der Hand, das einen Strauß Orchideen und Freesien hielt. Marks Mutter, deren Gesicht unter einem Strohhut mit Riesenkrempe verborgen war, schluchzte lautlos in ein weißes Taschentuch. Suki und Rachel saßen zusammen in einer Bank im hinteren Teil der Kirche. Lydia und Mark standen Hand in Hand am Altar und warteten darauf, daß der Pfarrer die Ringe segnete. Lydia sah strahlend schön aus, ganz wie Grace es erwartet hatte. Ihr langer Schleier war zurückgeschoben, um die glänzende Flut ihres rotblonden Haares zu enthüllen, und das einige tausend Pfund teure elfenbeinfarbene Taftkleid, das sie trug, unterstrich ihre vollen Brüste und ihre Wespentaille. Mark hatte seinen Anzug im Büro schon vorgeführt. Es war ein klassischer Tagesanzug, der von einem Geschäft in Greenwich stammte, das mit gebrauchten Textilien handelte. Die leicht verblichene Eleganz stand ihm ausgezeichnet. Grace schlug das Herz in der Kehle, als sie ihn sah.

Der Pfarrer sprach die traditionelle Litanei: »Wenn jemand anwesend ist, der eine Ursache oder einen Hinderungsgrund kennt, warum dieses Paar nicht getraut werden soll, der möge jetzt sprechen oder für immer friedvoll schweigen.«

Er hielt inne. Das lauteste Geräusch in der Stille schien Grace' Herz zu verursachen, das wie verrückt hämmerte.

Dann erhob sie ihre Stimme, die die kleine Kirche ausfüllte. »Ja. Ich weiß, warum sie nicht heiraten können.«

Fünfzig Gesichter drehten sich zu ihr. Der Ausdruck darin reichte von Schock bis zu spöttischer Verwunderung. Grace konnte sich vorstellen, wie sie wirkte. Ein dreistes Mädchen, genauso unpassend gekleidet wie Mark mit ihrem russisch geschnittenen, flaschengrünen Samtkostüm und dem Glockenhut. Für einen Moment versagten ihr die Nerven – aber da hörte sie eine ruhige Stimme, die Stimme ihres Onkels, an die sie sich nach so vielen Jahren plötzlich erinnerte. »Erfülle dir deinen Herzenswunsch, Grace. Ergreife die Chance, sonst verlierst du ihn für immer.«

»Wissen Sie, warum sie nicht heiraten können?« fragte sie. »Weil Mark Lydia nicht liebt. Ich weiß es. Er hat es mir gesagt.«

Lydia starrte sie an. Ihre Wut verdarb ihre herrlichen Gesichtszüge.

»Er liebt *mich*«, fügte Grace hinzu, »und wenn er wirklich glücklich werden will, kann er Lydia nicht heiraten. Ist das richtig, Mark?«

Jeder in der Kirche hielt den Atem an. Jetzt weinte die Mutter von Mark laut. Das kleine Blumenmädchen hatte ihren Strauß auf den Boden geworfen. Suki drehte sich in ihrer Bank um und rief: »Nur weiter so, Mädchen!«

Plötzlich ließ Mark die Hand von Lydia los und schritt durch den Mittelgang auf Grace zu. Seine Augen waren fest auf ihre gerichtet, während er sich ihr näherte.

»Mark, das kannst du mir nicht antun.« Lydias Worte waren mehr ein Befehl als eine Bitte. »Nicht vor meiner Familie, *bitte*.«

Mark nahm Grace' Hand. »Wir werden das draußen klären. Komm, Grace.«

Sie standen sich vor der Kirche gegenüber. Lydia sah in ihrem prächtigen Hochzeitskleid ohne ihr Brautjungferngefolge und die Gäste fehl am Platz aus.

»Es tut mir leid«, sagte Mark weich, »aber Grace hat recht. Ich werde nicht glücklich, wenn ich dich heirate. Ich bin nur die nächste Sprosse auf deiner Leiter in ein perfektes Leben, und ich möchte mehr als das.« Er wandte sich an Grace. »Roberto sagte an diesem Männerabend zu mir, daß es meine letzte Chance vor der Heirat sei.«

Grace merkte, wie sich Lydias Augen in sie bohrten und daß sie keine Ahnung hatte, was sich in der Bar abgespielt hatte. »Je mehr ich darüber nachdachte, um so mehr wurde mir klar, daß ich falsch gehandelt habe. Ich fühlte mich wie auf ein Fließband gestellt, das mich auf die Hochzeit hintransportierte, und je näher der große Tag heranrückte, um so schneller bewegte es sich. Ich wußte nicht, wie man es langsamer stellt oder ganz abschaltet, so daß ich abspringen kann. Glaub mir, Lydia, es gab eine Zeit, da ich es durchziehen wollte, aber jetzt nicht mehr.« Er seufzte und strich sich mit den Fingern durch die blonden Haare. »Ich kann alles deutlich vor mir sehen. Das erste Kind nach achtzehn Monaten, das zweite nach drei Jahren und das Haus auf dem Land einige Jahre danach. Es gibt nichts Spontanes. Es ist ein berechneter Schritt nach dem anderen, genauso wie dein Aerobicprogramm.«

Lydia drehte die Enden ihres elfenbeinfarbenen Spitzenschleiers zwischen den Fingern. »Du hast damit bis zum Tag unserer Trauung gewartet, und dann läßt du mich auf diese Weise durch Grace demütigen.« Jedes Wort war ein Eiszapfen.

»Ich wußte nicht, daß sie das tun würde, wirklich nicht«, antwortete Mark. »Aber ich bin überglücklich, daß sie es getan hat.«

Lydia wandte sich an Grace. »Ich hätte wissen müssen, daß du mir ein Bein stellst. Du hast dich eingemischt. Du konntest es nicht ertragen, daß Mark mit einer anderen zusammen ist. Seit ich dich kenne, versuchst du, ihn mir wegzunehmen.«

»Na ja«, sagte Grace, »er ist nicht direkt dagegen, oder? Aber du liegst falsch, Lydia. Ich wäre wunschlos glücklich gewesen, wenn Mark die richtige Frau geheiratet hätte, aber diese Frau bist nicht du. Du behandelst seine Freunde nicht besonders höflich und läßt ihm keine Freiheit oder ein eigenes Leben. Ich denke wirklich, du weißt überhaupt nicht, wie toll und talentiert er ist. Du bist nur glücklich, daß dein Vater ihn akzeptierte.«

»Kaum sprechen wir von ihm«, sagte Mark besorgt,

»kommt er schon. Gehen wir, Grace. Ich möchte nicht das ganze Mulligan-Verhör über mich ergehen lassen.«

»Gehen? Wohin?« fragte Lydia, als Mark Grace' Hand nahm und den Weg zum Tor hinunterlief. »Du kommst sofort zurück!«

»Was machen wir jetzt?« fragte Grace, da Lydia, ihr Vater und einige Hochzeitsgäste hinter ihnen herliefen.

»Ich habe eine Idee«, sagte Mark, dessen Blick auf den Rolls-Royce gefallen war, der an der Straßenseite parkte. Er öffnete die Türe des Chauffeurs und fragte: »Steckt der Schlüssel im Zündschloß, Meister?«

Als der livrierte Chauffeur nickte, zog Mark ihn von seinem Sitz herunter und schob Grace in das Auto. Sie wechselte schnell auf den Beifahrersitz hinüber, damit Mark einsteigen und den Motor starten konnte.

»Ich wünschte, das wäre mein Motorrad, aber man kann nicht alles haben«, sagte er, als der Motor ansprang. Er trat aufs Gaspedal, als Lydias Hand nach der Türklinke griff, und der Rolls-Royce setzte sich in Bewegung. Der letzte Blick, den Grace von der sitzengelassenen Braut erhaschte, bestand darin, daß Lydia ihren Schleier von ihrem Kopf riß und ihn in wildem Zorn zertrampelte.

Während sie sich von der Kirche entfernten, schaute Mark in Abständen in den Rückspiegel, um zu sehen, ob sie verfolgt wurden. Erst als sie über einen Kilometer weiter waren und keine Gefahr mehr bestand, daß ihnen ein Auto folgte, entspannte er sich.

»Vielleicht hat Lydia dich als faulen Apfel aufgegeben«, meinte Grace.

»Diese Frau gibt niemals auf«, sagte Mark. »Wenn du am Montag ins Büro kommst, wird sie schon dort gewesen sein und alles niedergebrannt haben.«

»Ach, übrigens«, sagte Grace, »ich werde am Montag nicht ins Büro gehen. Ich habe gekündigt.«

»Was?« Mark fuhr beinahe auf den Seitenstreifen. »Was sagt Maureen dazu?«

»Sie weiß es noch nicht«, erklärte Grace. »Zweifellos wird sie nicht sehr begeistert sein. Ich meine, willige Arbeitspferde sind nicht so leicht zu bekommen.«

»Was war der Auslöser?« fragte Mark.

»Sie hat mich einmal zu oft wie Dreck behandelt. Das und die Tatsache, daß ich kurz davor stand, dich zu verlieren.«

Mark stoppte das Auto vor einem langen, niedrigen Steingebäude. »Da wären wir.«

»Was ist das?«

»Hier haben Lydia und ich gestern übernachtet, und wir wollten heute abend wieder hier schlafen. Komm.«

Mark und Grace stiegen aus dem Auto und gingen an die Rezeption des kleinen Hotels. Es war sehr gemütlich, ein Kaminfeuer brannte. Mark klingelte, und eine Frau in einer schicken blauen Uniform kam an den Tresen.

»Kann ich Ihnen helfen?« fragte sie.

»Den Schlüssel der Hochzeitssuite bitte. Sie ist für Mr. und Mrs. Ritchie reserviert.«

Die Rezeptionistin hatte gesehen, daß die zukünftige Mrs. Ritchie, die im White Peak Inn logierte, groß, arrogant und rotblond war. Jetzt kehrte sie kleiner und mit dunklen Haaren zurück ... Doch sie sagte nichts. Sie gab Mark den Zimmerschlüssel und bedachte ihn mit einem gutmütigen Lächeln. »Zimmer 27, oberstes Stockwerk«, informierte sie ihn.

Mark und Grace stiegen die drei Treppen zur Hochzeitssuite in verschwörerischem Schweigen hinauf. Nachdem sie das Schild ›Bitte nicht stören‹ an den Türknauf gehängt und die Tür verschlossen hatten, zog Mark Grace auf das Bett und sagte: »Jetzt erzähl mir alles.«

»Was meinst du?« fragte Grace mit unschuldiger Miene.

»Was in der Kirche geschah.«

»Ach, das.« Grace knöpfte die Jacke ihres Samtkostüms

auf und legte sie auf das Bett. Dann nahm sie den Hut ab und stieß die Schuhe fort. »Es war die letzte Aufgabe.«

Mark sah sie ungläubig an. »Was? Dein Onkel hat verlangt, daß du die Heirat zum Platzen bringst?«

»Nein. Er hat verlangt, daß ich mir das nehme, was mir alles in der Welt bedeutet. Der einzige Weg dazu war, dich davon abzuhalten, Lydia zu heiraten.« Sie griff nach seiner Hand. »Das ist es, was ich mir von Herzen wünsche. Dein zu sein.«

»O Grace.« Marks Lippen berührten ihren Mund leicht. »Und Maureen? Was war mit ihr?«

»Sie hat mich gestern abend so lange arbeiten lassen, daß ich den Zug versäumt habe. Sie hat gehofft, daß ich es nicht schaffe, an der Hochzeitsfeier teilzunehmen. Nicht, daß sie wußte, was ich plante ... nicht einmal ich selbst wußte, was geschehen würde, bis der Pfarrer seinen Satz sprach ... Nein, einfach nur, weil ihr klar war, daß ich mich furchtbar ärgern würde. Also wird sie am Montag morgen ins Büro kommen und meine Kündigung vorfinden.«

»Ich bin froh, daß du das getan hast.« Mark streichelte die weiche Haut auf ihrem Nacken. »Ich konnte die Art und Weise, wie sie dich behandelte, nicht mehr mit ansehen ... die Art, wie sie uns alle schikaniert und wie unglücklich sie dich gemacht hat. Ich hatte immer gehofft, du kündigst und läßt sie mit ihren Schwierigkeiten allein. Aber ich hätte dich vermißt, wenn du gegangen wärest.«

»Und ich wußte, daß ich dich vermissen würde, wenn ich gegangen wäre.« Sie ließ ein weiches Lachen hören. »Du weißt, ich habe das im letzten Jahr oft gesagt, immer wenn ich eine Aufgabe bestanden hatte. Es ist merkwürdig. Alles schien auf diesen Moment hinauszulaufen. Alles, was ich tat, brachte mich weiter, und als ich die wichtigsten Entscheidungen zu treffen hatte, war ich dazu imstande. Du weißt, wie schlecht es mir ging, als

David mich verlassen hat. Ich spüre, daß ich nicht mehr die Grace von damals bin. Das habe ich gestern abend auch zu Dominic gesagt.«

»Gestern abend?« fragte Mark.

»Ja. Ich muß dir etwas gestehen«, sagte Grace. »Als ich gestern nach Hause ging und dachte, daß ich die letzte Aufgabe nicht schaffe, habe ich nach einem offenen Ohr gesucht. Dominic hatte es ... und einen mitfühlenden Körper dazu.«

»Du meinst, du hast deinen prüden Rechtsanwalt verführt?« fragte Mark ungläubig.

»Ich habe ihn zum Leben erweckt, glaub mir«, antwortete Grace. »Ich hatte es nicht vor, aber wir brauchten es beide, denke ich.«

»Du hörst nicht auf, mich zu erstaunen«, sagte Mark. »War er gut?«

»Mark, wir wollen nicht über Dominic sprechen. Oder Maureen oder Lydia. Wir haben diese Hochzeitssuite, und auch wenn wir nicht in den Flitterwochen sind, wäre es jammerschade, das nicht auszunutzen.«

Grace sah sich um, während Mark seinen Hochzeitsanzug auszog. Die Suite hatte eine niedrige, schräg abfallende Decke aus dunklen Holzbalken, und es gab einen altmodischen Waschständer mit einem Krug und einer Schale aus blauweißem Porzellan. Über dem Bett, auf dem sie saßen, hing ein Baldachin aus steifer weißer Spitze, und es war mit einer pinkfarbenen Tagesdecke bedeckt. Sie fühlte, wie sie in der eleganten, altmodischen Umgebung Frieden erfüllte.

Dann nahm Mark sie in die Arme und küßte sie hingebungsvoll. Sie erwiderte seinen Kuß mit Leidenschaft und vergrub ihre Finger in seinen hellen Haaren.

»Bedauerst du etwas?« flüsterte sie.

»Nicht das geringste«, antwortete Mark. Er streckte seine Hand aus, um den Reißverschluß ihres moosgrünen Samtkleids zu öffnen. Langsam entblätterten sich ihre Schultern, so daß er sie küssen und liebkosen konnte. Grace knöpfte seine Weste auf, dann sein Hemd.

»Du hast so viele Schichten wie eine Zwiebelschale«, klagte sie.

»Sei nicht so ungeduldig«, erwiderte Mark. »Ich wette, wenn du als Kind ›Auspacken‹ gespielt hast, hast du das Paket so schnell wie nur möglich aufgewickelt, damit du gewinnst.«

»Also denkst du, daß du der Preis bist?« fragte Grace.

»He, heute haben zwei Frauen in der Öffentlichkeit um mich gekämpft«, sagte Mark. »Ich habe das Recht, mich für ein bißchen außergewöhnlich zu halten.«

»Warum, du egoistischer ...« Grace fiel Mark um den Hals, während sie sich damit abplagte, das Hemd von seinem Körper zu ziehen, und sie kippten auf das riesige Bett. Mark legte Grace auf die Tagesdecke und zog ihr Kleid aus, obwohl sie spöttisch Protest anmeldete. Grace befreite sich, öffnete seinen Gürtel und die Knöpfe des Hosenschlitzes und streifte ihm die Hose ab. Lachend knieten sie im Bett, weil ihre Anstrengungen komisch aussehen mußten. Mark streichelte mit zarter Hand Grace' Wangen, nahm ihr weiches, dunkles Haar zwischen die Finger und strich die Strähnen aus ihrem Gesicht.

Grace entdeckte ihn und sich in dem Drehspiegel, der an der Wand stand. Sie war mit ihrem schwarzen Spitzenbüstenhalter, dem Höschen und dem Strumpfhalter, der ihre hauchdünnen Strümpfe hielt, bekleidet, und Mark saß in seinen lilafarbenen Satinboxershorts, die mit goldenen Monden und Sternen bedeckt waren, neben ihr. Sie sahen wie ein richtiges Ehepaar aus, stellte Grace fest, wie auch schon Dominic gesagt hatte.

Dann dachte sie an nichts mehr. Mark legte sich auf das Bett und zog sie zu sich herunter, so daß sich ihre Knie über seinen Hüften spreizten und sie die drängende Kraft seines schnell steif gewordenen Gliedes zwischen ihren Schamlippen spürte.

Er streckte die Hände aus, um ihre Brüste zu streicheln, schob den Büstenhalter von ihren Brüsten und hatte endlich Zugang zu ihren rosafarbenen Brustwarzen. Sie seufzte vor Wonne, als seine Finger die kleinen Knospen und ihre großen Höfe berührten. Ein Strom von Gefühlen durchdrang ihren Körper und bündelte sich in ihrer Klitoris. Sie drückte sich fest auf sein pralles Glied und schob sich auf ihm vor und zurück, um ihr spitzenbedecktes Geschlechtsteil an ihm zu reiben.

Mark entfernte ihren Büstenhalter ganz, und sein Mund umschloß ihre Brustwarzen und saugte an ihnen. Feuchtigkeit floß aus Grace' pulsierender Muschi und durchfeuchtete ihr Höschen. Sie griff nach Marks Hand und drückte sie zwischen ihre Körper, damit er sie berührte.

»Ich sagte doch, du bist zu ungeduldig«, meinte Mark und zog mitleidslos seine Hand zurück. »Wenn du warten würdest, könnte ich etwas viel Besseres machen.«

»Als was?« fragte Grace.

»Als ...« Mark wälzte sie mit einer leichten Bewegung herum, so daß er auf ihr zu liegen kam. Sein Penis bäumte sich in der Bemühung auf, der Gefangenschaft in seinen Boxershorts zu entkommen. Grace versuchte zu helfen und zog an dem Hosenband der Shorts, um das wundervolle Glied zu sehen, das sich darunter verbarg, aber Mark hielt ihre Hände fest.

»Geduld, Grace. Geduld ist eine Tugend und wird belohnt«, neckte er sie. »Du bist zwar im vergangenen Jahr nicht gerade tugendhaft gewesen, und besonders in der letzten Nacht ... Trotzdem wirst du vielleicht belohnt.«

Grace jammerte beinahe vor Enttäuschung. Ihr gesamter Körper verzehrte sich nach der Berührung Marks, und trotzdem schien er entschlossen, sie warten zu lassen. Doch da zeichnete sich auf seinem Gesicht ein selbstzufriedenes Grinsen ab. Zentimeterweise schob er sich im Bett nach unten, tiefer und tiefer, bis sein Gesicht über ihrer Vulva war.

»Ich weiß nicht, ob du es verdienst ...«, begann er. Noch immer hielt er ihre Handgelenke fest. Sie wand sich unter seinem Griff, doch der Gedanken erregte sie, daß er sie auf diese Weise zurückhalten wollte. Für einen langen Augenblick sah er auf sie herunter, dann senkte er den Kopf und hauchte leichte Küsse auf ihr Höschen. Grace erschauerte und wünschte, er ginge tiefer. Sie dachte, daß er eine ihrer Hände loslassen mußte, um ihr Höschen abzustreifen, aber er überraschte sie, indem er sie durch das Gewebe hindurch leckte. Das kleine Bekleidungsstück war schon feucht von ihrer Nässe, und als Marks Zunge darüberglitt, kam die Feuchtigkeit weiter in Fluß. Grace' Schamlippen schwollen an, und Mark benutzte seine Zähne, um das schmale Höschen zwischen sie zu schieben, so daß seine Zungenspitze besser ihre nackten Schamlippen berühren konnte.

»Seit du mir deinen Mund geschenkt hast, wollte ich dir diese Gefälligkeit eines Tages vergelten«, sagte er. »Ich wollte dich in diesem Zustand sehen und herausfinden, wonach du schmeckst.« Er nahm das Gummiband ihres Slips zwischen die Zähne. Grace glaubte nicht, daß jemand die Geschicklichkeit besaß, ihre Unterwäsche mit dem Mund zu entfernen, aber Mark bewies, daß es möglich war. Entgegenkommend hob sie ihre Hüften, und er zog das hauchdünne Teil ohne Schwierigkeiten über ihr Gesäß. Jetzt war ihre Vulva seinem Mund ganz zugänglich, und er nahm sich Zeit, sie zu ergründen, indem er ihre zarten inneren Schamlippen zwischen seine Lippen nahm und die samtigen Hautfalten in seinen Mund saugte.

Grace überließ sich einem Strudel der Wonne. Ihre Gefühle drohten sie bald zu übermannen, doch Mark setzte seine orale Eroberung fort. Als seine Lippen ihre Klitoris umschlossen und er mit einer beinahe unerträglichen Sanftheit zu lutschen begann, ergab sie sich in den Orgasmus, der sich in ihrem Fleisch zu entladen drohte. Ihre Augen schlossen sich fest, und sie ahnte das tanzende Feuerwerk hinter ihren Augenlidern mehr, als daß sie es sah.

Mark setzte das Lecken fort, aber jetzt wollte sie Freude bereiten. Sie langte nach seinen Boxershorts, und er erlaubte ihr, sie ihm auszuziehen. Lüstern rollte sie auf die Seite, wandte sich von Mark ab und zwang ihn so, ihre Handgelenke loszulassen. Seine Verwirrung ließ nach, als sie hinter sich griff und seinen Penis zu fassen bekam, ihn zärtlich streichelte und die Eichel von seiner Vorhaut befreite. Als sie flüsterte: »Schau in den Spiegel«, verstand er.

Ihre Spiegelbilder blickten sie an. Grace kuschelte sich an Mark. Er nahm ihre Brüste in seine Hände und beobachtete, wie sein Spiegelbild dasselbe tat. Als er Küsse auf ihren Nacken und ihre Schulter drückte, nahm Grace ihre Finger, um die angeschwollenen Schamlippen ihres Geschlechtsteils zu öffnen und sein Glied in sich hineinzuschieben. Zärtlich stieß er in ihre aufnahmebereite Scheide. Seine Augen ließen nicht ab von dem Paar, dessen Bewegungen im Spiegel zu sehen waren. Die inneren Scheidenmuskeln von Grace griffen zu und umschlossen seinen Penis, während er sich zärtlich auf ihr wiegte. In dieser Stellung hätte er sie stundenlang vögeln können, obwohl er jetzt nicht mehr fähig war, seine Erregung lange zu kontrollieren.

Grace stöhnte leise, als seine Hände die erogensten Stellen ihres Körpers aufsuchten. Sie berührte ihre Klitoris mit den Fingern, während Mark ihre Brüste knetete. Langsam bauten die beiden einen Höhepunkt auf, und als beider Orgasmus sie übermannte, war es unmöglich zu sagen, wer zuerst kam.

Befriedigt rollten sie sich ineinander, überhäuften sich mit feuchten, hungrigen Küssen. Das Drama der letzten vierundzwanzig Stunden war vergessen, während sie Worte der Liebe flüsterten und glücklich waren, einander in den Armen zu halten.

Schließlich sagte Mark: »Also, wie fühlt man sich so, wenn man um eine viertel Million Pfund reicher ist?«

»Mark, das Geld ist das letzte, woran ich denke«, antwortete Grace. Sie küßte ihn. Sie wußte, daß sie genug Zeit hatte, um zu begreifen, daß sie die Forderungen des Vermächtnisses erfüllt hatte.

»Aber gehe ich recht in der Annahme, daß du beweisen mußt, daß du deine Aufgabe erfüllt hast? Will Dominic nicht ein Foto von uns?« Er grinste. »Oder braucht er es nicht mehr, weil er die Erfahrung selbst gemacht hat?«

»Keine Fotos dieses Mal«, antwortete Grace und griff zu, um Marks Glied zu neuem Leben zu erwecken. »Ich glaube, er wird zufrieden sein, wenn ich ihm eine Hochzeitseinladung schicke, meinst du nicht auch?«

»Du hast recht«, sagte Mark mit einem Lächeln und schloß sie in seine Arme.